The
Start of Something
Crazy
- Aramis -

Roman

Stefanie D. Murphy

Impressum

Copyright © 2020 Stefanie D. Murphy
stefaniedmurphy@online.de
Facebook: http://www.facebook.com/stefaniedmurphybooks/
Hauptstr.154, 66589 Merchweiler

ISBN Nummer: 9798670222419
Imprint: Independently published

1. Auflage

Cover: Bocheez
Cover Foto: Eric Battershell, Hintergrund Shutterstock
Model: Drew Truckle
Korrektorat: Booktastic
Lektorat: Jasmin Rotert, Thordis Hamacher, Sandra Paczulla

Für Mama
Sei so lieb und überspringe die Sexszenen!

For Jeanette

Love and hugs from
me to you. I hope you'll
have a lot of fun with
Drew 💍

Yours

Stefanie D. Murphy

Inhalt

1. Kapitel

Aramis

Der Winter hielt Middletown fest in seinen Klauen und beinahe erschien es mir, als ob er seine eisigen Finger auch nach meinem Herz ausgestreckt hätte. Mir war nicht bewusst, was genau an meiner Seele zerrte, aber irgendetwas fühlte sich nicht richtig an. Vielleicht war es aber auch nur die grimmige Kälte, die an diesem frühen Montagmorgen meine Arbeitslust an den Null-punkt brachte.

Es war erst sechs Uhr früh und in der Werkstatt fuhr nur langsam die Heizung hoch. Wenn in einer Stunde Gabriel und Cody einträfen, sähe es schon anders aus. Aber ich war extra früher gekommen, da ich noch an meinem eigenen Projekt arbeiten wollte - einer Schmuckschatulle. Eine Replika aus der Belle Epoque sollte es werden, als Geburtstagsgeschenk für meine Mom. Als Französin freute sie sich immer über Dinge, die sie an ihre Heimat erinnerten.

Mit den Holzarbeiten war ich bereits fertig. Nun musste das Kästchen nur noch lackiert und die Mes-singbeschläge angebracht werden. Danach wollte ich es mit Samt ausschlagen und ein paar Ohrringe kaufen, die ich hineinlegen konnte.

Gerade war ich mit dem Lackieren des wunderschönen Nussbaumholzes fertig geworden, da öffnete sich das Eingangstor und mein bester Freund Gabriel schneite herein – im wahrsten Sinne des Wortes! Draußen flockte es unaufhörlich und die kleinen Schneekristalle folgten ihm wie eine Wolke.

»Scheiße, wie ich das hasse!«, fluchte er und schloss rasch das Tor hinter sich.

»Soll ich dir einen Eierwärmer stricken?«, fragte ich grinsend.

»Das kannst du dir sparen. Jinx hat mir letzte Nacht ihre kalten Füße auf den Oberschenkel gedrückt. Da haben sie die weiße Fahne geschwenkt und sich in meine Bauchhöhle zurückgezogen!«

Ich musste laut lachen. »Du bist ein Weichei, Moore.«

»Und du kannst nicht mitreden, weil du Single bist, also halte die Klappe und sag mir, was heute ansteht.« Gabriel zog seine dicke Jacke, die Handschuhe und die Mütze aus, hängte alles an den Haken neben der Tür und kam zu mir.

»Nimm dir erst mal einen Kaffee. Cody wird uns schon früh genug sagen, was zu tun ist. Bei dem Wetter werden wir wohl hierbleiben.«

Gabriel nickte, verschwand ins Büro und kam mit einem dampfenden Becher zurück.

»Wir werden die Stellwände für die Browns zusammenzimmern müssen. Die wollen gleich mit dem Hausbau loslegen, sobald das Wetter besser wird.«

»Vermutlich«, bestätigte ich seine Annahme und bekam kurz darauf die Gewissheit. Cody war gekommen.

»Guten Morgen, meine beiden liebsten Mitarbeiter«, rief er uns breit lächelnd zu und schüttelte den Schnee aus seinen Haaren.

»Guten Morgen, Boss«, antwortete ich belustigt und auch Gabe grüßte grinsend.

»Ich würde mich geehrt fühlen, wären wir nicht die beiden einzigen Deppen, die es immer noch bei dir aushalten«, ärgerte er ihn.

»Jetzt tu nicht so! Ich weiß doch, wie sehr ihr mich liebt«, gab Cody zurück. »Donuts?« Er winkte mit einer Tüte.

»Wenn das eine Bestechung sein soll, so muss ich dir sagen, sie funktioniert!«, sagte ich lachend und fing die Tüte auf, die er mir zuwarf.

»So leicht zu durchschauen«, meinte mein Boss und lachte ebenfalls laut.

Ich gönnte mir einen Schoko-Donut und gab die Tüte an Gabriel weiter.

»Was liegt heute an, Cody?«, fragte ich zwischen zwei Bissen.

»Eigentlich die Wände der Browns, aber uns fehlt noch Material. Ich habe eine Aufstellung gemacht. Es fehlen Kanthölzer und Bohlen. Aramis, würdest du zu Hopemans fahren und nachhaken, wo die Sachen bleiben? Die sind schon ewig bestellt und sie können es nicht immer aufs Wetter schieben. Die Straßen sind ja frei so weit.« Cody lächelte mir zu. »Falls es dir nichts ausmacht.«

»Klar, mach ich.«

Hopemans war ein Holzgroßhandel mit angeschlossenem Sägewerk. Ich lachte in mich hinein, weil ich wusste, wieso Cody das nicht selbst in die Hand nahm. Der Typ dort, der die Bestellungen entgegennahm, war ein Lahmarsch der Extraklasse. Und genauso langsam, wie er sich bewegte, redete er auch. Cody war jedes Mal mit den Nerven fertig, wenn er von dort zurückkam.

»Danke«, freute mein Boss sich sichtlich erleichtert. »Da hast du etwas gut bei mir.«

»Noch mehr?«, ärgerte ich ihn.

»Das war 'ne Floskel! Du hast schon das Nussbaumholz für dein Kästchen bekommen.« Cody grinste und schnappte sich Gabriel. »Gehen wir rüber in die Halle und fangen schon mal mit den ersten Wänden an.«

Gabe erhob sich stöhnend. »Sicher.«

Cody warf mir noch den Autoschlüssel für den Ram zu, dann trollten beide sich. Gut! Genüsslich verspeiste ich die letzten Bissen meines Donuts, leckte die Schokolade von meinen Fingern und schnappte meine dicke Jacke. Als ich nach draußen kam, sah ich, dass der Schneefall ein wenig nachgelassen hatte. Die Temperatur jedoch schien noch mehr gefallen zu sein. Instinktiv legte ich meine Hand auf den Bereich zwischen meinen Beinen. Zwei Grad kälter und ich wäre meine eigene Schwester gewesen!

»Scheiße, dieser Winter hat es in sich!«, knurrte ich und beeilte mich, ins Auto zu steigen. Zum Glück war das Innere noch warm von Codys Fahrt.

Vorsichtig fuhr ich vom Hof und bog in die Hauptstraße ein. Obwohl der Winterdienst bereits durch war, lag schon wieder eine dünne Schicht Schnee auf den Straßen, aber mit dem Truck war das kein Problem. Trotzdem blieb ich aufmerksam und konzentriert.

Hopemans lag im Niemandsland, ein gutes Stück außerhalb von Middletown, doch trotz der schwierigen Wetterverhältnisse genoss ich die Fahrt. Die Landschaft wirkte so friedlich, als ob sie unter der weißen Decke schlafen würde. Fast kein Auto war unterwegs und Fußgänger sah man so weit draußen an diesem bitterkalten Morgen auch keine.

Im Radio dudelte noch der Rest eines Popsongs, da fuhr ich auf den großen Parkplatz vor dem Holzhandel. Vor der Tür begrüßte mich ein lebensgroßer, geschnitzter Grizzly, und wie immer war ich fasziniert von der Handwerkskunst, denn er sah wirklich täuschend echt aus. Auf der Treppe klopfte ich mir den Schnee aus den Schuhen, dann trat ich ein.

»Guten Morgen, Ernest«, rief ich beim Hereinkommen, ohne wirklich hinzusehen.

»Guten Morgen«, erwiderte eine nette Stimme, die allerdings weiblich und gar nicht einschläfernd klang.

Als ich aufblickte, machte ich große Augen. Da saß eine junge Frau mit halblangen braunen Haaren hinter dem Tresen und lächelte mich mit großen blauen Augen an. Na das war ja mal eine Überraschung!

Ich trat etwas näher zu ihr und sofort fiel mein Blick in den Ausschnitt ihrer dunkelblauen Bluse, die sich eng über ein paar üppige Brüste spannte. Heiliges Kanonenrohr! Da hatte aber jemand Holz vor der Hütte!

»Sie … Sie sind nicht Ernest«, stammelte ich, als wäre mein Hirn eingefroren und gerade erst im Auftaumodus.

Die junge Frau schlug die Hände vor den Mund und machte große Augen. »Nein, bin ich nicht. Was hat mich verraten?«

Jetzt grinste sie und da merkte ich erst, dass sie mich veräppeln wollte. Ich wollte kontern, doch meine Augen waren wie festgefroren auf ihre Titten gerichtet.

»Ich weiß es! Es muss an meinen Augen liegen.«

»Ich … Tut mir leid, ich war … abgelenkt«, quetschte ich eine mehr als mäßige Entschuldigung hervor.

»Na das sehe ich doch«, sagte sie lachend und schüttelte den Kopf. »Wie kann ich Ihnen helfen?«

11

»Ist Ernest da?«, fragte ich, um wenigstens überhaupt etwas zu sagen.

»Ernest arbeitet hier nicht mehr.«

»Oh!«, stieß ich hervor. »Was ist passiert? Hat er sich selbst eingeschläfert?«

»Vermutlich«, antwortete sie und ließ ein sympathisches Lachen erklingen. »Um ehrlich zu sein, ich weiß es nicht genau. Auf jeden Fall arbeite ich jetzt hier. Wenn Sie etwas brauchen, gehöre ich ganz Ihnen!«

Wie sie das sagte!

»Flirten Sie mit mir?«, fragte ich unverblümt.

»Nun«, sagte sie lächelnd, »wenn Sie mir schon im Geiste die Kleider vom Leib reißen, ist es doch wohl das Mindeste, was ich tun kann.«

Scheiße, sie hatte wirklich Humor und unweigerlich grinste ich, als sie mir zuzwinkerte. Aber dennoch … Ich war übers Ziel hinausgeschossen und manche Frau hätte meine Blicke auch als sexuelle Belästigung empfinden können. Also setzte ich mein schönstes Lächeln auf und entschuldigte mich.

»Ich muss mich wirklich entschuldigen. Ich hatte mit der Schlaftablette und nicht mit einer so hübschen jungen Frau gerechnet. Dabei sind mir Ihre Vorzüge regelrecht ins Auge gesprungen. Ich wollte nicht herabwürdigend sein. Bitte, sehen Sie es als Kompliment.«

Sie seufzte. »Dann werde ich das mal machen. Ich bin übrigens Sarah.«

»Aramis. Wir müssen nicht so förmlich sein.«

»Aramis? Wo sind Athos und Porthos?«

Dieses Lächeln!

»Ich glaube, den Witz habe ich schon mal gehört«, sagte ich. »Um zu antworten: Die beiden leben eher zurückgezogen bei der Kälte. Aber d'Artagnan könnte ich dir zeigen. Er ist sehr neugierig und würde dich bestimmt gerne kennenlernen.«

Bewusst hatte ich diese Anzüglichkeiten in meine Antwort gepackt, denn das Spiel fing langsam an, Spaß zu machen.

»War das nicht der kleinste der Musketiere?«

Gott, ich liebte ihren Humor!

»Das sind nur Gerüchte. Außerdem, seine Degenführung ist unerreicht!«

»Das glaube ich aufs Wort!«

Wieder lachte sie laut und ich grinste breit. Dabei wurde mir allerdings bewusst, dass ich es gar nicht so albern gemeint hatte, wie ich mich gerade benahm. Diese Frau hatte meine Neugier geweckt. Ihre sinnlichen Rundungen lachten mich geradezu an. Sie interessierte mich und ich ahnte, dass ich mich hier gerne auf mehr einlassen würde.

»Also, Aramis, was darf ich für dich tun?«

Oh, ich wüsste da schon was …

»Ich wollte mich nach der Holzlieferung für Cody McGees Schreinerei erkundigen. Sie ist noch nicht angekommen.«

»McGee? Moment, ich schaue mal im Computer nach.«

Sie tippte auf der Tastatur des PC's herum und lächelte kurz darauf freundlich.

»Die ist fast fertig verladen. Ernest hat es wohl verschlafen, die richtigen Maße für die Kanthölzer anzugeben, da gab es einen Widerspruch zwischen Bestellung und Fertigung. Ein Zahlendreher vermutlich. Ich denke, dass alles noch im Laufe des Tages ausgeliefert wird. Wir werden uns bei Mister McGee für die Unannehmlichkeiten entschuldigen.«

»Das wird nicht nötig sein. Jetzt weiß ich ja Bescheid. Und Cody wird es verstehen. Er hasste Ernest und wird froh sein zu hören, dass jetzt eine heiße Frau an seiner Stelle sitzt.«

Wieder flirtete ich mit ihr, nur um zu sehen, ob sie weiterhin darauf ansprang.

»Vorsicht, Musketier. Du weißt nicht, ob du gerade Madame de Chevreuse oder Lady de Winter ein Kompliment machst.«

Ja, sie spielte mit! Und wie!

»Du kennst dich gut aus mit den Musketieren, kann das sein?«

»Die Geschichte ist eine meiner Lieblinge. Aber ich hätte nie gedacht, dass ich mal einem echten Aramis begegnen würde.«

»Und?« Herausfordernd lächelte ich sie an.

»Hast du vor, ins Kloster zu gehen?«

»Wie mein Namensvetter? Niemals!«, antwortete ich lachend.

»Dann gefällt mir die Kopie besser!« Mit einem Zwinkern drehte sie sich in ihrem Bürostuhl von mir weg und räumte eine Akte in einen Schrank, ohne aufzustehen.

»Das freut mich. Dann fahr ich mal wieder. War nett, dich kennengelernt zu haben.«

Ich wandte mich zum Gehen, blieb aber an der Tür noch einmal stehen und schaute zu ihr hinüber.

»Kannst du mir einen Gefallen tun?«

»Wenn möglich.«

»Lass bitte drei Kanthölzer bei der Lieferung weg. Dann habe ich einen Grund, morgen wieder vorbeizukommen.« Mit dieser Aufforderung verließ ich die Firma und rieb mir im Geiste die Hände.

Ich hatte sie an der Angel, dessen war ich mir sicher. Oder sie mich? Fragend strich ich mir übers Kinn, war mir aber nicht sicher, welche Antwort ich mir geben sollte. Auf jeden Fall musste ich ein wenig tricksen!

»Die Lieferung kommt heute noch«, brüllte ich durch die Halle, als ich wieder zurück in der Schreinerei war.

»Gut! Woran hat es gelegen?«

»Ernest. Er hatte dem Sägewerk die falschen Maße gegeben.«

Cody verzog seine Lippen. »Irgendwann kippe ich dem Speed in seinen grünen Tee!«

»Wäre eine Möglichkeit.«

»Gab es sonst noch was?«

»Nein«, log ich.

»Ernest«, zischte mein Boss. »Dem kann man beim Laufen die Schuhe zubinden. Ich würde wahnsinnig werden, wenn ich ihn den ganzen Tag um mich herum ertragen müsste.«

»Ja, er ist wirklich anstrengend«, sagte ich und nickte dazu. »Ich bin da ja ganz entspannt. Wenn du magst, mache ich in Zukunft diese Fahrten für dich. Ich komm mit ihm klar.«

»Das ist nett von dir, danke. Ich komme darauf zurück. Zum Glück läuft ja fast alles über Telefon und E-Mail.«

In dem Moment trat Gabriel zu uns heran. Ich kannte diesen Gesichtsausdruck und er verhieß nichts Gutes!

»Was ist? Wieso schaust du mich so an?«

Gabriel zog seine Mundwinkel fast bis zu den Ohren. »So selbstlos bist du nicht! Du hasst Ernest! Was ist da wirklich los?«

»Nichts. Ich sagte doch schon, dass ich etwas entspannter bin als ihr.«

»Aramis, wie lange kenne ich dich jetzt schon?«, fragte er mit einem angefügten Seufzer. »Du lügst! Was ist Sache bei Hopemans?«

Ich wusste, wann ich verloren hatte. Verdammt! Gabriel kannte mich einfach viel zu gut und ich konnte ihm nichts vormachen.

»Ernest ist nicht mehr da«, gab ich stöhnend zu.

»Sondern?«

»Eine heiße Frau namens Sarah hat jetzt seinen Job. Und wenn ich heiß sage, dann meine ich Vulkan-Level.«

»Ich wusste es!«, bellte Gabriel und Cody schlug mir mit einer Zeitung auf den Kopf.

»Du lügst mich an?«, fragte er und machte ein böses Gesicht, aber ich konnte sein Grinsen dahinter erkennen.

»Notlüge.«

»Ich glaube, ich muss noch ein paar Keile nachordern«, sagte er gespielt nachdenklich. »Gabriel, was meinst du? Sollen wir schnell mal vorbeifahren?«

»Nein!«, schrie ich, doch es war zu spät. Die beiden Idioten sprinteten bereits nach draußen und ich konnte ihnen nur kopfschüttelnd hinterherblicken. Blieb nur zu hoffen, dass sie sich nicht gänzlich daneben benehmen würden. Weder bei ihr noch später bei mir. Ich verdrehte die Augen, machte mich an die Arbeit, die noch anlag, und klagte: »Na das kann ja noch was werden!«

2. Kapitel

Sarah

Was für ein interessanter Morgen!

Ich lachte in mich hinein, denn die Begegnung mit Aramis amüsierte mich immer noch. Er fiel definitiv in die Kategorie *Absolut heiß* und unser verbales Spielchen hatte ich geradezu genossen. Doch ich wusste, dass er eine Nummer zu groß für mich war. So wie er aussah, konnte er jede haben. Groß, kräftig gebaut und mit unglaublich leuchtenden grau-grünen Augen. Ich hingegen hatte eindeutig zu viel Polster auf den Rippen. Zwar war er sehr nett, doch ich wusste, er würde sich niemals mit mir einlassen.

Seufzend erlaubte ich mir dennoch ein paar Tagträume und brachte ein wenig Ordnung in das Ablagesystem. Ernest hatte ein Chaos hinterlassen, das meinen inneren Monk zum Vorschein brachte. Gerade sortierte ich die Kundenkartei von D bis F, da öffnete sich die Tür. Gott, was war denn hier los heute Morgen? Noch zwei außergewöhnlich ansehnliche Exemplare von Kerlen betraten das Büro.

»Guten Morgen. Wie kann ich Ihnen helfen?«, fragte ich freundlich. Die beiden musterten mich nicht weniger anzüglich als Aramis. Männer!

»Hallo«, sagten beide, dann fuhr der etwas kleinere Blonde fort: »Ich wollte noch ein paar Keile für meine Schreinerei bestellen. Wäre es möglich, die noch zu unserer Lieferung dazuzupacken?«

»Für wen ist denn die Bestellung?«

»McGee. Cody McGee.«

Daher wehte also der Wind!

»Athos und Porthos nehme ich an?«, sagte ich herausfordernd und an ihrem Grinsen erkannte ich, dass ich recht hatte. »Hat Aramis schon geplaudert, ja?«

Der mit den dunklen Haaren meldete sich zu Wort: »Nehmen Sie es uns nicht übel«, antwortete er. »Aramis hat in höchsten Tönen von Ihnen geschwärmt. Das wollten wir uns selbst einmal ansehen. Sie müssen wissen, dass wir uns wegen Ernest immer davor gedrückt haben, hierherzukommen.«

»Hat er das?« Ich schmunzelte innerlich. »Dann nehme ich das mal als Kompliment. Ich bin Sarah.«

»Ich heiße Gabriel und das ist unser Boss Cody.«

»Schön, euch kennenzulernen. Wäre nett, wenn wir beim Du bleiben könnten. Und bitte, ich habe viel Arbeit hier. Wenn ihr also in Zukunft eure Gedanken ordnen könntet und alles zusammen bestellt, wäre ich euch wirklich dankbar.«

Cody lächelte. »Vergiss die Keile. Wir waren nur neugierig.«

»Na das weiß ich doch«, sagte ich lachend.

»Auf jeden Fall macht es jetzt eindeutig mehr Spaß, persönlich herzukommen«, meinte Cody. »Und falls es dich interessiert: Aramis ist noch Single.« Er grinste breit und ich schüttelte den Kopf.

»Das artet jetzt aber nicht zu einer Kuppelshow aus, oder?«

»Nein«, antwortete er kopfschüttelnd. »Ich wollte es nur mal erwähnt haben. Übrigens, falls du ihn mal privat treffen möchtest, wir gehen am Samstag alle in den Saloon. Komm doch mal vorbei. Geschäftsbeziehungen vertiefen und so.«

Ich neigte meinen Kopf und lächelte schief. »Geschäftsbeziehungen. Aha. Würdet ihr mir einen Gefallen tun?«

»Sicher.«

»Geht nach Hause!«

»Hat uns gefreut, dich kennengelernt zu haben, Sarah«, sagte Gabriel und räusperte sich. Dann zog er Cody am Arm. »Bis bald.«

»Ja, bis bald.«

Als sie die Tür hinter sich schlossen, musste ich laut lachen. Wirklich süß, und zwar alle drei. Wieso konnte ich nicht in ihrer Firma arbeiten? Sie förderten mein Selbstbewusstsein und das tat verdammt gut!

Die Arbeit lief wie von selbst und ständig trällerte oder pfiff ich ein Liedchen. Da sollte mal einer noch sagen, gut aussehende Männer könnten einem nicht den Tag versüßen, auch wenn man nur gucken durfte. Jedenfalls kam ich gut gelaunt nach Hause.

»Was ist denn mit dir passiert?«, fragte meine Cousine Mindy, die gerade auf der Couch saß und sich die Zehennägel lackierte. »Du siehst ja mal fröhlich aus.«

Der Geruch des Lacks stieg mir in die Nase. »Kannst du das nicht im Bad machen?«, grummelte ich. Das waren wohl die Kompromisse, die man eingehen musste, wenn man sich eine Wohnung teilte.

»Hab dich nicht so. Wie war die Arbeit?«

»Gut«, antwortete ich und konnte wieder lächeln, da die Erinnerungen mich einholten.

»Freut mich. In der Küche liegt noch Pizza, falls du welche willst.«

»Hast du wieder bestellt und nur ein Stück gegessen?«, fragte ich und ließ mich seufzend in den Sessel fallen.

»Was ist so schlimm daran? Ich weiß doch, dass du den Rest verdrückst.«

Na danke auch!

Mindy war eine bildhübsche Frau mit langen platinblonden Haaren. Ihre Haut war stets von künstlicher Bräune überzogen, ihre Nägel immer maniürt und gepflegt und ihre Figur wirkte wie gedrechselt. Sie war eine kleine Miss Perfect und da konnte ich nicht mithalten. Wie gerne hätte ich auch ein paar Pfunde weniger gehabt und sie wusste das. Doch immer wieder hinterließ sie Reste von allen möglichen Leckereien, denen ich nicht widerstehen konnte.

»Dann sag ich schon mal danke. Gehst du noch aus oder warum motzt du dich so auf?«

»Man sollte immer perfekt aussehen, Sarah. Dazu muss man nicht ausgehen.«

»Das sehe ich anders. Wofür überhaupt der ganze Aufwand?«

»Ich mache das für mich selbst. Es gibt mir einfach ein gutes Gefühl.«

»Das verstehe ich. Ich will mich jetzt auch wohlfühlen.«

Stöhnend erhob ich mich, schlich ins Bad, duschte und zog anschließend eine Jogginghose und ein kuscheliges Sweatshirt an. Dann schnappte ich mir die inzwischen kalte Pizza und pflanzte mich wieder in den Sessel. Genüsslich schob ich mir ein Stück nach dem anderen rein, bis der Karton leer war.

»Du könntest ruhig ein wenig mehr auf dich achten, Sarah«, rügte meine Cousine mich und gerne hätte ich ihr dafür die Augen ausgekratzt. »Du könntest so viel hübscher sein!«

»Ich bin hübsch, Mindy. Mir fehlt nur der Elan, mich ständig aufzubrezeln. Für wen auch? Ich liebe meine bequemen Klamotten und hier auf der Couch sieht mich niemand außer dir.«

Selbstbewusst schleuderte ich ihr meine Antwort entgegen, doch in mir drin sah es ganz anders aus. Mein Auftreten war lange antrainiert. Eine Schutzmauer, um mich herumgebaut, damit Angriffe von außen mich nicht mehr verletzen sollten, doch das taten sie – immer wieder!

Natürlich hatte ich ein schlechtes Gewissen, weil ich – mal wieder – die ganze Pizza verdrückt hatte. Aber ich besaß nicht ihre Gene. Selbst mit Fasten und Sport schaffte ich es oft nur, mal ein paar wenige Pfunde abzunehmen. Irgendwann resignierte man. Dann blieben einem zwei Möglichkeiten. Erstens: Man verfiel in Selbstmitleid, aß aus Frust noch mehr und nahm immer mehr zu. Zweitens: Man akzeptierte sich, wie man nun mal war. Und genau das tat ich.

Natürlich störten mich meine Speckröllchen und nur zu gerne hätte ich auch mal ein enges Schlauchkleid angezogen. Aber ich konnte es nun mal nicht ändern. Ich wusste, ich würde nie ein dünnes Püppchen sein, aber das allein macht einen Menschen ja auch nicht aus. Ich hatte ein hübsches Gesicht, dicke, glänzende Haare und eine Oberweite, auf die manche der dünnen Frauen neidisch waren. Man konnte nun mal nicht alles haben! Ich hatte gelernt, mich zu akzeptieren. Ich war stolz auf mich. Dennoch konnten Menschen mich verletzen.

Ich schnappte die Fernbedienung und zappte mich durchs Fernsehprogramm. Eine alberne Serie hier, eine stupide Realityshow da. Nichts, was mich wirklich interessierte.

»Ich glaube, ich gehe ins Bett und lese noch ein wenig«, murmelte ich vor mich hin.

»Ein neues Buch?«, interessierte Mindy sich.

»Alexandre Dumas, *Die drei Musketiere*.«

»Schon wieder?«, fragte sie jetzt gelangweilt.

»Alles hat seinen Grund«, erwiderte ich und ein Lächeln legte sich auf meine Lippen. Gemütlich schlurfte ich ins Schlafzimmer und tauchte ab in die Welt der galanten Helden, bis mir vor Müdigkeit die Augen zufielen. Und als mich im Traum das markante Gesicht Aramis' verfolgte, konnte ich nur hoffen, dass ich nicht hörbar gestöhnt hatte, sondern nur im Geiste.

*

Die nächsten Tage zogen ins Land, doch weder Aramis noch die beiden anderen tauchten auf. Ein wenig traurig machte mich das schon, denn wenigstens einen von ihnen hätte ich so gerne wiedergesehen.

Mein Kollege Collin, der für das Sägewerk zuständig war, wuselte durchs Büro.

»Collin?«

»Ja, bitte?«

»Kennst du eine Kneipe in Middletown mit dem Namen Saloon?«

Ohne seine Nase aus den Akten zu erheben, grummelte er vor sich hin. »Ja. Ich war mal mit ein paar Kollegen dort. Ist aber schon sehr lange her. Wieso fragst du?«

»Kannst du mir sagen, was das für ein Laden ist? Eine Discothek vielleicht?«

Collin lachte laut. »Nein, ganz bestimmt nicht. Es ist eine ganz normale Kneipe. Sie machen Kleinigkeiten zu essen. Es gibt, soweit ich mich erinnere, mehrere Sorten Bier und der Tequila fließt dort in Strömen. Man kann Billard spielen und sogar tanzen. Viel Rock und Country wird gespielt. Und es würde mich nicht wundern, wenn es ein Hinterzimmer gäbe, in dem man Poker spielt. Aber so weit bin ich nicht vorgedrungen. Ein typischer Saloon halt.«

»Hört sich gut an.«

»Wieso? Willst du hingehen?«

»Mal sehen, ich weiß es noch nicht. Ich muss mal wieder raus, aber die Clubs in der Stadt sind nicht mein Ding.«

»Kann ich verstehen.«

»Danke, Collin.«

»Keine Ursache.«

Er schnappte sich ein paar Unterlagen und verschwand wieder aus meinem Bereich, während ich darüber nachdachte, ob ich wirklich am Samstag dorthin gehen sollte. Vielleicht wäre es besser, weiter von Aramis zu träumen. Das verpasste mir immer ein paar schöne Stunden. Ich wüsste nicht, was ich tun würde, käme ich am Wochenende dorthin und er würde mich völlig ignorieren. So ein Ego-Vernichter würde nur wieder zu tagelangen Eiscreme-Orgien führen, und ich war mir nicht sicher, ob ich das wollte.

Aber die Vorstellung reifte in mir immer mehr. Die lieben Worte, die er mir geschenkt hatte, und selbst seine anzüglichen Blicke, lösten eine Sehnsucht in mir aus, der ich kaum standhalten konnte.

Doch ich verspürte auch Angst. Angst, wieder enttäuscht zu werden. Allerdings hieß es doch, *wer nicht wagt, der nicht gewinnt*. Was hatte ich schon zu verlieren? Einen Versuch war die ganze Sache doch wert. Heulen könnte ich hinterher immer noch. Doch eben weil mir Letzteres passieren könnte, wollte ich auf keinen Fall allein dorthin gehen. Ich brauchte definitiv moralische Unterstützung und Beistand, also sprang ich über meinen Schatten und fragte, als ich nach Hause kam, Mindy, ob sie mich begleiten würde.

»Du willst ausgehen?«, fragte sie überrascht.

»Ja. Was ist so seltsam daran?«

»Du gehst nie aus.«

»Stimmt. Aber jetzt ist mir mal danach. Collin hat mir den Saloon in Middletown empfohlen. Soll eine ziemlich urige Kneipe sein.«

»Oh Gott, Sarah, wirklich?«, stöhnte sie. »Was zieht man denn da an?«

»Jedenfalls keinen Glitzerfummel«, antwortete ich lachend. »Versuche es doch mal dezent.«

»Das einzig Dezente, das ich besitze, sind meine Büroklamotten.«

Mindy arbeitete in einem Versicherungsbüro, doch selbst dort war sie immer perfekt gekleidet. Ich schmunzelte über ihr Luxusproblem, doch ich brauchte sie, also wollte ich sie nicht hängen lassen.

»Ich denke, schwarzer Rock und Bluse werden schon passen.«

»Ganz klassisch also?«

»Ja. Daran ist nichts verkehrt.«

»Na schön«, sagte sie, wirkte aber nicht glücklich. »Ich werde dich begleiten. Aber dafür schuldest du mir was!«

»Natürlich«, antwortete ich mit ernstem Gesicht, aber innerlich lachte ich, denn die Vorfreude wuchs immer mehr. Jetzt konnte ich den Samstag kaum noch erwarten!

Zwei Tage später war es so weit, und ich stand extra zeitig auf, um mir das volle Verwöhnprogramm zu gönnen. Das war gar nicht so leicht, denn auf die Schnelle konnte ich bei meiner Kosmetikerin keinen Termin mehr ergattern. Doch die verdammten Härchen, die schon wieder überall zu sprießen begannen, mussten weg, egal wie!

An und für sich war das auch kein Problem, die meisten konnte ich mit Heißwachs entfernen. Aber zwischen meinen Beinen? So mutig war ich nicht, es mir an dieser Stelle selbst zu machen, und ich dachte dabei nicht an gewisse Freuden, die mir Mister Yeehaw sonst schenkte. Blöder Name, aber so wirkte der Dildo nicht so unpersönlich, und ein besserer war mir nicht eingefallen.

Mit Rasierer und Schaum bewaffnet machte ich mich an die Arbeit. Die Verrenkungen, die ich dabei durchführen musste, waren zirkusreif! Zum Glück zog ich mir keine Zerrung zu und von einem Hexenschuss blieb ich auch verschont. Mit einem Spiegel kontrollierte ich noch mal den ganzen Bereich und zupfte mir ein einzelnes Härchen, das dem Massaker entgangen war, mit einer Pinzette aus.

Halleluja!

Der Moment, als mir die Tränen vor Schmerz in die Augen schossen, ließ einen seltsamen Schrei aus meinem Mund erklingen. Danach war ich mir sicher zu wissen, wie einst das Jodeln erfunden worden war!

Ich trug überall eine beruhigende Lotion auf und war fix und fertig. In Zukunft wollte ich diesbezüglich auf jeden Fall besser vorbereitet sein und nicht mehr so lange warten, bis ich die Sache im Ernstfall selbst in die Hand nehmen müsste. Aber es war getan und ich war stolz auf mein Werk. Ich fühlte mich gut!

Nach duschen, Haare stylen und schminken zog ich mich an und wartete auf Mindy, die immer ewig brauchte. Als sie endlich fertig war, wuchs meine Aufregung ins Unermessliche.

»Können wir?«, fragte ich mit glühenden Wangen.

»Von mir aus!«

»Dann los!«

3. Kapitel

Aramis

»Ist das schön, mal wieder mit euch allen zusammen abzuhängen«, rief ich laut in die Runde von Menschen, die versammelt an einem großen, runden Tisch im Saloon saßen.

Gabe und Cody waren da, dazu Tyler und Darren, zwei Freunde von uns, und alle hatten ihre Frau beziehungsweise Freundin dabei. Ein wenig stimmte mich das nachdenklich, war ich doch der einzige Single in der Runde. Aber egal. Das Leben war schön und die Auswahl an Frauen groß. Warum sich also auf eine festlegen?

»Das war auch mal wieder an der Zeit!«, meinte Cody. »Ich freue mich auf einen Abend voller Alkohol, gutem Essen und danach auf eine Nacht voller leidenschaftlichem, heißem Sex!«

»Cody!« Lilly, seine Angebetete, beschwerte sich kichernd.

»Was denn? Stimmt doch!«

»Ist er eigentlich wirklich so gut und ausdauernd, wie er immer tut, oder schneidet er nur auf?«, fragte ich lachend, denn Codys Selbstbewusstsein war von einem anderen Stern.

»Ich sage nichts ohne meinen Anwalt«, antwortete Lilly und machte ein ernstes Gesicht. »Nur so viel: Ich kann mich nicht beschweren!«

»Uh«, machten alle und das Gelächter war groß.

»Na los, bestellt euch was. Das Essen geht heute Abend auf mich!«, sagte Cody an und zwinkerte.

»Burrito-Schlacht!«, rief Gabe lachend. »Dankeschön, Cody.«

»Keine Ursache.«

Die zwei Pitcher Bier, die wir geordert hatten, waren leer, noch bevor wir das Essen bestellen konnten. Ich wollte gerade die nächste Runde ordern, als Gabe mich am Arm antippte.

»Hey, schau mal, wer da kommt!«

Ich drehte mich um, und als ich sah, wer da gerade an der Garderobe stand und seine Jacke aufhängte, lächelte ich breit.

»Na das ist ja eine Überraschung!«

Da stand er, der Mount St. Helens. Mein Vulkan! Gott, sah sie heiß aus in ihrem engen schwarzen Rock, der Bluse in Candyapfel rot und den Stiefeln, die bis zu ihren Knien reichten. Meine rassige Königin, die ich nur zu gerne zur Eruption gebracht hätte! In ihrem Schlepptau befand sich eine aufgedonnerte Blondine. Ebenfalls sehr hübsch, aber nicht mein Stil.

»Rückt mal etwas zusammen«, bat ich meine Freunde, die mich, bis auf Gabe, verwundert anstarrten. Dann erhob ich mich und ging den beiden Frauen entgegen. »Guten Abend, die Damen«, begrüßte ich sie lächelnd. »Hallo, Sarah.«

»Aramis! Du bist auch hier?«, fragte sie überrascht.

»Ist meine Stammkneipe. Aber dich habe ich hier noch nie gesehen.«

»Ich bin ja auch zum ersten Mal hier. Ich gehe nicht oft aus. Darf ich dir meine Cousine Mindy vorstellen?«

»Natürlich. Hallo. Ich bin Aramis.«

»Hallo«, antwortete sie und schenkte mir einen betörenden Augenaufschlag.

»Wollt ihr euch zu uns setzen? Meine Firma und ein paar Freunde sind da.«

»Ja, sehr gerne«, antwortete Mindy sofort, ohne Sarah zu beachten.

Da war wohl jemand in Flirtlaune. Oh wie ich es liebte, wenn ich wusste, dass ich leichtes Spiel hatte. Aber … nein! Es war nicht Mindy, mit der sich mein bester Freund gerne duelliert hätte. Doch sie spielte mir in die Karten, also flirtete ich ein wenig zurück und ließ meine Grübchen blitzen.

»Dann kommt mit, ich stelle euch alle vor.«

Ich nahm Mindys Hand und zog sie mit zum Tisch. Sarah folgte augenrollend.

»Hey, Leute. Das ist Sarah, sie arbeitet bei Hopemans. Und die bezaubernde Frau neben mir ist ihre Cousine Mindy. Seid nett zu ihnen.«

»Wir sind immer nett«, sagte Darren lachend und rückte ein Stück.

Tyler zog noch zwei Stühle herbei, sodass die beiden Platz fanden.

»Setzt euch«, bat ich, und als ich selbst saß, setzte Mindy sich gleich neben mich. Mist! So war das eigentlich nicht geplant!

»Schön, dass du meinem Hinweis gefolgt bist«, warf Cody grinsend ein und ich registrierte, dass er Sarah dabei anschaute.

So sah das also aus! Sie wusste, dass ich hier sein würde! Kleine Schauspielerin!

Ihre Wangen röteten sich, doch ich sagte nichts. Ich lachte nur still in mich hinein. Das war doch schon die halbe Miete, oder nicht?

»Was wollt ihr trinken?«

»Ich nehme einen Appletini«, hauchte Mindy.

»Und du, Sarah?«

»Scotch. Ohne Eis, bitte.«

»Bestell ich euch. Wir wollten gleich noch etwas essen. Habt ihr auch Hunger? Cody zahlt.« Ich grinste meinen Boss an, der die Backen aufplusterte.

»Essen wäre toll«, antwortete Sarah. »Was gibt es denn hier so?«

»Wir bestellen immer quer durch die Karte. So kann man von allem probieren.«

»Hört sich gut an.«

»Ich empfehle euch die Drumsticks, die sind köstlich«, meinte Jinx, die normalerweise hier arbeitete, aber heute freihatte. Auch sie freute sich sichtlich über den freien Abend, den sie mit Gabriel verbringen konnte. Vor allem, da sie ihren kleinen Sohn Ben heute mal bei einem Babysitter gelassen hatten.

»Ich mach das schon«, sagte ich und lächelte ihr zu. »Shane!«

Jinx' Kollege kam an den Tisch. »Hier bei der Arbeit. Was kann ich für euch tun?«

»Zunächst mal einen Appletini und einen Scotch ohne Eis für die beiden Damen hier. Zwei Pitcher Bier auch noch. Das geht auf meine Rechnung. Und dann würden wir gerne essen.«

»Wisst ihr schon, was ihr wollt?«

»Bring uns bitte einen Eimer Drumsticks, fünf Burritos, ein paar Hühnchenenchiladas, Quesadillas, auf jeden Fall eine Texaspizza mit allem drum und dran und ein paar Pulled Porc Tacos. Dazu eine Badewanne voll French Fries, ein paar Chilikartoffeln und Tacos. Hab ich was vergessen?«

»Ein paar Dips und einen Chirurgen, der mir hinterher alles wieder rausoperiert, wenn ich vorm Platzen stehe«, lamentierte Cody.

»Teller wären nicht schlecht«, fügte Tyler trocken hinzu, sodass wir alle lachen mussten.

»Das wäre alles«, sagte ich übertrieben höflich.

»Ich stelle euch etwas zusammen«, stöhnte Shane und verdrückte sich.

Kurz darauf brachte er die Getränke, und während Mindy an ihrem Appletini nur nippte, kippte Sarah ihren Scotch in einem Rutsch.

»Willst du noch einen?«, fragte ich, doch sie schüttelte den Kopf.

»Nein, einer reicht. Ich bin mit dem Auto da und bleibe ab sofort bei Wasser.«

»Shane, bringst du ...«

»Ja, ich habe es gehört. Bin gleich wieder da.«

»Was ist dem denn über die Leber gelaufen?«, fragte ich lachend.

»Er weiß wohl, dass es ein langer Abend für ihn werden wird«, erklärte Shelby, Tylers Frau.

»Darauf kannst du wetten«, erwiderte ich lachend. »Sarah, Mindy - das ist übrigens Shelby. Wenn eure Karre mal nicht mehr läuft, kann sie euch helfen.«

»Hallo, Shelby«, riefen beide.

»Hört nicht auf ihn. Ich habe meine Werkstatt vermietet und arbeite nur noch an Autos, wenn es meine Zeit zulässt. Verlasst euch also nicht darauf.«

»Ich behalte es trotzdem mal im Hinterkopf«, meinte Sarah lächelnd. »Für den Notfall.«

Nacheinander stellte ich den beiden alle vor, und nach anfänglich ruhigem Start wurde es lebhafter, je länger der Abend dauerte. Sarah und Mindy hatten ein wenig ihre Scheu abgelegt, als sie merkten, dass sie bei allen willkommen waren, und so wurde viel gelacht.

Mindy flirtete den ganzen Abend ungeniert mit mir. Das ehrte mich zwar und bis zu einem gewissen Grad spielte ich mit, aber ein wenig genervt war ich schon. Während Sarah es bei einem einzigen Scotch belassen hatte, da sie noch fahren musste, trank Mindy mit meinen Kumpeln immer mehr durcheinander, sodass nicht mal das reichhaltige Essen verhindern konnte, dass sie immer ausgelassener wurde, um nicht betrunken zu sagen. Und dann forderte sie mich zum Tanzen auf!

Kichernd zog sie mich auf die Tanzfläche. Ich wollte nicht unhöflich sein und auch keinen schlechten Eindruck auf Sarah machen, also schenkte ich ihr den Tanz. Mit großen Kulleraugen schaute sie mich an und mir wurde es langsam zu bunt. Sie wollte Spielchen spielen? Das konnte ich auch!

»Wie wäre es, Mindy?«, hauchte ich ihr ins Ohr und umfasste mit beiden Händen ihren Po. Fest drückte ich zu und ich spürte sofort, wie sie verkrampfte. Blenderin! »Den ganzen Abend über baggerst du mich schon an. Ich finde, es wird Zeit, Nägel mit Köpfen zu machen. Was denkst du? Du und ich auf der Toilette?« Ich streichelte an ihrer Wirbelsäule hinab bis zu ihrem Po. Entsetzt schaute sie mich an.

»Hör auf!«, keuchte sie leise und wurde rot im Gesicht.

»Hast du schon mal die vollkommene Ekstase erlebt? Das schaffe ich nur mit meiner Zunge. Und du willst nicht wissen, was ich noch mit dir anstellen kann!«

»Aramis!«, zischte sie empört und wollte sich aus meinen Armen winden. Sie musste nicht lange kämpfen, denn ich ließ sie los.

»Ich geh schon mal vor. Komm nach, wenn du mehr willst.«

Mit einem arroganten Lächeln auf den Lippen ließ ich sie stehen und wollte zu den Toiletten gehen, doch ich kam nicht weit. Es waren noch mehr Leute auf der Tanzfläche, und als ich mich umdrehte, rannte ich voll in jemanden hinein.

»Hoppla, entschuldige, ich hab dich gar nicht … Sarah?«

»Ganz schön stürmisch«, sagte sie grinsend.

»Du bist so ein Trampel!«, fügte Cody hinzu, der wohl mit ihr getanzt hatte.

»Ich sagte ja, dass es mir leidtut«, grummelte ich. »Ich muss mal aufs Klo.«

Mit einer Drehung schmuggelte ich mich an den beiden vorbei und suchte die Toiletten auf. Hoffentlich hatte ich jetzt Ruhe vor der Kleinen! Aber Sarah hatte wohl direkt hinter mir getanzt. Ich konnte nur hoffen, dass nichts von dem an ihre Ohren gedrungen war, was ich da gelabert hatte. Ich pinkelte, wusch meine Hände und wollte zurückgehen, da hielt mich jemand auf.

»Reingefallen!«, hörte ich eine Stimme laut rufen, und als ich mich umdrehte, lehnte Sarah neben der Toilettentür an der Wand.

Ich ging zwei Schritte zurück. »Was?«

»Ich sagte reingefallen!«, wiederholte sie und grinste mich an. »Mach dir nichts draus. Das macht sie mit jedem.«

»Was meinst du denn? Ich kann dir gerade nicht richtig folgen.«

»Meine Cousine ist die Prüderie in Person. Sie hat geschworen, jungfräulich in die Ehe zu gehen. Das hält sie aber nicht davon ab, ihre Reize auf die Männerwelt loszulassen. Du bist nicht der Erste, der darauf hereinfällt.«

Jetzt verstand ich, was sie meinte. Als hätte ich das nicht bereits gewusst!

»Wenn du es genau wissen willst, Sarah, sie hat mich genervt. Ich will nicht angebaggert werden, ich will erobern.« Selbstbewusst ging ich auf sie zu, legte meine Hände rechts und links neben ihren Kopf an die Wand und kam mit meinem Gesicht dem ihren ganz nahe. »Wüsstest du vielleicht jemanden, der sich als Jagdbeute eignen würde?«, raunte ich in ihr Ohr und schaute ihr danach fest in die Augen. »Oder sollte ich lieber nach Hause fahren?«, fragte ich, doch dann geschah etwas, mit dem ich nie im Leben gerechnet hätte!

»Was willst du denn zu Hause?«, säuselte sie. Ihre Finger spielten mit dem Ausschnitt meines Hemdes und mit einem lasziven Augenaufschlag sah sie mich an. »Was du da eben zu Mindy gesagt hast, hat mich neugierig gemacht. Weißt du, ich bin auch hergekommen, um ein wenig Spaß zu haben. Und glaub mir, ich bin keine Heilige wie meine Cousine. Auch wenn du nach dem lieben Gott rufen wirst, wenn ich dir einen blase!«

Heilige Scheiße!

»Was machst du da?«, fragte ich und schluckte, als eine Hand von ihr zwischen meine Beine griff.

»Fühlen, ob es sich lohnt!«

Sie grinste mich an und für einen kurzen Moment war ich völlig perplex. So etwas hatte ich ja noch nie erlebt!

»Na, was ist, Mister Unwiderstehlich?«, hauchte sie und massierte meinen Schwanz, der seine Entscheidung längst getroffen hatte.

»Wo?«, fragte ich keuchend.

»In meinem Van.«

»Es ist sau kalt draußen!«

»Standheizung.«

Mehr brauchte sie nicht zu sagen!

Ich ergriff ihre Hand und zog sie hinter mir her Richtung Ausgang, immer darauf bedacht, dass die anderen uns nicht sehen konnten. Sie brauchten nicht zu wissen, was gleich auf dem Parkplatz passieren würde. Glücklicherweise sah keiner von ihnen zu uns her, also schafften wir es ungesehen vor die Tür.

Wir stürmten über den Parkplatz bis zu ihrem Van. Sofort öffnete sie die Hecktür und sprang hinein.

»Worauf wartest du?«, fragte sie.

»Darauf, ob jemand Eintritt verlangt!«, antwortete ich verwundert, als ich die Ausstattung sah.

Der ganze Boden war ausgepolstert. Eine dicke Decke lag über einer Matratze und unzählige Kissen waren darauf drapiert worden. Vorhänge aus schwarzem Samt bedeckten die Fenster. An der Wand zum Führerhaus gab es einen kleinen Kühlschrank und eine Mini-Stereoanlage stand befestigt auf einem Regal. Der Innenraum wurde von rotem Licht erleuchtet. Dieses Auto diente nur einem einzigen Zweck …

»Ich bin nur vorbereitet.« Dieses Grinsen!

Zaghaft stieg ich ein und sie schloss die Tür. In meinem ganzen Leben hatte ich mich noch nie so unsicher gefühlt.

»Du bist aber keine Professionelle?«, fragte ich und sie lachte laut.

»Ihr Männer!«, antwortete sie kopfschüttelnd. »Ihr dürft euch nehmen, was ihr wollt. Aber wenn wir Frauen so agieren, sind wir gleich Professionelle? Willkommen in der Gegenwart, Steinzeit-Macho!«

»Entschuldige. Ich wollte dich nicht beleidigen. Das alles ist nur sehr ungewohnt«, sagte ich kratzig.

Sarah rutschte auf Knien zu mir heran. »Ich habe das Gefühl, als hätte ich mein männliches Gegenstück gefunden«, hauchte sie. »Nur Spaß! Keine Verpflichtungen!«

»So hatte ich es geplant!«

»Worauf wartest du dann noch?«

Ihre vollen Lippen lockten mich, und als sie mit ihrer Zunge an ihnen leckte, war es vorbei mit meiner Zurückhaltung. Mit beiden Händen packte ich ihre Schultern, zog sie zu mir heran und küsste sie. Stöhnend erwiderte sie den Kuss.

»Lass mich dich ausziehen!«, nuschelte sie an meinem Mund und nur zu gerne kam ich ihrer Bitte nach.

Zuerst knöpfte sie mein Hemd auf, streifte es über meine Arme und warf es zur Seite. Als Nächstes zog sie mir mein Unterhemd über den Kopf. Bevor sie sich an meiner Hose zu schaffen machte, verpasste sie mir einen Schubs, sodass ich auf meinen Rücken fiel. Ich rückte mir ein Kopfkissen zurecht, um es bequemer zu haben, und wartete. Als sie sich mit meinem Gürtel beschäftigte, streifte ich mit den Füßen meine Schuhe ab.

»Hintern hoch«, forderte sie. Die Hose war offen und sie griff in den Bund, um sie mir auszuziehen. Danach machte sie sich an meinen Shorts zu schaffen.

Irgendetwas lief hier völlig verkehrt! Ich lag splitterfasernackt vor ihr, während sie noch immer in ihren Kleidern steckte.

»Wow«, raunte sie nur und verschwand mit dem Kopf zwischen meinen Beinen. Fest umgriff ihre rechte Hand meinen Schwanz. Als ich spürte, wie ihre Lippen sich um meine Spitze legten, schloss ich meine Augen. Sarah hatte nicht zu viel versprochen. Was sie da machte, tat mir überaus gut. Ihre Hand glitt auf und ab und das so geschickt, dass ich stöhnen musste. Doch was sie mit ihrem Mund veranstaltete! Ihre Zunge reizte sämtliche Nervenenden. Ihre Lippen übten dazu immer wieder Druck aus oder saugten an mir. Mal weiter vorne, mal nahm sie mich tief in sich auf.

»Oh Gott!«, keuchte ich, als sie ihren Rhythmus beschleunigte. Ich war kurz davor! Das durfte ich auf keinen Fall zulassen! Mit beiden Händen ergriff ich sie und warf sie auf den Rücken.

Sarah lachte in sich hinein. »Hab ich dir nicht gesagt, du wirst nach Gott rufen?«

»Ja, das hast du, du Biest!«, knurrte ich, und ich war erregt bis aufs Äußerste! »Jetzt bist du dran!«

Sie wollte es schmutzig? Konnte sie haben! Mit Kraft riss ich ihre Bluse auseinander, sodass die Knöpfe in alle Richtungen flogen. Ein BH aus schwarzer Spitze lachte mich an und seine Füllung noch viel mehr! Sarah hatte beträchtlich Holz vor der Hütte und das war ganz nach meinem Geschmack. Ich stand auf üppige Brüste! Doch sie mussten zum Rest des Körpers passen. Sarah war wohlproportioniert. Sie besaß weiche Rundungen an genau den richtigen Stellen, sodass ihre Titten nicht wie ein Fremdkörper wirkten. Was ich da sah, erregte mich noch zusätzlich. Zart streichelte ich über ihren weichen Bauch.

»Was ist? Zu fett?«, fragte sie sehr direkt und zum ersten Mal erlebte ich sie leicht verunsichert.

»Blödsinn! Genau richtig!«, antwortete ich, und ich meinte, was ich sagte.

Für einen kurzen Moment hatte ich vergessen, wieso ich hier war. Zu sehr genoss ich den Anblick dieser perfekten Weiblichkeit. Die runden Hüften, die noch von einem engen Rock versteckt wurden. Die prallen Titten, die mich anlachten. Ich konnte es kaum erwarten, meine Hände in dieses weiche Fleisch zu vergraben.

Meine Finger glitten unter ihren Rock und schoben ihn hoch. Ach du liebe Schutzheilige der Erregung und des Samenstaus! Sarah trug kein Höschen! Dafür halterlose Strümpfe, die sich hauteng an ihre Oberschenkel anschmiegten. Lockend öffnete sie ihre Beine für mich, sodass ihr glattrasiertes Paradies mich anstrahlte.

»Worauf wartest du?«, reizte sie mich mit rauer, kehliger Stimme. »Oder hast du zu viel versprochen?«

4. Kapitel

Sarah

Heilige Scheiße, was hatte ich da nur angestellt?

Keuchend lag ich neben dem heißesten Typen, der mir je begegnet war. Ich kannte ihn nicht mal richtig, doch mich selbst kannte ich gerade noch weniger.

Es war zum ersten Mal in meinem Leben passiert, dass ich mich auf einen One-Night-Stand eingelassen hatte. Als Entschuldigung konnte ich noch nicht mal behaupten, betrunken zu sein. Aber ich hatte es so satt gehabt, dass alle Männer immer nur nach Mindy verrückt waren. Sie wusste um ihre Schönheit und nutzte diesen Umstand gnadenlos aus. Dabei spielte sie nur mit allen. Im Endeffekt war sie keusch wie eine Nonne. Oder verklemmt. Oder beides.

Bei mir selbst musste wohl eine Sicherung durchgebrannt sein. Anders konnte ich mir nicht erklären, wieso ich mich auf Sex mit einem fast Fremden eingelassen hatte. Besonders heißen Sex! Mein Gott, was er da mit seiner Zunge angestellt hatte …

Noch immer vibrierte alles in mir. Noch immer spürte ich das Verlangen nach mehr. Niemand zuvor hatte mir je so ein Vorspiel geschenkt. Aramis war wohl ein Meister darin, Frauen zu beglücken. Ich war mir allerdings nicht sicher, wie lange er dafür hatte *lernen* müssen. Und ganz besonders: mit wie vielen Frauen? Aber jetzt, in diesem Moment, war mir das egal. Bisher war ich immer selbst für meine Orgasmen zuständig gewesen, so traurig sich das auch anhörte.

Und jetzt?

Ich war moppelig und zog bei Männern von daher meistens den Kürzeren. Und die wenigen, die es mit mir versucht hatten? Na ja …

Aber dieser Typ hier, dem schien das alles egal zu sein. Im Gegenteil! Ich hatte die ganze Zeit über das Gefühl gehabt, dass er auf meine Rundungen stand. Er gab mir das Gefühl, begehrenswert zu sein, und ich fühlte mich königlich. Doch am schönsten war, dass er immer noch neben mir lag. Eigentlich hatte ich gedacht, dass er sich umgehend verziehen würde.

Ich traute mich nicht, ihn anzusehen. Die Scham über das, was ich getan hatte, schlich sich langsam in mein Denken. Ja, ich schämte mich. Aber ich bereute es nicht. Das mochte ein Widerspruch sein, aber ich fand, dass jede Frau verdient hatte, so behandelt zu werden. Mit so viel Gefühl. So viel Leidenschaft.

»Ist alles in Ordnung mit dir?«, hörte ich ihn sagen.

Langsam drehte ich mich zu ihm um und war glücklich, die rote Färbung auf meinen Wangen der Anstrengung beim Verkehr in die Schuhe schieben zu können.

»Ja. Ist es. Irgendwie schon.«

»Irgendwie schon?«

Was sollte ich jetzt sagen? Ich hatte ihm vorgespielt, jemand zu sein, der ich nicht war. Und jetzt wollte ich einfach nur jedes Drama vermeiden.

»Du warst richtig gut«, sagte ich und grinste ihn frech an. Und das war ja auch die Wahrheit.

»Danke. Übrigens, ich finde, jetzt, da wir dieses besondere Erlebnis miteinander geteilt haben, sollten wir uns besser kennenlernen. Ich bin Aramis Reed.«

»Sarah Watson. Aber wozu ist das wichtig?«

»Weil unser Spielchen dadurch Bedeutung erlangt.«

Verwundert blickte ich ihn an. »Bedeutung? Es war eine einmalige Sache. Interpretiere nicht mehr hinein, als es war.«

Aramis erforschte mein Gesicht und ich hoffte, er würde die Lüge nicht erkennen, die mir gerade aus allen Poren drang. So cool war ich nämlich nicht.

»Erledigt und vergessen, nicht wahr?«, brummte er.

»So läuft das doch für gewöhnlich, oder irre ich mich?«, antwortete ich kalt.

»Für gewöhnlich, ja. Aber ich bin auch noch nie jemandem wie dir begegnet.«

»Was heißt das denn?«

Aramis drehte sich zur Seite und stützte sich auf seinem Arm auf.

»Mir hat alles sehr gefallen heute Abend. Du kannst dir nicht vorstellen wie sehr! Und nicht nur das, ich könnte schon wieder!«

Eindringlich blickten seine grau-grünen Augen in meine. Ich schluckte, denn ich konnte nicht verstehen, wieso er das zu mir sagte.

»Wirklich?«, fragte ich ziemlich naiv.

Mit einem Ruck schlug er die Decke zurück, unter der wir uns eingekuschelt hatten.

»Sieh dich an! Du bist die vollendete Weiblichkeit. Ich konnte fühlen, wie sehr du alles genossen hast. Und was du mit deinem Mund anstellen kannst … Ehrlich, jemand wie du ist mir noch nie begegnet. Ich will mich entschuldigen.«

»Wofür denn? Für die beiden Orgasmen, die du mir geschenkt hast?«, fragte ich sarkastisch und sah ihn mit einer Mischung aus Kälte und Unsicherheit an.

»Nein. Dafür, dass ich viel zu lange zugelassen habe, dass deine Cousine mich angebaggert hat. Ich hätte sie gleich in ihre Schranken weisen müssen. Und was du da beim Tanzen von mir gehört hast, das sollte sie nur abschrecken. Ich hatte keinerlei Absichten, irgendetwas mit ihr anzufangen. Du bist eine Wahnsinnsfrau, Sarah. Ich wollte dich vom ersten Augenblick an.«

Ich musste hart schlucken. So etwas hatte noch nie ein Mann zu mir gesagt. Natürlich streichelte er damit mein Ego, doch wirklich glauben konnte ich das alles nicht. Vielleicht war es seine Art, sich für den Sex zu bedanken.

»Ich nehme das mal so hin«, antwortete ich lächelnd, denn trotz all meiner Bemühungen, abweisend zu sein, konnte ich seinen Worten nicht widerstehen. Meine aufgesetzte Maske bröckelte.

Aramis setzte ein jungenhaftes Lächeln auf, und das Nächste, das ich spürte, waren kreisende Bewegungen mit seinem Finger über meine Brust.

»Aller guten Dinge sind drei«, sagte er verführerisch und brachte mich damit wieder ins Schwitzen. »Wer weiß, wann uns so etwas Gutes noch einmal widerfährt. Denkst du, ich könnte dich noch einmal in Stimmung bringen?«

Wollte ich das? Mein Kopf war dagegen, aber mein Unterleib war fest dazu entschlossen, seine Einwände zu ignorieren. Leise stöhnte ich auf, als Aramis anfing, mit meinen Nippeln zu spielen.

»Ich wusste es«, brummte er triumphierend. Und was tat ich? Ich kapitulierte!

Fast zwei Stunden waren wir in meinem Van zugange gewesen und jetzt war Aramis fort. Die beiden Kondome, die er benutzt hatte, hatte er dankenswerterweise mitgenommen, um sie zu entsorgen. Seine Wärme jedoch, die hätte ich gerne noch ein wenig länger gespürt. Der lange Abschiedskuss, den er mir gegeben hatte, hallte immer noch in mir nach.

Er wollte mich! Das war es, was er gesagt hatte. Vermutlich war das alles, was er mir geben konnte. Ein einmaliges, berauschendes Erlebnis. Und das war es auch! Ich hätte mich glücklich fühlen sollen, tat es aber nicht.

Und noch eins kam dazu: Was würden die anderen jetzt wohl über mich denken? Ihnen würde nicht entgangen sein, dass Aramis und ich zwei Stunden lang verschwunden waren. Was er ihnen erzählen würde?

Lange konnte ich nicht darüber nachdenken, denn Mindy klopfte wie verrückt an die Beifahrertür. Seufzend entriegelte ich sie.

»Du bist so eine Schl...«

»Sprich es aus und du gehst zu Fuß nach Hause!«, unterbrach ich sie energisch und blitzte sie an.

Mindy stieg schmollend ein, setzte sich und überkreuzte die Arme. Alles an ihr schien vor Wut zu vibrieren.

»Du hast mich da drin einfach allein gelassen!«, grummelte sie schließlich und rang mir damit ein Schmunzeln ab. »Und gehen konnte ich auch nicht, weil du hier drin womöglich ...«

»Nicht *womöglich*. Ich habe! Und soll ich dir was sagen? Es war das Beste, was mir je im Leben widerfahren ist! Du bist ja nur angepisst, weil er dich sitzen gelassen hat. Dabei hattest du ja sowieso kein weiteres Interesse an ihm.«

»Du kannst doch nicht mit wildfremden Männern ins Bett gehen!«, empörte sie sich.

»Du hast doch gesehen, dass ich das kann. Wenigstens mache ich nicht alle Typen heiß und lasse sie dann im Regen stehen. Irgendwann wirst du an einen geraten, der sich nicht so leicht abwimmeln lässt. Du spielst ein gefährliches Spiel, Mindy!«

»Ach, und du nicht? Der Kerl hätte ein Mörder und Vergewaltiger sein können!«

»Ist er aber nicht. Ich habe den Abend genossen.«

»Werdet ihr euch wenigstens wiedersehen?«

Lächelnd ließ ich den Motor an. »Ich habe keine Ahnung.«

Mit einem Seitenblick zu ihr hin musterte ich sie und sah, wie ihre Lippen sich zu einem schmalen Strich verzogen.

»Ich verstehe nicht, wie du dich darauf einlassen konntest«, sagte sie schließlich leise.

»Ich verstehe es auch nicht, Mindy. Aber ich bereue nichts!«

Überwiegend schweigend fuhren wir nach Hause und nur ab und zu konnte ich ein Schnaufen von meiner Cousine hören. Sie war sauer auf mich, aber da musste sie jetzt durch.

Zu Hause schnappte ich mir erst mal ein Bier, um meine Nerven zu beruhigen. Mein Herz wollte nicht aufhören, heftig zu schlagen. Mindy setzte sich zu mir.

»Hat es sich denn wenigstens gelohnt?«, fragte sie schüchtern, sodass ich lächeln musste. Als ob sie Angst vor dem Thema Sex hätte.

»Du ahnst nicht, wie sehr«, antwortete ich. »Weißt du, er hat doch zuerst tatsächlich gedacht, ich wäre eine Professionelle.«

»Wie bitte?«, fragte sie empört. »Wie kommt er denn auf so etwas Abstruses?«

»Wegen meines Vans. Die ganze Ausstattung und das alles.«

Mindy grinste. »Hast du ihn denn nicht aufgeklärt, dass du ihn zum Campen auf Festivals benutzt, weil du Zelte hasst?«

»Nein«, sagte ich kopfschüttelnd.

»Na dann wundert mich das nicht. Scheiße, er wird denken, du ziehst so was öfter ab.«

»Na und? Ich glaube nicht, dass er ein Unschuldslamm ist, also drauf geschissen.«

Sie riss die Augen auf. »Habt ihr wenigstens an Verhütung gedacht?«

»Natürlich! Für wen hältst du mich denn?«

»Hast du oder er ...«

»Er hatte Kondome dabei. Du weißt, dass ich die Pille nehme. Es ging weniger um Verhütung als um irgendwelche Krankheiten. Ich bin nicht so leichtfertig, wie du mich gerade hinstellen willst.«

»Entschuldige. Das lag nicht in meiner Absicht.«

»Schon gut.« Stöhnend blickte ich sie an. »Es tut mir leid, dass ich dich allein gelassen habe. Ich weiß nicht, was da über mich gekommen ist. Warum ich mich darauf eingelassen habe.«

Mindy spielte nervös mit ihren Fingern und ich wusste, ihr brannte noch eine Frage auf der Seele.

»Frag schon!«, presste ich hervor.

»Wie war er?«

Na klar! Die Frage musste ja kommen!

»Es war gigantisch«, antwortete ich und ließ ein langes, sehnsuchtsvolles Seufzen erklingen. »Nicht nur, dass er Ausdauer hatte, er hatte auch viel zu geben.«

»Na wenigstens etwas! Es wäre doch sehr ärgerlich gewesen, wenn du nicht auf deine Kosten gekommen wärst.«

»Ich kann mich wirklich nicht beschweren.« Forschend blickte ich sie an. »Wie hältst du das nur durch? Ich meine, mit diesem jungfräulich in die Ehe gehen? Ich habe schon mit ein paar Platzpatronen geschlafen. Wenn ich mir vorstelle, die müsste ich mein ganzes Leben ertragen, würde ich sterben. Willst du wirklich die Katze im Sack kaufen?«

Mindy nickte energisch. »Ja, das will ich. Ich will in erster Linie geliebt werden, Sarah. Wenn er nicht warten kann, dann ist er es nicht wert.«

Sanft blickte ich sie an, denn ich wusste, wie sehr sie mit Vorurteilen zu kämpfen hatte, weil sie sich für diesen Weg entschieden hatte.

»Vielleicht hast du sogar recht, Süße. Ich bewundere dich dafür. Aber bitte, hasse mich nicht, weil ich schwach geworden bin.«

Mit einem Satz war sie bei mir und umarmte mich. »Ich hasse dich doch nicht, Sarah. Im Gegenteil. Du bist meine beste Freundin und ich will, dass du glücklich bist. Jeder auf seine Art, nicht wahr?«

»Damit kann ich leben, Mindy«, antwortete ich und drückte einen Schmatzer auf ihre Wange. »Wir sollten schlafen gehen. Du bist angeschickert und ich würde gerne noch ein wenig träumen, bevor mich der Alltag wieder einholt.«

Mit diesen Worten stand ich auf, zog sie hoch und jede von uns machte sich auf den Weg in ihr Zimmer. Lange lag ich noch wach, doch als ich einschlief, träumte ich von meinem Musketier!

5. Kapitel

Aramis

»Erzählst du mir freiwillig, wohin du am Samstag verschwunden bist, oder muss ich es aus dir herausprügeln?«, fragte Gabe mit bierernstem Gesicht, als wir uns montags auf der Arbeit trafen.

»Wieso? Warum fragst du?«, antwortete ich unschuldig.

»Na ja, ich sag mal so: Du warst verschwunden, Sarah war verschwunden. Ich könnte mir ja jetzt etwas zusammenreimen, aber ich würde es lieber von dir hören.«

»Du hast recht. Ich habe sie vor den Toiletten getroffen. Ihr ging es nicht gut, wohl von dem vielen Essen. Ich habe sie dann nach Hause gebracht, und weil mir der Weg zu weit war, um noch mal in den Saloon zu laufen, bin ich direkt nach Hause gegangen.«

»Und warum habt ihr euch nicht verabschiedet?« Gabe grinste.

»Na weil … weil … Sarah wollte Mindy nicht den Abend versauen. Darum haben wir uns rausgeschlichen.«

»Aha!«, antwortete Gabriel und rollte mit den Augen. »Ich glaub dir kein Wort!«

»Mir doch egal«, brummte ich angesäuert. »Du darfst denken, was du willst.«

Gabe musterte mich ausgiebig. So sehr, dass es mir unangenehm wurde.

»Sie ist eine tolle Frau, Aramis«, sagte er schließlich. »Auch wenn sie nicht deinem üblichen Beuteschema entspricht.«

Scheiße! Mein Kumpel kannte mich einfach zu gut. Er ahnte, dass es mir unangenehm war, zuzugeben, dass ich etwas mit Sarah angefangen hatte. Und ich schämte mich wegen des Grundes. Sie entsprach wirklich nicht den Frauen, die ich üblicherweise abschleppte. Die waren meist sehr schlank, sehr blond, sehr glatt gewesen. Sarah war das genaue Gegenteil. Üppig, dunkelhaarig und mit Ecken und Kanten. Natürlich war es völlig schwachsinnig von mir, nicht dazu zu stehen, denn Sarah hatte wirklich etwas in mir berührt. Doch ich hatte Angst vor dem Spott meiner Freunde, deshalb log ich.

»Du hast also nicht mit ihr geschlafen?«, hakte Gabriel nach und ich drehte mein Gesicht von ihm weg, damit ich ihm nicht in die Augen schauen musste.

»Nein!«, antwortete ich leise, und ich hasste mich dafür.

»Na schön«, hörte ich ihn sagen. »Dann nehme ich das mal so hin.«

Zum Glück war das Thema damit erledigt und ich widmete mich intensiv meiner Arbeit. Allerdings misslang es mir, meine Gedanken nicht zu Sarah abschweifen zu lassen. Seit dem Abend in ihrem Van dachte ich ständig an sie. Und dauernd lief ich mit einer verfluchten Latte in der Hose herum! Schlimm! Aber was sollte ich machen? Ich fühlte immer noch ihre prallen Titten in meinen Händen, ihre …

Mist! Schon wieder! Ich musste meinem Schwanz dringend Disziplin beibringen, sonst bemerkte noch jemand, was da ständig in meiner Hose passierte.

Zum Glück gab es reichlich zu tun, sodass ich wenigstens ein klein wenig Ablenkung fand. Doch als Cody mittwochs zu mir kam, lief es mir eiskalt den Rücken hinunter.

»Was soll ich?«

»Zu Hopemans fahren. Ich brauche die amerikanische Weißeiche. Für die Küchenfronten.«

»Kannst du nicht selbst fahren? Ernest ist doch nicht mehr dort!«

Nein, nein, nein! Ich wollte auf keinen Fall dorthin fahren und Sarah begegnen! Das mit uns sollte eine einmalige Sache bleiben!

»Nein, kann ich nicht. Ich muss zu den Tenderbaums, um das Design für ihre Küche abzusprechen. Es wäre also nett, wenn du mir den Gefallen tun könntest.«

»Was ist mit Gabriel?«

»Der hat andere Sachen zu tun.«

»So? Was denn?«

Cody schloss die Augen und stöhnte. »Aramis – fahr einfach! Hier ist der Auftrag. Es liegt alles bereit. Wir müssen das Holz nur abholen.«

»Können die nicht liefern?«

»Könnten sie. Aber so spare ich die Lieferkosten. Dadurch kann ich den Preis niedriger halten und bekomme so den Auftrag der Tenderbaums. Willst du sonst noch was wissen?«

»Nein«, knurrte ich und nahm die Auftragsbestätigung an mich. Aus der Nummer kam ich nicht mehr raus, also schnappte ich mir meine Jacke, den Schlüssel für den Kleinlaster und verließ die Halle.

Als ich die Tür schloss, sah ich einen winzigen Moment lang, wie Cody Gabriel ein High Five verpasste, und ich fragte mich, was das schon wieder zu bedeuten hatte. Doch erst mal quälten mich ganz andere Dinge. Ich würde Sarah wiedersehen. Und ich wusste nicht, wie ich mich verhalten sollte. Doch noch mehr Angst hatte ich davor, wie sie *mich* wohl behandeln würde.

Mit einem Grummeln im Magen betrat ich das Büro und so seltsam, wie ich mich fühlte, schaute sie mich an.

»Aramis!«, rief sie überrascht aus und lief rot an.

»Hey«, wollte ich sagen, doch mein Hals war so rau, dass mir das Wort in der Kehle stecken blieb, darum wiederholte ich es noch mal. Dieses Mal klarer. »Hey!«

»Was kann ich für dich tun?«, fragte sie. »Ich meine, kann ich dir helfen?«

»Ich soll die Weißeiche abholen. Hier ist der Auftrag«, sagte ich räuspernd, stand aber immer noch zwei Meter von ihrem Schreibtisch entfernt. Ich hatte Angst, näher zu ihr zu gehen.

Scheiße, sie sah göttlich aus an diesem Morgen! Ein enger Rollkragenpullover lag wie eine zweite Haut an ihr und ich bewunderte sie für ihren Mut, da er nichts versteckte. Sie stand zu ihren Kurven. Nicht wie andere, die möglichst weite Sachen trugen, um jedes Pölsterchen zu verstecken. Ihre dunklen Haare waren an einer Seite mit einer silbernen Spange zurückgesteckt und der dunkle Lidstrich um ihre Augen ließ sie noch mehr strahlen als sonst. Nur ihr Selbstbewusstsein von unseren ersten Begegnungen schien sich verabschiedet zu haben. Sie wirkte beinahe schüchtern auf mich. Allerdings konnte ich mir sehr gut vorstellen, woran das lag. Ihr war die Sache vom Samstag genauso peinlich.

»Gibst du mir bitte den Wisch?«, sagte sie schließlich leise und streckte ihre Hand aus.

»Na … Natürlich!«, stotterte ich und trat zu ihr, um ihr den Auftrag zu geben.

»Danke.« Sarah warf einen Blick drauf und nickte. »Liegt alles bereit«, bestätigte sie schließlich, als sie die Nummer im PC gecheckt hatte. »Ich bringe dich zur Lagerhalle am Sägewerk.«

»Das finde ich schon«, wiegelte ich ab, aber sie schüttelte den Kopf.

»Nein, ich begleite dich. Warte.« Sie lief zu einem der Büroschränke und kam mit zwei Schutzhelmen zurück. Die weich fallende, weite Marlene Dietrich Hose, die sie trug, wehte bei jedem Schritt um ihre Beine. Stramme, feste Beine! Scheiße, d'Artagnan regte sich schon wieder und wollte zu einem weiteren Gefecht antreten.

»Steuererklärung, Tofu, Katzenkotze ...«

»Was?«

Verflucht, hatte ich das laut gesagt?

»Nichts!«, rief ich lauter als beabsichtigt. »Ich … Mir sind nur gerade Dinge durch den Kopf gegangen, die ich nicht mag.«

Sarah schmunzelte. »Dann kann ich ja froh sein, dass mein Name nicht gefallen ist.«

Da war sie wieder, ihre Selbstsicherheit!

»Ja, kannst du. Ich meine, nein! Ich würde niemals ...« Gott, was redete ich denn da?

»Na komm. Ich bring dich hinüber.« An der Garderobe schnappte sie ihre Jacke, warf sie über und ging zur Tür hinaus. »Heute noch!«, forderte sie grinsend, denn ich stand immer noch wie angewurzelt auf meinem Platz. Mit einem gezwungenen Lächeln folgte ich ihr schließlich.

Ich blieb immer einen Schritt hinter ihr. Warum, wusste ich selbst nicht so genau. Der Ausblick jedenfalls war fantastisch! Ihre Pobacken hoben und senkten sich bei jedem Schritt und ich wollte am liebsten meine Zähne hineinschlagen. Jesus, diese Frau trieb mich in den Wahnsinn!

»Zieh den Helm an, bevor wir die Halle betreten«, bat sie und zeitgleich setzten wir ihn auf. »Vorschrift.«

Sie brachte mich hinein und lief gleich zu einem der anwesenden Arbeiter hin. Der nahm den Wisch entgegen, den ich ihr gegeben hatte und nickte.

»Liegt schon bereit. Wir können alles sofort verladen. Haben Sie einen Transporter?«

»Ja, steht draußen auf dem Parkplatz. Der weiße Mercedes.«

»Wenn Sie mir den Schlüssel geben, fahre ich ihn vor und erledige das Aufladen für Sie.«

»Ist nicht nötig«, wiegelte ich ab, doch der Mann schüttelte den Kopf.

»Vorschrift. Wegen Unfallschutz. Ich mach das schon.«

»Ihr habt viele Vorschriften, kann das sein?«, fragte ich lächelnd und drückte ihm den Schlüssel in die Hand.

»Gehen Sie mit Sarah im Büro einen Kaffee trinken. In zwanzig, höchstens dreißig Minuten sind wir fertig.«

»Okay.«

Wir ließen den Mann seine Arbeit machen und gingen durch das Tor zurück auf den Parkplatz. Im Augenwinkel erkannte ich Sarahs Van und verzerrte schmerzhaft die Lippen, denn mein bester Freund versuchte, sich aufzurichten, was in der engen Hose und während des Gehens nicht einfach war.

»Hast du Hüftschmerzen?«, fragte sie plötzlich und unerwartet, was wohl meinem schiefen Gang geschuldet war.

»Rücken! Nicht Hüfte. Rücken!«, log ich, denn etwas Besseres fiel mir nicht ein.

Als wir wieder im Büro ankamen, spurtete sie umgehend zur Maschine, um uns eine Tasse Kaffee zu holen. Da sie abgelenkt war, nutzte ich die Chance, mein Billardzimmer etwas zu ordnen, damit der arme Kerl nicht so gequetscht wurde. Doch wieder fiel mein Blick auf ihren Po, und ich konnte einfach nicht vergessen, was sich letzte Woche auf dem Parkplatz abgespielt hatte.

Das wars!

Ich war heiß auf sie und konnte es nicht mehr verleugnen.

»Hier, dein Kaffee. Aber vorsichtig, er ist heiß! Verbrenne dir nicht deine Zunge. Könnte sein, dass du sie noch brauchst!« Herausfordernd lächelte sie mich an und strich sich neckisch mit der Zunge über ihre Lippen.

»Und du solltest auf deinen süßen Mund aufpassen, Sarah«, konterte ich.

»Der ist kein Problem. Ich werde einfach ein wenig blasen, bevor ich trinke.«

Kapitulation! Her mit der weißen Fahne!

Alle Vorsätze, die ich gefasst hatte, warf ich mit Schwung über Bord. Ich wollte sie! Jetzt!

»Eigentlich will ich gar keinen Kaffee«, gab ich zu und stellte die Tasse auf den Tresen. »Ich brauche etwas deutlich Stärkeres. Irgendwelche Vorschläge?«, knurrte ich und ging einen Schritt auf sie zu. Auch sie stellte ihre Tasse ab, rieb mit einer Hand ihre Schläfe und stellte sich nachdenklich.

»Mal sehen. Eventuell wüsste ich da was. Ich will aber nicht, dass du Herzprobleme bekommst. Allerdings soll es gut gegen Rückenschmerzen sein, habe ich gehört.«

Oh, sie wusste genau, dass es nicht mein Rücken war, der mich quälte!

»Das würde ich gerne ausprobieren. Wir haben zwanzig Minuten!«

»Wir müssten zu meinem Van gehen.«

»Worauf wartest du dann noch?«

*

Es dauerte fünfundzwanzig Minuten!

»Du bist so ein Biest!«

Keuchend warf ich ihr die Worte an den Kopf, denn ich fühlte mich zu gleichen Teilen sowohl entspannt als auch völlig fertig. Ihre vor Anstrengung geröteten Wangen zeigten mir, dass es ihr ähnlich erging. Mit einem verschmitzten Lächeln zog sie ihren Pullover an.

»Kurz, aber heftig«, stellte sie fest.

»Was meinst du mit kurz?«, fragte ich grinsend, sodass sie lachend den Kopf schüttelte.

»Nur die Länge des Dramas, keine Sorge. Mit dem Rest bin ich völlig zufrieden.«

Ein Drama! Wie recht sie doch hatte. Das musste aufhören. Am besten sofort!

»Was ist das zwischen uns?«, fragte ich leise.

Sarah schlüpfte in ihre Schuhe und sah mich lange an. So lange, dass mir ihr forschender, nachdenklicher Blick unter die Haut ging.

»Sag du es mir! Bis vor einer halben Stunde war es ein One-Night-Stand.«

»Ja, das war es. Aber was ist es jetzt für dich?«, bohrte ich nach.

Sarah schnaubte. »Ich weiß es nicht, Aramis. Falls du Angst hast, dass das alles zu etwas führen könnte, brauchst du dir keine Sorgen zu machen. Ich werde dich weder stalken noch irgendetwas von dir verlangen, das du nicht willst. Ich habe unsere gemeinsame Zeit genossen, aber ich erwarte nichts.«

Diese kühle Antwort ließ mich schlucken. So fühlte sich das also an, wenn man für jemanden nichts weiter war als ein guter Fick!

»Das hört sich gut an!«, ging ich auf sie ein und nickte selbstbewusst. Sie sollte nicht merken, dass ihre Worte mich verletzt hatten. Tatsächlich fühlte ich einen Stich, ganz tief in mir drin, doch ich wusste nicht, wieso. Vielleicht, weil sie so cool und gelassen blieb. Auf eine seltsame Art und Weise fühlte ich mich beschmutzt. Als ob der liebe Gott eine Rachegöttin vorbeigeschickt hätte, die mich das fühlen ließ, was ansonsten wahrscheinlich meine Eroberungen fühlten, wenn ich mit ihnen fertig war.

Schlechtes Karma, Aramis, murmelte ich mir im Geiste selbst zu.

»Deine Lieferung dürfte verladen sein«, fuhr sie fort, schob einen der kleinen Vorhänge etwas zur Seite und lugte durchs Fenster. »Die Luft ist rein. Wir können gehen. Ich sollte schnellstmöglich ins Büro zurück. Den Kopfschutz hast du ja noch. Findest du den Weg?«

»Natürlich«, antwortete ich grummelig.

»Gib den Helm einfach in der Halle ab, wenn du fertig bist.«

»Mach ich«, knurrte ich beinahe und öffnete die Hecktüren, damit wir hinausspringen konnten.

»Wir sehen uns«, versicherte sie, als sei es ein Versprechen. Dann ließ sie mich einfach stehen.

»Sarah!«, rief ich ihr hinterher.

Sie blieb stehen und drehte sich mit fragendem Blick um. »Ja?«

»Ich ...«

Scheiße, was sollte ich sagen? Ich wollte nicht, dass das Ganze einen billigen Touch erhielt, indem wir so auseinandergingen. Abwartend stand sie da und blickte mich an, doch die Worte blieben mir im Hals stecken.

»Wir sehen uns!«

Wie armselig war das denn? Mehr brachte ich nicht hervor?

Sie lächelte. »Pass auf dich auf«, rief sie mir zu, dann ging sie einfach davon!

6. Kapitel

Sarah

Verflucht! Ich hatte es schon wieder getan! Was war bloß in mich gefahren?

Einerseits hasste ich mich für diese erneute *Sexkalation*. Andererseits … Scheiße, Aramis zog mich so sehr an wie das Licht die Motten. In seiner Gegenwart schaltete sich mein Hirn aus und das Ersatzhirn zwischen meinen Beinen übernahm das Denken. Ihn zu sehen, setzte ein Begehren in mir frei, das beinahe wehtat. Doch noch etwas anderes schmerzte. Ich wusste, dass er nur auf das Eine aus war. Dabei hätte ich mir gewünscht, dass da mehr gewesen wäre. Dass er vielleicht etwas für mich empfinden würde. Doch das konnte ich mir bei einem Mann wie ihm wohl abschminken. So wie er aussah, konnte er jede haben. Warum sollte er sich mit jemandem wie mir näher befassen? Jemandem mit zu vielen Kilos auf den Hüften!

Ich hasste mich für diesen Gedanken, denn ich liebte meinen Körper. Auch wenn ich nicht dem üblichen Schönheitsideal entsprach, so fühlte ich mich sehr fraulich und sexy. Doch Aramis' gutes Aussehen relativierte das Ganze. In seiner Nähe fühlte ich mich unsicher und ich versuchte, dies durch besonders guten Sex wettzumachen. Ich wollte ihm so viel schenken, wie ich nur konnte, und scheinbar funktionierte es. Doch wollte ich das wirklich? Mich auf diese Schiene herablassen? Ich war mehr als guter Sex und vor allem sollte ich mir selbst mehr wert sein als das! Das musste aufhören, und zwar sofort, wollte ich nicht den letzten Rest an Selbstachtung verlieren, der mir noch geblieben war!

Nach der Arbeit schlich ich müde nach Hause und wurde sofort von Mindy in Empfang genommen.

»Du siehst aus, als wärst du mit einem Schnellzug kollidiert! Alles in Ordnung?«

»Ja.«

Mehr wollte ich gar nicht sagen, um meine Lüge nicht noch ausschmücken zu müssen, doch Mindy war nun mal Mindy …

»Was ist los? Ich sehe doch genau, dass es dir nicht gut geht!«

Ihr Blick verfolgte mich, bis ich beim Kühlschrank ankam. Dort schnappte ich mir einen riesigen Becher Vanilleeis mit Kekskrümeln, kramte einen Löffel aus der Schublade und begab mich zu ihr auf die Couch.

»Oh! So schlimm?«, fragte sie.

Ich schob mir einen dicken Batzen Eis in den Mund, schluckte und schloss die Augen. Gehirnvereisung! Nur langsam ließ der Schmerz im Kopf nach, und als ich die Augen öffnete, sah Mindy mich fragend an. Nein, ich konnte ihr nichts vormachen.

»Aramis«, keuchte ich heiser und mehr musste ich gar nicht sagen.

Lasset das Verhör beginnen!

»Du hast ihn gesehen?«, versuchte sie mit großen Augen in Erfahrung zu bringen. In ihren Worten lag ein unterschwelliger Vorwurf.

»Ja. Heute in der Firma. Er sollte etwas für seinen Boss Cody abholen.«

»Und?«

Wollte ich mit Miss-rühr-mich-nicht-an wirklich darüber reden? Während ich darüber nachdachte, wanderte ein Löffel Eis nach dem anderen in mich hinein, und mit jedem süßen Bissen wurde mein Herz schwerer.

»Wir hatten einen heißen Quickie.«

Zack, jetzt war es raus!

»Oh Mann, Sarah!«

Mindy sprang auf, setzte sich neben mich auf die Couch und legte einen Arm um meine Schultern. Es hätte nicht viel gefehlt, und ich hätte angefangen zu weinen.

»Das bist doch nicht du«, fuhr sie leise fort. »Was ist nur los mit dir?«

»Ich weiß es nicht. Ich fühle mich besser durch ihn. Wertvoller.«

»Du bist doch wertvoll! Was redest du denn da?«

»Bin ich das?« Mit einem traurigen Lächeln stellte ich die Gegenfrage.

»Natürlich! Du bist intelligent, fleißig, sorgst für dich selbst. Ich lebe immer noch auf Daddys Kosten. Zumindest teilweise. Du bist eine erwachsene Frau, die ihr Leben im Griff hat.«

»Einsamkeit.«

»Was?«

»Einsamkeit. Ich fühle mich einsam, Mindy.«

»Dann schaff dir einen Freund an. Oder einen Hund. Und ich bin auch noch da.«

»Ich will aber nicht irgendeinen Freund. Sieh mich doch an! Denkst du, mit meiner Figur würden sie bei mir Schlange stehen?«

Das Bedauern in ihrem Blick war kurz davor, mich auf die Palme zu bringen. Ich wollte kein Mitleid!

»Du bist so hübsch, Sarah. Warum sagst du das? Nicht alle Männer stehen auf dünne Frauen.«

»Ja, und zwar die, die bei dünnen, gut aussehenden keine Chance hätten. Verstehst du es denn nicht? Ich will nicht einfach nur jemanden haben. Ich will jemanden, den ich gerne mag. Jemanden, der mich zum Lachen bringt. Einen Kerl, der noch Zähne im Mund hat. Einen, der nicht abends auf der Couch sitzt und sich lieber einer Flasche Bier widmet, statt mir. Jemanden, der … Ach, ich weiß auch nicht.«

Mindys Arm glitt von meiner Schulter und sie rückte ein Stück zur Seite, um mich besser ansehen zu können. »Du meinst Aramis.«

»Natürlich meine ich Aramis!«, sagte ich laut.

Ihre Mundwinkel zuckten und sie verzog ihre Lippen zu einem schelmischen Lächeln. »Er sieht aber auch wirklich heiß aus, oder?«

»Ja«, knurrte ich und lutschte einen weiteren Löffel Eis.

»Dann schnapp ihn dir doch.«

»Als ob er mich haben wollte.«

»Er hatte dich doch schon. Zwei Mal!«

»Ist das wieder ein Vorwurf?«

»Nein, eine Feststellung. Denkst du, er hätte mit dir geschlafen, wenn er nichts von dir wollte? Einmal Sex - angetrunken und gedankenlos – okay! Aber zweimal? Er mag dich.«

»Das glaube ich eher nicht. Als ich ihm sagte, dass er mir gegenüber zu nichts verpflichtet ist, war er sehr schnell damit einverstanden. Er wollte Spaß, für den er sich nicht anstrengen musste.«

»Das sind aber viele Vorurteile auf einem Haufen«, tadelte mich meine Cousine und ich hätte ihr so gerne geglaubt. »Vielleicht ist er genauso unsicher wie du. Nur weil man gut aussieht, heißt das nicht, dass man ein Arschloch ist.«

»Ja, womöglich.«

»Wenn du ihn wirklich magst, dann bleib an ihm dran.«

»Und wie soll ich das anstellen?«

»Du hast ihn schon zweimal betört. Aller guten Dinge sind drei. Nur lass ihn mal ein wenig zappeln. Dann siehst du ja, ob er zu mehr bereit ist.«

»Ich hasse es, Spiele zu spielen.«

»Wenn es um Sex geht, scheinbar nicht.«

»Blöde Kuh!« Mit einem Lachen warf ich ein Kissen nach ihr.

»Ehrlich, Süße. Versuche es doch mal. Umgarne ihn. Zeig ihm immer wieder, was er jeden Tag haben könnte. Bis er verrückt nach dir ist und gar nicht mehr anders kann.«

»Aber ich weiß nicht wie!«

Mindy klaute sich meinen Löffel und nahm sich von meinem Eis. »Hast du nicht gesagt, ihr hättet ein Essen mit eurer Firma in irgend so einem komischen Museum?«

»Du meinst den Betriebsausflug nach Missoula ins Holt Heritage Museum.«

»Ja, genau. Du hast doch erzählt, der Ausflug wäre mit Partner und dass du keine Lust hättest, als Einzige alleine hinzufahren.«

»Stimmt.«

»Na, das wäre doch die Gelegenheit. Frag ihn doch, ob er mitkommt.«

»In ein Cowboy und Indianer Museum?« Ich war entsetzt bei dem Gedanken, ihn in so ein spießiges Umfeld mitzunehmen.

»Lass dir was einfallen. Mach es ihm schmackhaft. Immerhin ist ein Essen dabei. Es geht nicht darum, wo ihr seid. Es geht darum, dass ihr es zusammen macht.«

Mein Magen wollte sich umdrehen, doch ich war mir nicht sicher, ob es der Gedanke an das Museum war oder daran, wie ich ihn dazu bewegen könnte, mitzukommen.

»Fragst du ihn?«

»Weiß ich nicht.«

»Fragst du ihn?«

»Ich sagte bereits, ich weiß es nicht!«

»Fragst du ihn?«

»Herrgott! Ja, ich frage ihn! Und jetzt gib mir meinen verdammten Löffel zurück!«

Wir balgten herum, bis ich das Ding wieder erobert hatte, um noch einen Klecks *Trostwunder* zu mir zu nehmen, dann packte ich den Becher weg.

»Gute Entscheidung«, reizte sie mich zwinkernd.

»Ich geh duschen.«

Auch wenn mein Herz bis zum Hals schlug, nach dem Gespräch mit meiner Cousine fühlte ich mich besser. Sie hatte recht. Ich musste wieder die Liebe zu mir selbst finden. Ein Selbstbewusstsein, das Aramis zwar nicht erschüttert, aber gezwickt hatte. Ja, ich würde ihn fragen. Und wenn er meinen Wert nicht erkennen würde, dann sollte er zum Teufel gehen!

*

In den nächsten Tagen dachte ich mir einen Plan aus, denn natürlich wollte ich nicht mit der Tür ins Haus fallen. Fast eine Woche war vergangen, seit ich ihn zum letzten Mal gesehen hatte, und am heutigen Dienstag machte ich mich auf den Weg zu ihm. Zumindest auf den Weg zu seiner Firma. Mit einem mulmigen Gefühl im Magen stand ich vor dem Tor und überdachte mein Vorhaben noch mal. Mit dem dicken Wintermantel kam ich mir vor wie eine Seekuh. Meine Selbstsicherheit flackerte, doch bevor sie erlosch, trat ich in die Werkhalle ein.

Es duftete nach Holz, Ölen und Kaffee. Erstaunlicherweise war es nicht so kalt, wie ich erwartet hatte, was wohl an dem Kaminofen lag, in dem ein Feuer magisch vor sich hinbrannte.

»Hallo?«, rief ich laut, denn auf den ersten Blick war niemand zu sehen. Ich hörte nur ein paar Geräusche, die wohl von Sägen und Schleifmaschinen stammten. »Hallo?«, wiederholte ich meinen Ruf.

»Wer besucht uns denn da?«

Ein Mann mit strahlenden Augen kam auf mich zu und ich erkannte Gabriel. Lächelnd kam er zu mir.

»Hallo, Gabriel.«

»Tagchen. Willst du zu Aramis?«

»Ja. Ich meine, nein! Genau genommen wollte ich zu euch allen.«

»Stimmt was nicht?«

»Doch, doch. Alles in Ordnung.«

»Warte, ich rufe die beiden mal. Cody! Aramis!« Er brüllte so laut, dass ich kurz zusammenzuckte, aber es dauerte nicht lange, da erstarben die Geräusche.

»Wir haben ja Besuch!«, stellte Cody freudig fest und ich lächelte. Doch dann schluckte ich, denn hinter ihm kam Aramis hervor. So schnell es nur ging, versuchte ich, meine Unsicherheit in den Griff zu bekommen, was mir nur dürftig gelang. Selbst in seiner Arbeitskleidung sah er hinreißend aus!

»Sarah!«

Er krächzte meinen Namen und ich konnte den Anflug von Panik in seinen Augen sehen. Mit Sicherheit war er nicht begeistert, mich hier anzutreffen, und ich hätte am liebsten auf dem Absatz kehrtgemacht. Aber ich blieb!

»Hallo, Aramis.«

»Wieso bist du hier?«

Nicht nur ich betrachtete ihn aufmerksam. Auch seine beiden Kumpel beäugten ihn, wobei Gabriel eindeutig versuchte, ein Grinsen zu unterdrücken.

»Ich hätte ein Anliegen an euch, doch wenn ich es mir recht überlege, sollte ich die Sache lieber vergessen. War 'ne dumme Idee.«

»Na, jetzt bist du schon mal hier, also raus mit der Sprache«, bat Cody. »Was ist los?«

»Ich weiß gar nicht, wo ich anfangen soll«, antwortete ich und lächelte verlegen. »Ich wohne ja noch nicht lange hier und kenne so gut wie niemanden. Jetzt möchte meine Firma einen Betriebsausflug machen. Alle Angestellten nehmen ihren Partner mit. Ich würde mir blöd vorkommen, alleine mitzufahren, da hab ich mir gedacht … Ach, vergesst es einfach. Ich weiß nicht, was ich gedacht habe.«

»So verrückt ist das gar nicht«, warf Gabriel ein und hielt mich damit auf, denn ich war schon so gut wie auf dem Weg nach draußen. »Ich kann verstehen, dass du da nicht alleine mitfahren willst. Wo soll es denn hingehen?«

»Nach Lolo, nahe Missoula, ins Holt Heritage Museum. Das würde ich ja noch verkraften, aber es soll ein gemeinsames Abendessen geben. Da käme ich mir blöd vor unter all den Paaren.«

»Ins Heritage Museum?«, fragte Cody nachdenklich und ich nickte. »Das ist doch dieses Cowboy und Indianer Museum. Indigene Kunst, altertümliches Handwerk, oder?«

»Ja, genau. Mein Chef meinte, dort würden sie auch zeigen, wie sie früher Holz verarbeitet haben. Das wollte er uns mal näherbringen.«

»Das hört sich interessant an. Ich könnte mit Lilly sprechen. Ihr würde es bestimmt nichts ausmachen, wenn ich dich begleite. Ich würde das gerne mal sehen.«

»Du kannst doch eine amerikanische Weißeiche nicht von einer kalifornischen Zeder unterscheiden«, mischte Aramis sich ein. »Was willst du in einem verdammten Museum?«

Hoppla! Damit hätte ich nun nicht gerechnet!

»Hättest du dann vielleicht einen anderen Vorschlag zu machen?«, blaffte Cody.

»Ja! Ich könnte mitfahren. Du weißt, dass ich einen Faible für Antiquitäten habe. Du willst doch nur wegen des kostenlosen Essens hin!«

»Da könntest du recht haben«, pflichtete Gabriel ihm lachend bei.

An Codys Stelle wäre ich jetzt leicht beleidigt gewesen, doch seltsamerweise nahm er alles sehr gelassen hin.

»Es ist wirklich sehr nett von euch, dass ihr mitfahren wollt, aber ich wollte nicht, dass ihr euch deswegen streitet«, sagte ich.

»Wir streiten nicht. So ein Umgangston herrscht hier immer«, antwortete Cody und grinste mich an. »Ich kann dir versichern, wir haben einander sehr lieb.«

Jetzt musste ich lachen. »Na dann. Und wer fährt nun mit?«

»Ich!«, riefen beide unisono.

»Sollen wir losen?«, fragte Cody herausfordernd.

»Lass Gabriel entscheiden!«, forderte Aramis.

»Na schön. Was meinst du, Gabe? Und denk daran, dass ich dein Boss bin.«

»Aramis!« Wie aus der Pistole geschossen, nannte Gabriel Aramis' Namen.

»War ja klar«, seufzte Cody.

»Was soll ich machen? Du bist zwar mein Boss und kannst mich jederzeit feuern, aber Aramis ist mein bester Freund und ich muss ihm zustimmen. Für ihn wäre das wirklich eine Bereicherung. Du würdest dir nur den Bauch vollschlagen.«

»Na schön. Ihr habt ja recht. Und außerdem muss ich so Lilly nicht erklären, wieso ich mit einer bezaubernden Frau einen Ausflug machen möchte.«

»Na siehst du«, jubelte Aramis und klatschte in die Hände. »Dann wäre das ja geklärt.«

»Dann sag ich mal ganz lieb Dankeschön«, meinte ich artig und freute mich, dass mein Plan so gut funktioniert hatte. »Ich fahr dann mal wieder. Meine Pause ist gleich vorbei.«

»Ich begleite dich noch hinaus, dann kannst du mir noch den genauen Termin sagen. Ich hole nur schnell meine Jacke.« Aramis sprintete davon und ich war mit den beiden anderen allein.

»Gut gespielt, Sarah«, sagte Gabriel leise und lächelte mir zu und auch Cody grinste. Ich war ertappt!

»Ihr aber auch«, gab ich selbstbewusst zurück. »Das war doch ein abgekartetes Spiel von euch oder irre ich mich?«

»Verrate es ihm nicht«, meinte Gabriel leise. »Aramis braucht manchmal einen kleinen Schubs in die richtige Richtung.«

»Wir helfen gerne«, sagte Cody und grinste immer noch. Die beiden hatten wohl ihren Spaß, doch da kam Aramis schon zurück, der eine dicke Winterjacke angezogen hatte.

»Komm, ich bring dich zu deinem Auto.«

Beinahe drängend legte er eine Hand auf meinen Rücken und führte mich aus der Halle. Ich konnte gerade noch ein »Auf Wiedersehen« loswerden, bevor er mich durch das Tor schob.

Wortlos stapften wir durch den Schnee bis zu meinem Van, und erst, als wir neben der Fahrertür standen, meldete Aramis sich wieder. Doch vorher versicherte er sich, dass uns niemand gefolgt war. Dicht stand er vor mir und schaute mich an. Zu dicht!

»Du solltest keinen Jungen bitten, die Arbeit eines Mannes zu erledigen«, raunte er mir zu.

»Arbeit? Ich suchte nur eine Begleitung.«

»Zu welchem Zweck?«

Dieser mürrische Unterton gefiel mir gar nicht!

»Du begleitest mich doch jetzt. Finde es heraus!«

Statt einer Antwort spürte ich plötzlich seine Lippen auf meinen. Heiß schoss es mir durch sämtliche Nervenbahnen, doch etwas fühlte sich anders an. Nicht das, was sich zwischen meinen Beinen befand, regte sich. Es war mein Herz, das flatterte, und ich spürte, dass ich wahrhaftig dabei war, mich in Aramis zu verlieben. Ob er auch so empfand?

»Wann soll der Ausflug stattfinden?«, keuchte er, als er sich von mir löste.

»Am Samstag. Abfahrt ist um vierzehn Uhr. Treffpunkt vor unserer Firma. Ein Bus wird uns hinfahren.«

»Dann werde ich dort sein.«

7. Kapitel

Aramis

Was, zum Teufel, machte ich überhaupt hier?

Hatte ich nichts Besseres zu tun, als an einem Samstag mit völlig fremden Menschen einen Ausflug zu machen? In ein Museum?

Was für eine bescheuerte Idee!

Keine Ahnung, was mich geritten hatte, Sarah zuzusagen. Nie im Leben hätte ich ihr das angeboten, wenn da nicht … Cody! Cody hatte Interesse gezeigt. Sosehr ich ihn mochte und obwohl ich wusste, dass er eine Freundin hatte, traute ich ihm nicht! Schließlich kannte ich sein Vorleben. Er schien mir ein wenig zu euphorisch beim Betrachten von Sarah gewesen zu sein. Und wenn ich mir vorstellte, dass er und sie … Bah, ich wollte gar nicht daran denken!

Du warst eifersüchtig!

Da war sie wieder, diese fiese kleine Stimme in meinem Kopf, die mir Sachen einreden wollte, die nicht stimmten. Oder doch?

Du bist doch hier! Wie viele Beweise brauchst du noch?

»Halt die Klappe!«

»Ich habe doch noch gar nichts gesagt!« Eine sichtlich belustigte Sarah starrte mich an.

Verlegen lächelte ich. »Hey, Sarah. Ich hab nicht mit dir geredet.«

»Na, davon gehe ich mal stark aus. Schön, dass du da bist.«

Gott, sie sah hinreißend aus! Der hochgestellte Kragen ihrer hellen Wildlederjacke umschmeichelte ihre vor Kälte geröteten Wangen und ihre dunklen Haare wehten im eisigen Wind. Das Rot auf ihren Lippen verhieß Verlockung. Am liebsten hätte ich auf diese scheiß Reise verzichtet und ihr viel lieber die Seele aus dem Leib gevögelt.

Sarah war ein wildes Tier, was den Sex betraf. Bisher durfte ich die Frauen immer nur begatten. Sie hatten selten Wünsche geäußert oder mal die Initiative ergriffen. Sarah war anders. Sie nahm sich, was sie wollte. Und sie genoss es!

»Träumst du?« Sarah riss mich aus meinen Gedanken.

»Wer, ich?«

Sie blickte rechts und links an mir vorbei. »Ist sonst noch jemand hier?«

Erwischt!

»Ich dachte nur, wie gut du heute wieder aussiehst«, sagte ich und versuchte, mich durch das Kompliment zu retten.

»Danke. Du aber auch. Vor allem die Beule in deiner Hose steht dir ausgesprochen gut!«

Wie peinlich! Bloß nichts anmerken lassen.

»Die hast du bemerkt, ja?«

»Ist nicht zu übersehen. Ich könnte sie sogar noch wachsen lassen!«

»So? Und wie willst du das anstellen?«, fragte ich und lächelte so anzüglich, wie sie *mir* zulächelte.

»Ganz einfach!«, sagte sie grinsend und stellte sich vor mich. »Indem ich dir zeige, was ich drunter trage!«

Mit einer kurzen Bewegung ihrer Hände zog sie die Jacke auseinander und gewährte mir einen Blick auf das, was sie darunter trug. Es war eine verdammt tief ausgeschnittene Bluse, und da ich von oben einen Blick in diesen Ausschnitt warf, sah ich die dicken Wölbungen ihrer festen Brüste, die sie extrem nach oben gepusht hatte. Heilige Scheiße, was für ein höllisch heißer Anblick!

»Und? Tut sich schon was?«, fragte sie keck und schloss die Jacke wieder.

»Mach das noch mal und wir bleiben hier!«

Sarah lachte. »Keine Chance. Diesen Anblick wirst du heute noch öfter ertragen müssen.«

»Da bist du ja!«, störte eine Stimme unser Geplänkel, und als ich einen mir unbekannten Mann auf uns zukommen sah, schnappte ich mir Sarah, drehte sie mit dem Rücken zu mir und presste sie fest an mich. Schließlich musste niemand sehen, was sich gerade in meiner Hose abspielte.

»Hallo, Mister Hopeman.«

Sarahs Chef!

Er reichte mir die Hand. »Sie müssen dann wohl Aramis sein.«

»Ja, der bin ich. Aramis Reed. Freut mich, Sie kennenzulernen.«

»Gregory Hopeman. Sehr erfreut. Nennen Sie mich Greg.«

»Ich freue mich auch, Greg.«

»Ich bin schon aufgeregt wegen des Ausflugs, auch wenn das Wetter ziemlich mistig ist«, meinte Greg. »Dieser verdammte Schnee.«

»Wird bestimmt 'ne *harte* Fahrt werden«, erwiderte Sarah. Wie sie *harte* betonte!

»Ach, das wird schon gehen. Die Straßen sind ja ziemlich frei«, wiegelte Greg ab.

»Da gebe ich Ihnen recht«, stimmte ich ihm nickend zu. »Auch wenn es stellenweise ziemlich feucht sein soll.« Ich spürte, wie Sarah mir ins Bein kniff und musste grinsen.

Greg blickte mich fragend an. »Oh! Sie meinen überfrierende Nässe. Ja, da muss man aufpassen.«

»Kann unangenehm werden.« Himmel, ich musste mich so zusammenreißen, damit ich nicht laut loslachte.

»Wie auch immer. Kommt ihr noch mit ins Büro auf ein Gläschen Sekt vor der Abfahrt? Der Bus kommt erst in zehn Minuten.«

»Sicher«, bestätigte Sarah. »So ein wenig Prickeln in der Kehle kann nicht schaden.«

Irritiert blickte Greg zuerst zu ihr, dann zu mir. »Gut. Ich geh schon mal vor. Bis gleich.«

»Bis gleich«, antworteten wir unisono und blickten hinter ihm her, bis er um die Ecke verschwunden war.

»Du bist so ein Schwein, Aramis Reed!«, murmelte Sarah.

»Das sagt gerade die Richtige! Harte Fahrt? Prickeln in der Kehle?«

Sarah drehte sich zu mir um und schenkte mir ein süffisantes Lächeln. »Überfrierende Nässe? Echt jetzt? Ich werde es nicht mit dir im Schnee treiben.«

»Reibung erzeugt Wärme. Wusstest du das nicht? Du hättest nichts zu befürchten. Mein Heizstab läuft auf Hochtouren. Außerdem hat dein Chef das gesagt, nicht ich. Aber ich könnte mir sehr gut vorstellen, deinen heißen Hintern im Schnee zu parken.«

»Steck lieber deine Bälle in den Schnee und kühle dich ab. Wir müssen ins Büro.«

»Schneebälle? Interessante Vorstellung.«

Jetzt mussten wir beide lachen und ich kam langsam wieder runter. In meiner Hose herrschte auch wieder mehr Platz, sodass wir gefahrlos zu den anderen stoßen konnten. Umgehend wurde uns der Sekt gereicht.

»Auf einen schönen Tag«, verkündete Greg und wir prosteten ihm alle zu.

»Auf einen schönen Tag«, sagte ich leise zu Sarah, die mir zuzwinkerte.

Kurze Zeit später saßen wir im Bus. In der letzten Reihe. Natürlich! Ein Schelm, wer … na ja!

»Danke, dass du mitgekommen bist«, flüsterte sie mir zu, kaum dass wir den Highway erreicht hatten.

»Mach ich doch gerne.«

»Wieso?«

»Wieso? Was meinst du?«

»Ach, egal. Lass uns einfach einen schönen Tag erleben.«

Lächelnd erkannte ich, was sie mit ihrer Frage gemeint hatte. So abgebrüht, wie sie mich glauben lassen wollte, war sie gar nicht. Es ging ihr nicht bloß um Sex. Sie mochte mich! Und jetzt dachte sie wohl, Sex wäre der Grund, warum ich mitfuhr, doch das stimmte nicht. Allerdings war ich genauso stur wie sie. Zwei Dickköpfe, die einfach nicht zugeben konnten, wie sehr sie einander mochten. Wer würde zuerst umfallen?

Das kleine Teufelchen in meinem Inneren kam zum Vorschein. Ich würde dieses Spielchen noch ein wenig weitertreiben, um zu sehen, wie lange sie mitspielen würde. So konnte ich meine Gefühle ein wenig beruhigen und die ihren aus ihr herauskitzeln.

»Was hast du deinem Chef und den Kollegen überhaupt erzählt, wer ich bin?«, fragte ich beiläufig und schaute sie an.

Sarah errötete leicht. »Ich erzählte ihnen, du wärst mein Freund, da der Ausflug für Mitarbeiter mit Partner ausgeschrieben wurde. Ist das ein Problem für dich?«

»Nein.« Ich schenkte ihr ein Lächeln und sie atmete hörbar aus.

»Danke. Weißt du, es ist nicht leicht, Single zu sein. Ich selbst komme gut damit klar, das Umfeld leider nicht. Ständig wird man nach einem Partner gefragt. Kaum teilt man ihnen mit, dass man Single ist, folgt dieses widerliche Bedauern. Sie sagen nichts, aber man sieht es in ihren Augen. Ich hasse das. Man fühlt sich wie ein Mensch zweiter Klasse.«

»Man sieht es ihnen an der Nasenspitze an, dass sie sich fragen, was wohl mit dir nicht stimmt. Was für schlechte Eigenschaften du haben musst, dass sich niemand mit dir abgeben will.«

»Ja, genau! Dazu wird man ständig gefragt, ob man denn keine Kinder haben möchte.«

Sie hatte ja so recht! Auch ich durfte mir das schon einige Male anhören.

»Willst du denn welche?«, fragte ich neugierig.

»Ich weiß nicht. Bisher hatte ich noch nicht den Wunsch nach Kindern. Und ich will nicht nur welche bekommen, weil ich im gebärfähigen Alter bin. Oder weil die Gesellschaft es von mir erwartet.«

»Ich verstehe, was du meinst. Es sollte eine bewusste Entscheidung sein. Vor allem deine eigene.«

»Eben. Bislang konnte ich nie Muttergefühle entwickeln. Ich hab ja nicht mal ein Haustier.«

Mit ihrer Aussage brachte sie mich zum Lachen. »Und mit mir an deiner Seite kannst du heute all den Fragen aus dem Weg gehen. Hab ich recht?«

Verlegen nickte sie. »Ja. Aber nicht nur. Ich wollte auch mal erleben, was andere gemeinsam teilen.«

Was für ein bezauberndes Wesen! So unsicher und gleichzeitig doch so selbstbewusst. Ein Widerspruch, aber eine unumstößliche Tatsache. Manchmal reicht ein einziger Fakt, der es schafft, deine wahre Natur zu erschüttern. Bei Sarah schien es ihr Äußeres zu sein, das sie hin und wieder straucheln ließ, dabei hatte sie gar keinen Grund dazu. Sie war eine wundervolle Frau und alles an ihr zog mich magisch an.

»Dann lass uns ihnen heute mal zeigen, wie ein Paar sein sollte«, sagte ich und lächelte ihr zu. Dann nahm ich ihre Hand in meine und sie lächelte zurück.

»Danke, dass du das für mich machst. Es bedeutet mir wirklich viel.«

»Darf ich dich jetzt küssen?«, fragte ich grinsend.

»Aber nur kurz und ohne Zunge. Mein Chef ist schließlich anwesend und ich will nicht, dass es ausartet.«

Vorsichtig beugte ich mich zu ihr hinüber und lächelte, als ich registrierte, wie Sarah, in Erwartung des Kusses, beinahe schüchtern ihre Augen schloss. Mir kam in den Sinn, wie sehr ich das mochte. Deutlich zeigte sie mir ihre andere Seite; ihre ruhige Art; ihr sanftes Wesen. Dann trafen sich unsere Lippen – ganz kurz nur – doch das Gefühl, das mich bei dieser zarten Berührung durchflutete, jagte eine Gänsehaut über meinen Rücken.

Diese Art der Zuwendung empfand ich als gänzlich neu und mir gefiel, was dieser unschuldige Kuss in mir auslöste, nämlich eine nie zuvor gespürte Wärme!

Nachdem ich mich von ihr gelöst hatte und sie anschaute, hielt sie ihre Augen immer noch geschlossen. Vorsichtig strich sie mit ihrer Zunge über ihre Lippen, erst dann wagte sie, ihre Lider wieder zu öffnen. Verschämt lächelte sie mich an.

»Das war sehr schön«, sagte sie rau.

»Der Tag ist noch lang«, antwortete ich. »Ich denke, wir können das noch ein paarmal wiederholen.«

Sarahs Hand tastete nach meiner, und als sie sie fand, umschlossen sich unsere Finger. Da saßen wir nun – Händchen haltend wie zwei Teenager – und blickten schweigend nach vorne. Ich genoss diese Situation, dennoch fühlte ich mich kindisch, als ich tief einatmete, um den Hauch ihres Parfüms, der meiner Nase schmeichelte, tief in mich aufzunehmen.

Ich war ein Mann, verdammt noch mal! Wir hatten bereits heißen Sex miteinander genossen! Und jetzt saß ich mit klopfendem Herzen da und fühlte mich, als wäre ich sechzehn, auf der Highschool und zum ersten Mal verliebt! Jedenfalls fühlte es sich so an.

Doch was mich am meisten beschäftigte, war die Frage, ob ich je wieder zu dem Status *Freunde mit gewissen Vorzügen* zurückkehren könnte, denn mit jeder Minute, die verstrich, spürte ich, wie ich mich mehr und mehr an diese Frau verlor!

8. Kapitel

Sarah

»Da sind wir«, merkte ich an, als wir den Parkplatz des Museums erreichten.

Aramis ließ meine Hand los, stand auf und wartete, bis ich mich ebenfalls erhob. Ganz Gentleman, half er mir in meine Jacke, bevor er seine eigene anzog.

»Bereit?« Verschmitzt lächelte er mich an und ich nickte.

»Ja, bin ich. Lass uns ein wenig Cowboy und Indianer spielen!«

Wir waren nicht gezwungen, an einer Führung teilzunehmen, wofür ich sehr dankbar war, denn so konnten wir uns ein wenig von den anderen absetzen. Aramis grinste, als er die beiden Tipi-Zelte vor den Museumshallen stehen sah.

»Wenn es nicht so kalt wäre, hätte ich jetzt eine Idee«, sagte er und zwinkerte mir frivol zu.

»Vergiss es, Cowboy!«, antwortete ich und knuffte ihm in die Seite.

»Schon gut. Ich meine ja nur.«

Wir gingen zwischen den Zelten hindurch und bewunderten kurz die riesige Statue, die dazwischen stand. Ein Indianer auf einem Pferd. Sie war nicht aus

Holz geschnitzt, sondern aus Metall und geschweißt! Danach begaben wir uns in die Wärme der Innenräume. Überrascht schaute ich mich um. Von außen sah das Museum aus wie eine kalte Industriehalle, aber innen mutete es an wie eine alte Westernstadt. An den Wänden entlang befanden sich die Ausstellungsstücke in Geschäftsattrappen. Als ob sie hinter einer Schaufensterauslage in einem Shop liegen würden. Kleine Dächer befanden sich darüber, sodass man wirklich glaubte, einen uralten Laden vor sich zu sehen.

»Das ist richtig hübsch gemacht«, freute ich mich.

»Ja, das ist es. Und es scheinen richtig hochwertige Originale zu sein, die sie ausstellen.«

Wir bewunderten die alten traditionellen Kleidungsstücke verschiedener Indianerstämme, unterschiedliche Cowboyhüte, Sättel und Werkzeuge. Viele Originalfotos aus der damaligen Zeit schmückten die Wände und es gab sogar einen Schrein mit den originalen Kleidungsstücken aus diversen Westernverfilmungen samt Bildern der Schauspieler, die sie trugen.

Aramis blieb bei den Gürtelschnallen, Werkzeugen und Messern hängen, während mich die Holzschnitzereien und Bronzestatuen faszinierten. Spaß hatten wir auf jeden Fall beide.

»Wollen wir uns draußen noch die Kutschen ansehen?«, fragte er nach einer ganzen Weile.

Ich nickte. »Gerne.«

Wir gingen nach draußen, wo sich unter einer Überdachung mehrere alte Kutschen und Planwagen befanden.

»Wenn ich mir vorstelle, dass wir damit noch durch die Gegend fahren müssten ...«, murmelte ich kopfschüttelnd.

»Da hat dir abends mit Sicherheit der Arsch geglüht«, lästerte Aramis lachend und ich schloss mich an. Doch dann blieb ich vor einem Schäferwagen stehen.

»Oh, schau mal. Der ist komplett eingerichtet!«, rief ich aus.

In dem Planwagen gab es ein Bett, einen Ofen, Schränke und am hinteren Ende sogar ein Bücherregal.

»Hier drin konnte man wohl gut leben. Fast wie in deinem Van!«

Aramis lächelte und mir wurde ganz heiß bei der Erinnerung daran, was wir in meinem wesentlich moderneren Gefährt getrieben hatten. Allerdings ging er nicht näher darauf ein, sondern widmete sich den Holzarbeiten.

»Ich mag den Stil«, sagte er leise vor sich hin und strich über das alte Holz. »Alles sehr massiv, schlicht und zweckmäßig.«

»Mir gefällt es auch«, bestätigte ich.

»Du magst keine Schnörkel?«, fragte er schmunzelnd.

»Nein, ich bin eher der rustikale Typ.«

»Wow, wir haben etwas gemeinsam. Ein guter Anfang.«

»Anfang von was?«

»Keine Ahnung. Uns besser kennenzulernen, vielleicht?«

»Schon möglich«, sagte ich lächelnd. »Was magst du noch?«

»Das hier!«

Aramis zog mich in seine Arme und hauchte einen Kuss auf meine Lippen. Damit hatte er mich eindeutig überrumpelt, aber ich genoss diese Zärtlichkeit, darum wehrte ich mich nicht dagegen. Das war schon der zweite Kuss für heute und gerne wollte ich mehr!

»Dann haben wir schon zwei Dinge gemeinsam«, sagte ich leise und eroberte seinen Mund zurück. An meiner Taille spürte ich seine Hände, die mich sanft drückten und nicht zurückweichen ließen. Auch wenn der Sex mit ihm wie von einem anderen Stern gewesen war – das hier war noch tausendmal schöner! Dennoch vermutete ich, dass alles, was bisher an diesem Tag zwischen uns passiert war, nur einem Zweck dienen würde, nämlich erneut in der Kiste zu landen!

Nur ungern löste ich mich von seiner Wärme. »Sollen wir schon mal in den Speiseraum gehen? Wenn wir zeitig dort sind, können wir uns die Plätze noch aussuchen.«

»Möglichst weit außen und weg von allen anderen?«, fragte er grinsend.

Ich seufzte. »Das war mein Plan.«

Mit einem Zwinkern drehte ich mich um und wollte wieder zurück ins Museum, da ergriff Aramis meine Hand. Fest schlossen seine Finger sich um meine und es fühlte sich so gut an, dass ich hätte heulen können. Oder vor Freude schreien. Oder wenigstens leise quieken. Aber ich unterdrückte meine Gefühle, die seine Geste in mir auslösten.

Gemeinsam begaben wir uns zum Chuckwagon Restaurant, das mehr wie eine Kantine eingerichtet war. Zwar hatte man es ebenso liebevoll ausgestattet wie den Rest des Museums, doch die aneinandergereihten Tische und die Plastiktischdecken vermittelten keinen einladenden Eindruck. Darüber konnten auch die Westernboots nicht hinwegtäuschen, die als Vasen für künstliche Blumen und Stars and Stripes Fähnchen herhalten mussten. Alles wirkte sehr billig, sodass Aramis grinste, als wir uns setzten.

»Sind die Stiefel echt?«, fragte er und tatschte an einem von ihnen herum.

»Echtes Porzellan vermutlich«, antwortete ich lachend.

»Ich hoffe, das Essen ist besser als das Ambiente.«

»Warten wir es ab.«

Nach und nach trudelten alle ein, mal mit lächelndem, mal mit gelangweiltem Gesicht. Vor allem unsere beiden jüngsten Mitarbeiter zogen ein Gesicht wie drei Tage Regenwetter. Mir hatte der Besuch wenigstens Spaß gemacht und Aramis schien ebenfalls noch guter Laune zu sein, jedenfalls bis Trenton Lewis sich neben mich setzte. Trenton arbeitete in der Logistik und war wohl bester Dinge.

»Na, ihr? Hat euch der Ausflug gefallen?«, wollte er wissen und grinste über beide Backen.

Aramis räusperte sich. »Bis jetzt ja«, gab er sarkastisch zurück, doch Trenton bemerkte seinen Unterton gar nicht.

»Mir auch. Ich fand die Rodeo-Stücke am besten. Und ihr?«

»Die Statuen. Ganz große Kunst«, antwortete ich schnell, bevor Aramis die Chance dazu bekam.

»Ja, es ist klasse hier. Ich habe Mister Hopeman bereits gesagt, wie toll es hier ist. Hat er super ausgesucht!«

»Ja, hat er«, gab ich mit einem Seufzer zurück.

Schleimer!

»Ich freu mich richtig, dass du mitgekommen bist«, laberte er weiter. »Sonst nimmst du nie an Firmenfeierlichkeiten teil.«

Trenton redete ohne Unterlass, sodass ich mich dabei ertappte, ihn von oben bis unten nach einem Ausschalter abzusuchen, den ich leider nicht fand. Stattdessen bemerkte ich Aramis' dämliches Grinsen. Ich ahnte, dass er sich mir zuliebe bewusst zurückhielt, doch ich war kurz davor, ihn darum zu bitten, er möge Trenton fesseln und knebeln. Vor allem knebeln! Wie konnte ein Mensch bloß so viel reden? Und wieso merkte er nicht, dass er störte?

Als ein Raunen durch den Saal ging, schaute ich nach dem Grund und erkannte, dass das Essen serviert wurde. Gott sei Dank! Vielleicht hielt mein Kollege dann endlich mal die Klappe!

Sie servierten ein riesiges Steak, das kaum auf den Teller passte. Dazu gab es eine monströse Folienkartoffel, Baked Beans und ein Schälchen mit Pfeffersoße. Alles sah wunderbar aus und es schmeckte so gut, wie es duftete.

»Das ist richtig lecker«, nuschelte Trenton mit vollem Mund. »Wer ist überhaupt dein Begleiter? Dein Bruder? Cousin?«

Ist das nicht toll? Nicht einmal Trenton traute mir einen Partner zu und wohl erst recht keinen so gut aussehenden. Sofort spürte ich, wie mein Selbstbewusstsein in den Keller rauschte.

»Ich bin ihr Freund«, schoss Aramis zurück und dieses Mal hielt er sich nicht zurück, was die Schärfe seiner Stimme betraf.

Verlegen schnippelte ich an meinem Steak herum und wagte nicht, den Blick zu heben. Diese ganze Sache war mir peinlich und ich war Aramis dankbar, dass ich nicht selbst diese Lüge verbreiten musste.

Trenton blickte erstaunt und mit großen Augen von mir zu Aramis und wedelte mit dem Steakmesser. »Wirklich? Nein, oder? Ihr verarscht mich doch.«

Aramis beugte sich ganz nah zu mir herüber und flüsterte mir ins Ohr: »Soll ich ihm gleich hier die Eier abreißen oder lieber warten, bis wir draußen sind?«

»Bloß nicht!«, zischte ich leise zurück. »Er ist der Liebling vom Chef. Ignoriere ihn einfach!«

»Tut mir leid, aber über diese Frechheit kann ich nicht hinwegsehen.«

»Bitte, sag nichts!«

Aramis wischte sich mit der Serviette über den Mund, warf sie achtlos auf den fast leergegessenen Teller und lächelte mich an. »Ich bin satt. Es war köstlich. Aber jetzt hätte ich gerne meinen Nachtisch!«

Er beugte sich zu mir, legte eine Hand an meinen Hinterkopf und zog mich zu sich. Völlig überraschend drückte er mir einen Kuss auf meine Lippen und seine Zunge wollte eindeutig mehr als einen unschuldigen Kuss. Im ersten Moment war ich total erschrocken, doch das kleine Teufelchen, das ihn geritten hatte, sprang auf mich über und so erwiderte ich den Kuss.

Am Tisch wurde es ganz still, und als ich mich von meinem Pseudofreund löste, bemerkte ich, wie uns alle anstarrten. Erst als ich in die Runde schaute, fuhr jeder mit seinem Gespräch fort und tat, als hätte er nichts mitbekommen.

Mein Brustkorb hob und senkte sich heftig, denn der Kuss war so voller Leidenschaft gewesen, dass er mir durch und durch gegangen war. Aramis grinste zu Trenton hinüber.

»Noch Fragen?«, stichelte er.

Trenton staunte Bauklötze, doch jetzt war er es, der verlegen den Blick senkte und endlich schwieg.

Kopfschüttelnd – aber mit einem Lächeln – widmete ich mich den Resten meines Steaks.

Kaum waren alle fertig mit essen, hielt Mister Hopeman noch eine kleine Dankesrede, die Trenton euphorisch bejubelte. Sein Engagement in allen Ehren, aber er
verursachte bei den meisten Anwesenden – inklusive
unseres Chefs – nur ein müdes Kopfschütteln. Sosehr
ich meine Arbeit auch liebte – es gab Grenzen!

Leider fand der Tag mit der Rede ein Ende und wir
machten uns auf den Heimweg. Wie schon zuvor saßen
Aramis und ich ganz hinten. Mein Herz klopfte wie
wild, denn erneut hatte er meine Hand ergriffen und
streichelte mit dem Daumen über meine Finger. Wenn
er doch nur hätte ermessen können, welche grandiosen
Gefühle er damit in mir auslöste. Ich fühlte mich wie
ein verliebter Teenager. Dieses Märchen schien meinen
kühnsten Träumen entsprungen zu sein, doch ich hatte
Angst, dass die Uhr zu Mitternacht zwölf Mal schlagen
und alles vorbei sein würde. Genau das würde vermutlich passieren, sobald wir wieder in Middletown wären,
aber bis dahin wollte ich seine Nähe genießen.

Wir stiegen als Letzte aus dem Bus und Mister Hopeman bedankte sich noch mal persönlich bei uns für den
schönen Tag, obwohl wir selbst nichts dazu beigetragen
hatten. Vermutlich freute er sich bloß darüber, dass so
viele mitgefahren waren.

»Und jetzt?«, fragte ich schüchtern, denn alle waren
bereits nach Hause gefahren. Nur noch mein Van und
ein Camaro standen auf dem Parkplatz. Belustigt grinste ich Aramis an. »Du erfüllst auch wirklich jedes Kli-
schee, habe ich recht?«, ärgerte ich ihn und deutete auf
seinen Wagen.

»Hey, sag nichts gegen Hunter! Das nimmt er persönlich!«, wehrte er sich. »Ich liebe den alten Knaben, also
Vorsicht!«

»Na wenigstens trägt er keinen Frauennamen. Normalerweise macht ihr Männer das doch so«, stichelte ich weiter.

»Jungs geben ihren Karren Mädchennamen, Männer nicht«, erklärte er zwinkernd. »Wie Gabriel. Er nennt sein Auto Betsy. Das ist so demütigend.«

So, wie er schmerzhaft das Gesicht verzog, musste ich laut lachen.

»Hat deine Liebeshöhle auch einen Namen?«, erkundigte er sich und ich nickte.

»Ja, natürlich. Er heißt Woodstock.«

»Woodstock? Wie der Vogel bei den Peanuts?« Aramis prustete los, sodass ich ihn leicht boxte.

»Nein, du Kind! Nicht wie der Vogel. Wie das legendäre Festival!«

Er beruhigte sich wieder. »Du stehst auf die alte Musik?«

»Meistens. Aber ich mag das, wofür Woodstock stand.«

»Freie Liebe?« Wieder schlich sich ein Lächeln in sein Gesicht.

»Nein«, antwortete ich und dehnte das Wort. »Nicht nur. Ich finde es unglaublich, was durch die Idee eines einzelnen jungen Mannes entstehen konnte. Das Projekt war von Anfang an zum Scheitern verurteilt und dennoch haben sie es durchgezogen. Mit Engagement, Selbstlosigkeit, viel Liebe und jeder Menge Unterstützung aus dem ganzen Land.«

Aramis wirkte nachdenklich, doch dann lächelte er. »Alles ist möglich, wenn man nur will.«

»So ist es. Woodstock stand für Freiheit, Liebe und Hoffnung. Und jede Menge Chaos. Ich finde, der Name passt zu mir und meinem Auto.«

Jetzt lachte er laut und nahm meine Hand. »Dann komm. Ich bringe dich mal zu deinem fahrbaren Untersatz.«

Mein Herz schlug ein wenig höher, als wir den Van erreichten, denn ich vermutete, dass Aramis nun eine Gegenleistung erwartete. Schließlich war er wohl kaum völlig selbstlos mitgekommen auf den Ausflug. Aber wollte ich das? Einerseits schon, denn ich wollte ihn mit allen Sinnen spüren. Andererseits sollte ich mir mehr wert sein als …

»Dann wünsche ich dir noch eine gute Nacht, Sarah. Soll ich hinter dir herfahren, bis du zu Hause bist?«

ER VERABSCHIEDETE MICH?

»Ich … Was?«

»Steig in deinen Woodstock. Ich fahre dir hinterher, damit ich weiß, dass du gut zu Hause ankommst.«

Das war jetzt mehr als überraschend und ich wusste nicht, ob ich mich freuen oder heulen sollte!

»Hast du deine Stimme verloren?«, fragte er und das Lächeln auf seinen Lippen wollte mich aufschreien lassen. Ich spürte, wie die Sehnsucht nach seinen Berührungen in mir emporstieg, doch gleichzeitig war ich verwirrt. Ich wollte jetzt nicht nach Hause. Dennoch war ich dankbar, dass er nichts von mir verlangte. Gar nichts!

»Ja, klar. Ich meine, gerne«, stammelte ich und stieg in meinen Wagen.

»Danke für den schönen Tag. Na los, fahr vor.«

»Okay.«

9. Kapitel

Aramis

Sarah in Kombination mit ihrem Van zu sehen, verlangte mir das höchste Maß an Selbstbeherrschung ab, das ich jemals aufbringen musste!

Verflucht noch eins!

Wie gerne wäre ich jetzt mit ihr einfach dort hineingestiegen! Wie gerne hätte ich mich mit ihr in den Laken gewälzt! Schließlich hatte ich den ganzen Tag über an fast nichts anderes denken können. Sie brachte mich um den Verstand und ich wusste es. Darum kratzte ich das letzte bisschen, das noch davon übrig war, zusammen, um ihrer Anziehungskraft zu entfliehen!

Womöglich kam das einer Art von Selbstbestrafung gleich, aber wenn ich ihr nicht länger das Gefühl geben wollte, dass ich nur auf etwas Bestimmtes aus war, dann musste ich jetzt in den sauren Apfel beißen.

Sosehr sie zu Anfang unseres Kennenlernens auch bemüht war, mir den Eindruck zu vermitteln, sie würde ebenfalls nur Sex wollen, so hatte ich mittlerweile die Lüge darin entdeckt. Sarah empfand etwas für mich, das hatte sie mir heute oft genug gezeigt. Und wenn ich ehrlich zu mir selbst war, musste ich eingestehen, dass ich auch etwas für sie empfand.

So etwas war mir in meinem ganzen Leben noch nicht passiert, und ich war weit davon entfernt, perfekt mit dieser Situation umzugehen. Im Gegenteil! Ich fühlte mich unsicher und fragte mich, wo meine Coolness geblieben war.

Sarah war gebildet, kultiviert und bildhübsch. Dazu hatte sie sich als Granate im Bett entpuppt. Was kann man als Mann mehr verlangen?

Tja, diese Frage stellte ich mir schon den ganzen Tag und ich versuchte verzweifelt, eine Antwort darauf zu finden. Irgendetwas, das mir aufzeigte, dass sie doch nicht die Richtige wäre. Natürlich wusste ich, dass ich etwas finden *wollte*, denn ich glaubte, noch nicht bereit zu sein für eine feste Beziehung. Jedenfalls redete ich mir das ein, doch sicher war ich mir nicht mehr. Sarah hatte bereits mehr Bedeutung für mich erlangt, als ich je beabsichtigt hatte, und nun zappelte ich in ihrem Netz.

Und jetzt? Jetzt fuhr ich – ganz Gentleman – hinter ihr her, um sie sicher nach Hause zu begleiten. Als ich kurz in den Rückspiegel sah, fiel mir mein dämliches Grinsen auf. Scheiße, ich sah aus wie ein Alpaka mit Gesichtslähmung! Was hatte sie bloß mit mir angestellt? Nach kurzer Überlegung fühlte ich, dass ich deshalb so bescheuert grinste, weil ich glücklich war. Ich hätte lachend die ganze Welt umarmen können, denn die Aussicht auf eine richtige, feste Freundin war in greifbare Nähe gerückt. Lediglich der Umstand, dass ich plötzlich so wild darauf abfuhr, verwirrte mich, aber das würde ich schon noch in den Griff bekommen.

»Schicke Gegend«, murmelte ich, als Sarah vor mir abbog. Wir fuhren durch ein relativ neu gebautes Viertel von Middletown. Vorwiegend Doppelhäuser säumten die Straßen, doch Sarah hielt vor einem größeren

Komplex an, in dem sich bestimmt sechs bis acht Wohnungen befanden. Parterre gab es ein kleines Büro, auf dessen Schaufensterscheibe der Namen der Maklerfirma prangte. Mit Sicherheit waren sie verantwortlich für diese Siedlung, die innerhalb kürzester Zeit aus dem Boden gestampft worden war.

Sarah fuhr auf einen Stellplatz direkt vor dem Haus. Ich selbst parkte direkt hinter ihr, stellte den Motor ab und stieg aus. Lächelnd kam sie mir entgegen.

»Das hättest du nicht tun müssen«, sagte sie leise.

»Ich weiß. Bist ein großes Mädchen, hmh?«

»Das ist eine anständige Gegend. Du musst keine Angst um mich haben«, wiegelte sie ab.

»Und für wie anständig hättest du mich gehalten, wenn ich nicht genug Arsch in der Hose gehabt hätte, dich bis zur Tür zu begleiten? Verletze mich nicht in meiner Ehre!«, gab ich gespielt böse zurück.

Sarah lachte. »Und du bist sicher, kein Musketier zu sein?«

Schnell legte ich meinen Zeigefinger an die Schläfe und gab vor zu überlegen. »Nein. Eher nicht. Aber sicher bin ich mir nicht. Ich sollte mal Ahnenforschung betreiben.«

»Aber nicht mehr heute. Mir ist kalt. Ich sollte reingehen. Mindy platzt bestimmt schon vor Neugier.«

»Dann wollen wir sie nicht länger warten lassen.« Lächelnd ergriff ich Sarahs Hand und brachte sie zur Haustür. »Da wären wir. Sicher angekommen. Danke für den schönen Tag.«

»Ich danke dir«, antwortete sie und setzte ein verlegenes Räuspern hintenan.

Da standen wir nun. Sarah legte mal wieder Schüchternheit an den Tag, aber da sie ihren Haustürschlüssel nicht hervorkramte, ging ich davon aus, dass sie auf etwas wartete, und ich war mir ziemlich sicher zu wissen, auf was.

»Gute Nacht, Sarah«, sagte ich leise, beugte mich vor und verharrte kurz vor ihren Lippen, um zu sehen, ob sie mir entgegenkommt. Ein winziges Stück beugte auch sie sich vor, und als sie ihre Lider senkte, überwand ich das letzte kleine Stückchen Entfernung zwischen uns.

Sanft drückte ich meine Lippen auf ihre, da spürte ich, dass sie ihre Hand in meinen Nacken legte und mit ihren Fingern in meinen Haaren spielte. Wie automatisiert umschloss ich ihre Wangen mit beiden Händen, schob meine Zunge zwischen meinen Lippen hindurch und hoffte, sie würde mich zu sich hineinlassen. Tatsächlich öffnete sie ihren Mund, und als unsere Zungen sich trafen, rieselte ein warmer Schauer über meinen Rücken.

Dieser Kuss war so zart, dass er nichts weiter in mir auslöste, außer dem Wunsch, sie für immer und ewig so halten zu dürfen!

Als wir uns voneinander lösten und ich in ihre wunderschönen blauen Augen blickte, da fühlte ich, dass ich dabei war, mich in Sarah zu verlieben …

»Wir sehen uns«, flüsterte ich, denn meine Stimme wollte nicht mehr so wie ich.

»Ja. Danke, dass du mich begleitet hast.«

»Jederzeit wieder.«

Mit leichtbeschwingten, wippenden Schritten ging ich zurück zu meinem Auto. Beim Einsteigen sah ich, dass im Treppenhaus bereits Licht brannte und die Haustür langsam ins Schloss fiel. Weg war sie! Und mit einem Seufzen gab ich zu, dass ich sie bereits vermisste!

»Hey! Da ist ja unser Kulturbanause!«, schrie Cody quer durch den Saloon, kaum dass ich eintrat.

Nach dem Abschied von Sarah hatte mir noch zu viel im Kopf herumgespukt. Aus dem Grund war ich hierhergekommen, doch als ich die grinsenden Gesichter von Cody und Gabriel sah, war ich mir nicht mehr so sicher, ob ich das immer noch wollte.

»Hey, ihr faulen Säcke«, ärgerte ich sie, als ich an ihren Tisch trat. »Wieso seid ihr hier und nicht zu Hause bei euren Frauen?«, erkundigte ich mich, schob einen Stuhl zurück und setzte mich.

»Wir dachten uns, dass du noch herkommst«, meinte Cody. »Aber ich mach mich gleich vom Acker. Lilly wartet bestimmt schon. Erzähl. Wie war es?«

»Ganz nett.«

»*Nett* ist die kleine Schwester von *scheiße*. Und für *scheiße* grinst du viel zu dämlich. Na los! Rück schon raus mit der Sprache!«

»Cody, ich mag dich wirklich. Aber es geht dich einen feuchten Kehricht an, was ich erlebt habe. Finde dich mit *nett* ab.«

»Einen feuchten Kehricht?«, fragte er verblüfft und bekam einen Lachanfall. »Hör sich einer den feinen Herren an, wie geschwollen er redet! Echt jetzt?«

Mann, manchmal hasste ich diesen Kerl. Er konnte einfach nichts ernst nehmen und das Schlimmste war, dass ich mitlachen musste.

»Geh nach Hause, Boss!«

Cody tat, als würde er sich seine Fingernägel am Hemd abwischen und grinste mich an. »Na schön. Ich schaffe mich mal nach Hause. Gabriel wird mir eh alles erzählen. Auf mich wartet jetzt eine heiße Frau im Bett. Bis Montag, ihr Luschen!«

»Geh mit Gott, aber geh!«, meinte Gabriel trocken, doch Cody wusste, dass er ihn nur aufzog, also verschwand er lachend. Endlich war ich mit meinem besten Freund allein.

»Na, habt ihr euch schön das Maul über mich zerrissen?«, fragte ich lächelnd, was Gabriel mit einem Stirnrunzeln bedachte.

»Du weißt, dass ich das nie machen würde, Bro.«

»Klar weiß ich das. Ich wollte dich auch nur aufziehen.«

»Erzähl, wie war es?«

Geräuschvoll zog ich die Nase hoch. »Was willst du hören? Es war ein schöner Tag. Interessant.«

Gabriels Mundwinkel verzogen sich zu einem Lächeln. »Du weißt, dass mich das weniger interessiert. Wie lief es mit Sarah?«

»Gut.«

Gabriel rief Shane an den Tisch und bestellte zwei Bier. Als er sie brachte, nahm mein Freund eins davon und hielt es mir entgegen.

»Geht doch nichts über einen schweigsamen Freund. Nun mal Butter bei die Fische. Cheers!«

Auch ich nahm mein Bier und stieß mit ihm an. »Cheers.« Wir tranken einen Schluck und ich wusste, so leicht würde er mich nicht davonkommen lassen. »Ich weiß nicht, was du hören willst.«

»Du magst die Kleine, habe ich recht?«

Die Frage musste ja kommen!

»Schon. Irgendwie.«

»Irgendwie?«

»Ja. Ich weiß auch nicht. Sie ist klasse. Ich mag ihren schrägen Humor. Außerdem ist sie intelligent, fleißig und hat einen liebenswerten Charakter.«

Gabriel musterte mich, ohne ein Wort zu sagen. Es war mir unangenehm, dass er das tat, denn ich wusste, er versuchte, mein *Aber* zu ergründen. Schließlich äußerte er sich doch, und, als hätte ich es nicht geahnt, traf er ins Schwarze, auch wenn er eine andere Richtung einschlug.

»Du hast vergessen, ihr Aussehen zu erwähnen. Sie ist bildhübsch. Wahnsinnig schöne Kulleraugen! Hat das einen Grund?«

Ich fühlte mich ertappt, und bis zu einem gewissen Grad hatte er recht, aber es war nicht so, wie er vermutlich dachte.

»Ja, sie sieht toll aus.«

Gabriel nippte an seinem Bier und nickte. »Okay. Du willst nicht mit der Sprache rausrücken. Dann sag ich es ganz offen. Sie passt nicht in dein Beuteschema!«

Treffer, versenkt!

»Es ist nicht, wie du denkst.«

»Wie denke ich denn?«

»Ach, komm schon!«, wiegelte ich ab und hoffte, er würde es gut sein lassen.

»Aramis, du bist mein bester Freund. Doch gerade benimmst du dich wie ein Arsch! Sag mir nicht, es ist ihr Gewicht, das dir zu schaffen macht?«

Wenn er nur wüsste, dachte ich.

Ich negierte. »Nein, ist es nicht. Im Gegenteil. Ich stehe auf ihre Rundungen. Wirklich! Gott, wenn du nur eine Vorstellung davon hättest, wie sie im Bett abgeht. Und ich liebe es, mich in sie zu vergraben.«

»Und wo liegt dann das Problem?«

Das hätte ich selbst gerne gewusst. Sarah zog mich magisch an, aber in meinem Hinterkopf geisterten die Gedanken in eine ganz andere Richtung.

Ich war dreißig Jahre alt und benahm mich wie ein dummer Teenager! Eigentlich sollte man in meinem Alter über den Dingen stehen, doch aus unerfindlichen Gründen konnte ich es nicht. In meinem Inneren tobte ein Kampf, denn zu gerne hätte ich mir bei Gabriel meine Bedenken von der Seele geredet. Doch ich schämte mich! Schämte mich für meine Gedanken! Erst als Gabe seine Hand auf meinen Arm legte, beruhigte sich das Karussell im Kopf.

»Wo treibst du dich denn herum in deinem Kopf?«, fragte er sanft und lächelte mir aufmunternd zu. »Ich sehe doch, dass dich etwas bedrückt. Welches Problem hast du denn mit Sarah?«

Ich schnaubte. »Mit Sarah habe ich kein Problem. Es sind alle anderen ...«

»Die anderen? Schließt das mich mit ein? Rede mit mir.«

»Ich weiß nicht, wie ich es erklären soll. Sieh dir deine Frau an! Sie ist hübsch und schlank. Selbst nach Bens Geburt war sie kurz danach wieder perfekt! Oder Lilly! Ihre Figur ist wie gedrechselt und du weißt, wie gerne Cody übers Ziel hinausschießt und dumme Sprüche loslässt.«

Gabe sah mich mit offenem Mund an. »Du denkst, wir würden über dich lachen, weil Sarah etwas fülliger ist? Sag mal, spinnst du?«

Nun, da hatte er den Nagel wohl auf den Kopf getroffen …

»Du musst mich gar nicht so blöde angucken! Wie oft sind wir am Wochenende durch die Clubs getingelt und haben uns das Maul darüber zerrissen, wie scheiße manche Frauen aussahen! Und nein, ich nehme mich da nicht aus! Sag mir, dass das nicht stimmt!«

Gabriel ließ meinen Arm los, öffnete den Mund und schloss ihn wieder. Das, was er sagen wollte - vermutlich ein Protest – blieb ihm im Hals stecken. Stattdessen blickte er nachdenklich auf sein Bier, nahm es und trank es auf ex. Schließlich kratzte er sich am Hinterkopf und schaute wieder zu mir.

»Scheiße, du hast recht«, murmelte er. »Wie konnte ich das nicht sehen? Haben wir uns wirklich so mies benommen?«

»Ziemlich mies.«

Gabriel rief Shane und wollte zwei frische Bier bestellen, doch ich lehnte ab, da ich bereits eins getrunken und das Auto dabeihatte.

»Ich nehme eine Cola«, bat ich.

Gabriel trommelte mit den Fingern auf dem Tisch herum. »Das war wirklich scheiße von uns. Männliches Gehabe. Wie Steinzeitmenschen. Es tut mir leid, Aramis. Du weißt, dass wir alle so nicht wirklich denken. So sind wir nicht. Das war respektlos und ich kann nur hoffen, dass keine der Frauen unsere Lästerei bemerkt hat. So etwas ist verletzend.«

Ich seufzte. »Männer unter sich. Mir war nie bewusst, was für ein Arschloch ich sein kann.«

»Geht mir auch so. Ich habe da nie groß drüber nachgedacht und einfach mitgemacht. Vermutlich, um nicht als Weichei da zu stehen. Dabei haben wir alle unsere Fehler, sowohl äußerlich als auch in uns drin.«

»Wahre Worte, Kumpel. Es ist ein seltsames Gefühl, mal alles von der anderen Seite aus zu betrachten. Sarah scheint wirklich jemand Besonderes zu sein. Sie hat nicht verdient, dass irgendein Arsch sich über sie lustig macht. Und ich selbst wüsste nicht, wie ich damit klarkommen würde.«

»Ich kann dir versprechen, dass du nie ein böses Wort von mir über sie hören wirst. Ich kenne sie ja nun auch schon ein wenig und ich mag sie. Aber was mich interessiert … wie steht sie denn zu dir?«

Lächelnd dachte ich an den heutigen Tag zurück. »Ich denke, sie mag mich auch. Sie macht gerne auf cool, aber ich glaube, tief in ihr drin ist sie ein sehr verletzliches Wesen.«

»Wirst du dranbleiben?«

Darüber musste ich nicht lange nachdenken. »Bestimmt. Aber langsam und vorsichtig. Noch bin ich mir nicht zu hundert Prozent sicher, was meine eigenen Gefühle betrifft.«

»Dann finde es heraus!«

10. Kapitel

Sarah

»Da bist du ja schon!«, merkte Mindy überrascht an, als ich unsere Wohnung betrat. »Erzähl!«

Warum ich ihr noch etwas erzählen sollte, konnte ich nicht verstehen. Reichte ihr mein glücklicher Gesichtsausdruck nicht aus? Wenn ich so aussah, wie ich mich fühlte, hätte ich strahlen müssen wie ein Atomkraftwerk nach dem Super-GAU.

»Sieht man es nicht?«, fragte ich und Mindy lächelte.

»Wenn ich es mir recht überlege, dann ja. Du scheinst den Tag genossen zu haben. Aber was mich wirklich interessiert … Hast du ihm heute widerstanden?«

Ein lautes Lachen entfloh meinem Mund. »Nein.«

»Nein?« Ihr Gesichtsdruck ließ mich innerlich triumphieren. »Aber du solltest doch …«

»Beruhige dich«, fiel ich ihr ins Wort. »Wir hatten keinen Sex. Aber nicht ich war der Grund dafür, sondern er. Aramis hat mich, ganz Gentleman, nach Hause gebracht und außer einem Kuss ist nichts passiert.«

Mindy quiekte, dass mir die Ohren bluten wollten. »Das ist ja fantastisch!«, schrie sie beinahe. »Siehst du? Es geht auch ohne Sex. Und jetzt weißt du, dass er dich mag.«

»Oder mich schon nicht mehr attraktiv und begehrenswert findet«, ergänzte ich, aber in Wirklichkeit freute ich mich genauso wie sie. Ich wollte glauben, dass sie recht hatte, denn ich empfand wirklich etwas für Aramis.

»Jetzt mach mal halblang! Natürlich mag er dich!«

»Ach Mindy«, sagte ich seufzend. »Es wäre zu schön, um wahr zu sein. Aber du siehst doch auch, was für ein toller Kerl er ist. Selbst wenn wir eine Weile zusammenfinden würden – was denkst du, wie lange ich ihn halten könnte?«

Mindy zog eine Schnute und blickte mich mit zusammengezogenen Augenbrauen an. »Jetzt sei doch mal nicht so pessimistisch!«, schleuderte sie mir entgegen.

»Ich bin nicht pessimistisch. Nur realistisch.«

So schön der Tag auch bis hierhin gewesen war, jetzt schwappte die Realität wie eine Monsterwelle über mich hinweg. Zu allem Überfluss nagte auch noch das schlechte Gewissen an mir und Mindy studierte wohl gerade meine Gesichtszüge, um herauszufinden, was ich dachte.

»Du hattest recht«, gab ich kleinlaut zu.

»Womit?«

Scheiße, tat das weh!

»Ich hätte mich niemals auf Sex mit ihm einlassen dürfen. Klar, er hat angebissen. Ist es nicht so, dass jeder Mann die Möglichkeit nutzt, wenn sie sich ihm bietet? Jetzt stell dir vor, ein Modepüppchen kommt vorbei und baggert ihn an. Für wen wird er sich wohl entscheiden?«

An Mindys nachdenklichem, zögerlichem Agieren erkannte ich, dass ich recht hatte, auch wenn sie es niemals zugegeben hätte.

»Was ist mit dir passiert?«, fragte sie plötzlich, und mir war nicht klar, was sie damit meinte. Nur ihr bedauernder Blick, der auf mir ruhte, ließ mich erahnen, was sie hören wollte.

»Ich bin mir nicht sicher. Bisher war ich immer ganz zufrieden mit mir und habe mein Aussehen mit Stolz getragen. Aramis ist schließlich nicht der Erste, mit dem ich eine kurze Liaison habe. Doch bei ihm ist es anders. Er verunsichert mich.«

»Und das kann er, weil …?«

Meine Cousine besaß das Talent, im passenden Moment immer die richtigen Fragen zu stellen. Fragen, die mich aus dem Konzept brachten, denn ich kannte die Antwort, wollte sie aber nicht wahrhaben. Und so drang meine Antwort als leises Flüstern über meine Lippen.

»Ich glaube, weil ich mich in ihn verliebt habe.«

Mindy lächelte mir zu. »Aber das ist doch wunderbar. Und er wird sich auch in dich verlieben, denn du bist ein wunderbarer Mensch.«

Ihre Worte ließen mich leicht erröten, doch sie taten meiner Seele gut. Selten sprach sie so liebevoll zu mir, aber es bewies mir wieder, wie nahe wir uns eigentlich standen, auch wenn ich sie manchmal hätte erwürgen können.

»Das wird nie passieren«, erwiderte ich. »Ich glaube, es ist besser, wenn ich diesen Irrsinn ganz schnell vergesse. Aramis wird mich wegwerfen, sobald sich etwas Besseres bietet. Und ich selbst habe keine Lust, jemanden aus mir zu machen, der ich nicht bin. Ich will mich nicht kasteien, nur, um einem Schönheitsideal zu entsprechen. Das war ein schöner Traum, den ich für kurze Zeit träumen durfte, aber langsam wache ich auf.«

Meine Cousine runzelte die Stirn. »Wieso machst du dich selbst so runter, Süße? So kenne ich dich gar nicht. Wenn ich an dir herumgenörgelt habe, hast du mir selbstbewusst Antwort gegeben. Und du hattest jedes einzelne Mal verdammt recht damit! Du bist hübsch, Sarah. Verdammt hübsch sogar. Du hast keine Ahnung, was ich dafür geben würde, solche Titten zu haben!«

Hustend prustete ich ein Lachen ins Wohnzimmer. »Ist nicht dein Ernst?«

»Und wie das mein Ernst ist! Du denkst, ein Mann lässt dich sitzen, wenn er eine Dünnere findet? Vergiss es! Dicke Möpse sind das Geheimnis. Es liegt in ihren Genen. Sie können gar nicht anders.«

»Du spinnst doch!«

»Erinnerst du dich nicht mehr, was Oma immer losgelassen hat, wenn sie angeschickert war? Männer wollen eine dünne Frau, um vor ihren Freunden angeben zu können, und eine Mollige fürs Bett. Glaub mir, ich hab ein wahres Trauma deswegen. Wieso, glaubst du, will ich jungfräulich in die Ehe gehen? Ich traue den Dreibeinern nicht über den Weg, denn ich habe keine Lust, draußen für sie das Dummchen zu geben, das an ihrer Seite nur gut auszusehen hat, um sie dann irgendwann mit einer üppigen Frau im Bett zu erwischen.«

Wow! Na das war ja mal eine Ansage!

»Gott, das hätte ich nie für möglich gehalten«, murmelte ich.

»Was denn?«

»Du bist ja mindestens genauso unsicher wie ich. Dabei dachte ich immer, du bist pures Selbstbewusstsein auf zwei Beinen.«

»So kann man sich irren.« Mindy setzte sich zu mir und nahm meine Hand, die sie sanft streichelte. »Ich war schon so oft eifersüchtig auf dich, dass ich es nicht mehr zählen kann. Dein Busen, deine dicken, glänzenden Haare, deine wunderschönen Augen …«

»Auf meinen ausladenden Hintern auch?«

Mindy knuffte mich. »Hör auf! Du bist wunderschön! Wenn Aramis das nicht erkennt – und glaub mir, er hat es erkannt – dann hat er dich gar nicht verdient.«

»Ich glaube dir zwar nicht, aber rede ruhig weiter«, neckte ich sie und zwinkerte ihr zu.

Sie stöhnte und schaute mich nachdenklich an. »Siehst du es denn nicht? Wir haben alle unsere Unsicherheiten. Es ist die Gesellschaft, die uns glauben lässt, wir wären nie gut genug. Darum ändern sich die Schönheitsideale auch dauernd. Jemand legt fest, was angesagt ist, und alle streben danach. Kaum hast du dein Ziel erreicht, wird alles über den Haufen geworfen und zack, bist du wieder unbeliebt. Und selbst wenn du die schönste Frau der Welt bist, so wird auch das nicht reichen, denn du bist nicht seine Mutter. An Mutti kommt keine vorbei.« Mindy stieß die letzten Worte so trocken aus, dass ich wieder laut lachen musste.

»Scheiße, daran will ich nicht mal denken! Seine Mutter kennenzulernen, meinte ich.«

»Eine grauenhafte Vorstellung, nicht wahr?« Auch sie schmunzelte.

»Weißt du«, sagte ich schließlich, »ich gebe dir in allem recht. Und du weißt, wie egal mir das ist, was andere Leute über mich denken. Aber bei Aramis, da macht es mir Sorgen. Ich mag ihn und deshalb habe ich Angst davor, die Sache noch mehr zu vertiefen. Ich weiß, dass er mich zutiefst verletzen könnte. Dem will ich aus dem Weg gehen. Ich will all das Schöne nicht zerstören, das ich erlebt habe.«

»Ich glaube, ich weiß, was du meinst, Sarah. Du hast Angst. Angst davor, das zu verlieren, was du gerade erst gefunden hast. Aber wenn du jetzt aufgibst, dann wirst du nie erfahren, ob es nicht vielleicht noch schöner hätte werden können.«

»Womöglich. Doch ich könnte auch alles verlieren.«

»Das ist ein Risiko, ja. Aber ich will nicht, dass meine Cousine sich ein Leben lang fragen muss, was wäre gewesen, wenn! Bitte, gib ihn nicht so leicht auf.«

Natürlich wusste ich, dass Mindy es nur gut mit mir meinte, und nur zu gerne wäre ich ihrem Rat gefolgt. Jedoch tobte in meinem Inneren ein Kampf, der mir jetzt schon mehr abverlangte, als ich ertragen konnte. Ich war keine Kriegerin. Noch nie gewesen. Eher war ich immer nur das Moppelchen gewesen, das mit Humor und Schlagfertigkeit die Oberhand über gewisse Dinge behielt. Damit hatte ich bisher ganz gut gelebt. Aramis hatte diese ganze Fassade fast zum Einstürzen gebracht und ich spürte, wie ich diese Mauer langsam wieder aufbaute. Stein für Stein.

»Ich bin müde«, sagte ich, begleitet von einem Seufzer. »Vielleicht brauche ich nur etwas Zeit, um noch mal in Ruhe über alles nachzudenken. Wir sehen uns morgen. Schlaf gut.«

»Ja, du auch. Träum was Schönes.«

Noch einmal schenkte ich ihr ein Lächeln, dann begab ich mich in mein Zimmer.

11. Kapitel

Aramis

Seit mehr als einer Woche hatte ich Sarah nun schon nicht mehr gesehen und ich konnte nicht behaupten, dass es leicht für mich war. Zuerst wollte ich abwarten, was meine eigenen Gefühle betraf. Abstand gewinnen. Doch mit jedem neuen Tag stellte sich mehr und mehr das Vermissen ein.

Ja, ich vermisste sie. Mir fehlte ihre lockere Art, ihr bezauberndes Wesen, ihr Humor und ihre wunderschönen blauen Augen. Von meinem Schwanz wären noch ganz andere Äußerungen gekommen, hätte ich ihn gelassen, doch zum ersten Mal in meinem Leben erschien es mir, als hätte ich ihn einigermaßen im Griff. Das lag womöglich an dem Herzklopfen, das ich verspürte. Dieses Gefühl war so viel intensiver …

»Hey! Träumst du?« Gabriels Schreie rissen mich aus meinen Gedanken.

»Was?«

»Du gehst mir auf den Sack! Die Kreissäge läuft und du hast das Brett noch keine zwei Inches weitergeschoben! Entweder bringst du das zu Ende oder stellst die Säge ab. Ist ja grauenhaft! Schon mal was von Lärmbelästigung gehört?«

Erst jetzt bemerkte ich, dass ich wirklich geträumt hatte. Schnell schaltete ich die Säge aus. »Tut mir leid«, ächzte ich und nahm den Gehörschutz vom Ohr. »Ich war wohl in Gedanken versunken.«

Gabriel schenkte mir ein überhebliches Grinsen. »Wenigstens hast du dir dabei keinen runtergeholt.«

»Sehr witzig!«

Mein Freund bedachte mich mit einem Stirnrunzeln. »Wow, scheint ja ernster zu sein, als ich dachte. Keine Retourkutsche, keine sarkastische Bemerkung. Du bist ja bis über beide Ohren verschossen in die Kleine.«

»Bin ich nicht!«

»Natürlich bist du das. Und sei endlich mal Manns genug, es zuzugeben. Du verhältst dich ja gerade so, als ob das etwas Schlimmes wäre.«

»Blödsinn.«

Gabriel studierte mich. »Was ist dann dein Problem?«

Ich strafte ihn mit einem gelangweilten Blick. »Es gibt keins!«

»Soso«, meinte er, drehte sich weg und ging ein paar Schritte. Doch dann blieb er stehen und drehte sich wieder zu mir um. »Ich weiß es! Sie hat sich seit eurem Ausflug nicht mehr gemeldet! Du hast Schiss, dass sie dich abserviert hat! Gott, ich bin ein Genie!«

Sein triumphierender Blick samt Händeklatschen ließ mich kopfschüttelnd lächeln. Er lag falsch, denn meine Träumerei galt nicht meiner Sorge, dass sie mich fallen gelassen hätte. Aber da er es schon mal erwähnte …

»Sie ist die erste Frau, die mir nicht hinterherläuft. Das fühlt sich seltsam an, insofern hast du recht.«

»Dann stimmt es also. Du hast wirklich gar nichts von ihr gehört? Komisch. Ich dachte, sie fährt voll auf dich ab.«

»Nein, nichts. Gar nichts. Nada! Vielleicht hätte ich sie nach dem Ausflug doch vögeln sollen.« Bah, wie ich mich für den Spruch gerade selbst hasste!

»Jetzt dreh aber mal nicht durch. Das Leben besteht nicht nur aus Rammeln wie die Karnickel. Auch wenn es bei mir fast so ist.«

Konnte mein Kumpel noch überheblicher sein?

»Das hättest du wohl gerne«, sagte ich lachend. »Aber ja, ich denke mittlerweile, bei Sarah scheint es tatsächlich etwas Sexuelles gewesen zu sein. Vielleicht lasse ich nach. Dabei wollte ich ihr doch nur beweisen, dass es mir nicht in erster Linie darauf ankommt. Was ist bloß verkehrt gelaufen?«

Gabriel grinste. »Du redest dir etwas ein. Hast *du* dich denn um sie bemüht in der Zwischenzeit? Hast du sie angerufen und hat sie sich verleugnen lassen? Nicht abgehoben?«

»Pff, ich hab nicht mal ihre Telefonnummer. Und um deine Frage zu beantworten: Nein, ich habe mich nicht bei ihr gemeldet. Ich wollte sie etwas schmoren lassen.«

»Ach, und du erwartest aber von ihr, dass sie sich meldet? Ich habe einen Neandertaler zum Freund.«

Wie zur Bestätigung ließ ich ein Grunzen los, doch dann wehrte ich mich. »Ich wollte es dieses Mal anders angehen, Gabe. Sarah ist anders als die anderen. Nein, das war falsch ausgedrückt. *Ich* bin anders in ihrer Gegenwart, verstehst du, was ich meine? Es macht mir Spaß, bei ihr zu sein, und das macht mir, bis zu einem gewissen Grad, Angst.«

»Angst? Inwiefern?«

»Vor dem, was kommen könnte. Gabe, ich bin es nicht gewohnt, eine Beziehung zu führen. Was das alles mit sich bringen könnte.«

Gabes Mundwinkel zuckten. »Verliebt, verlobt, verheiratet. Ein Baby vielleicht oder auch zwei oder drei.«

»Um Gottes willen ...«

»Schwiegereltern. Die ganze Sippschaft anwesend zu Feiertagen und Festen ...«

»Hörst du mal auf mit dem Scheiß?«

»Regelmäßig Sex!« Mit einem Zwinkern beendete er seine Aufzählung.

»Letzteres hat natürlich was«, antwortete ich lachend.

»Du kannst den Lauf der Dinge nicht beeinflussen, Aramis. Du kannst den Weg lediglich gehen.«

»Und woher weiß ich, ob ich falsch abgebogen bin?«

»Keine Ahnung. Gar nicht, vermute ich. Aber seit ich mit Jinx zusammen bin, weiß ich eins ganz sicher.«

»Und das wäre?«

»Dass es wesentlich schöner und auch leichter ist, den Weg gemeinsam zu gehen.«

»Du meinst ...«

»Ich kann dir nicht raten, was du tun sollst, Kumpel. Folge deinem Herzen. Es scheint ein guter Wegweiser zu sein.«

Verständnisvoll lächelte er mir zu, klopfte mir noch einmal freundschaftlich auf die Schulter und begab sich wieder an seine Arbeit. Auch wenn ich nicht viel schlauer war als vorher, jetzt fühlte sich alles nicht mehr so falsch und beängstigend an. Was für ein Glück, dass ich einen Freund wie ihn hatte!

*

Gegen Abend zog es mich an diesem Mittwoch zum Appartement-Komplex von Sarahs Wohnung. Keine Ahnung, was ich da wollte. Bei ihr zu klingeln, dazu fehlte mir der Mut. Jedoch hegte ich die Hoffnung, dass ich einen Blick auf sie erhaschen könnte. Alles andere sollte sich ergeben.

Ich parkte einige Meter weit weg von besagtem Wohnblock und spazierte im Schutz der Dunkelheit darauf zu. Als ich näher kam, erkannte ich Sarahs Van, also musste sie zu Hause sein. Ein warmes Gefühl breitete sich in mir aus und mein Herz schlug etwas schneller. Das war ungewohnt, aber es fühlte sich gut an.

Stetig näherte ich mich, da sprang die Hecktür ihres Wagens auf. Vor Schreck versteckte ich mich hinter einem Baum, denn damit hatte ich nicht gerechnet. Vorsichtig lugte ich um den Stamm herum und wollte nicht glauben, was ich da sah! Sarah war nicht allein!

Wieder schlug mein Herz schneller, doch dieses Mal aus anderen Gründen. Lachend stieg ein großer, kräftiger Kerl aus dem Van, bot Sarah seine Arme an und half ihr beim Aussteigen. Sie alberten herum und schienen sehr vertraut miteinander zu sein, wie man an ihrem Geplänkel leicht erkennen konnte.

Wut stieg in mir auf!

Sie nagte an mir und ich spürte, wie sie sich stetig durch mein Inneres fraß, nach oben arbeitete und meinen Verstand langsam, aber sicher außer Gefecht setzte.

So sah das also aus!

Endlich wusste ich, wieso sie sich nicht gemeldet hatte. Sarah spielte wohl gern mit mehreren Spielzeugen! Was für ein beschissener Vergleich, aber genau so fühlte ich mich jetzt. Wie ein Spielzeug, dessen man überdrüssig geworden war, und das man weggeworfen hatte. Ich war stinkwütend! Hinzu kam, dass ich mir gar nicht vorstellen wollte, was die beiden gerade getrieben hatten. Doch so leicht wollte ich es ihr nicht machen!

Mit ordentlich Ärger im Bauch ging ich auf die beiden zu. Ich wollte Antworten und falls sie mir nicht gefallen würden oder der Typ einen dummen Spruch loslassen sollte, war ich bereit, ihm richtig zu zeigen, wo der Hammer hing!

»Guten Abend!«, rief ich laut, als ich noch wenige Schritte von ihnen entfernt war.

Sarah wirbelte zu mir herum und riss überrascht die Augen auf. »Aramis!«, sagte sie lächelnd. »Wieso bist du hier?«

Nun, wenn ich das mal gewusst hätte! Weil ich Sehnsucht nach dir hatte? Weil du mir gefehlt hast? All diese Worte galoppierten durch mein Hirn, doch sie fanden den Weg zum Ausgang nicht. Stattdessen hörte ich mich Dinge sagen, von denen ich nicht wusste, woher sie stammten.

»Wie war der Fick?«

Das Lächeln auf ihrem Gesicht erstarb. »Was meinst du?«, fragte sie und ich lachte verächtlich.

»Wie dein Fick war. Das ist es doch, was du gewöhnlich in der Karre abziehst, oder nicht?«

»Hey, Kumpel, keine Ahnung, wer du bist, aber so redest du nicht mit ihr, verstanden?«

Jetzt mischte sich dieser Wichser ein und darauf hatte ich nur gewartet. Mit Schwung hämmerte ich ihm meine Faust ans Kinn und scheinbar hatte ich so viel Kraft in den Schlag gelegt, dass er abhob und unsanft auf dem Hosenboden landete.

Gut!

Sarah schrie auf. »Sag mal, spinnst du?«, kreischte sie und beugte sich zu ihrer neuen Eroberung, um ihm aufzuhelfen. Der Typ wollte gleich auf mich losgehen, aber Sarah hielt ihn zurück.

»Komm schon!«, provozierte ich ihn und grinste ihn frech an, doch Sarah redete auf ihn ein.

»Geh nach oben, John! Ich regle das!«

»Aber ...«

»Los! Geh schon! Ich komme hier klar.«

»Ja, genau! Verzieh dich, Wichser!«, rief ich ihm höhnisch hinterher, als er kopfschüttelnd zur Tür ging. Kaum war er im Haus verschwunden, kam Sarah zu mir.

»Bist du von allen guten Geistern verlassen?«, schrie sie mich an.

»Dasselbe könnte ich dich fragen! Ich dachte, da war was zwischen uns. Dann komm ich hierher und sehe, wie du dich vom nächstbesten Vollpfosten ficken lässt!«

Ich spürte den Schlag ihrer Hand auf meiner Wange, schon bevor ich das dazugehörige Klatschen hörte.

»Rede nie wieder so mit mir, hast du verstanden, du völlig verblödeter Idiot? Das muss ich mir von dir nicht bieten lassen. Was hast du denn gesehen, hmh?«

Instinktiv rieb ich mir über die brennende Stelle im Gesicht und konnte es nicht fassen. Sie hatte mir eine Ohrfeige verpasst!

»Du warst mit dem Wichser im Van! Und wie es aussah, habt ihr euch köstlich amüsiert!«

Sarah schüttelte den Kopf. »Ja, wir haben uns amüsiert. Sehr sogar! Und weißt du auch, warum?«

»Ich will es nicht wissen«, grummelte ich, drehte um und wollte gehen, doch sie riss mich am Arm zurück.

»Du bleibst schön hier und hörst dir an, was ich zu sagen habe. Es geht dich nämlich einen Scheiß an, mit wem ich mich in meinem Auto befinde. Aber das nur nebenbei. Ja, John und ich haben uns königlich amüsiert. Wir redeten nämlich über alte Zeiten.«

»Dann kennt ihr euch wohl schon länger«, merkte ich an. »Was war ich dann für dich? Ein Zwischenspiel?«

Sarah runzelte die Stirn. »Ich frag mal so: Was war ich denn für dich? Du scheinst ja nicht viel von mir zu halten, wenn du mir solche Gemeinheiten an den Kopf wirfst und mir gewisse Dinge zutraust. Denkst du, ich vögele mit jedem?«

»Ganz ehrlich? Wenn ich an eben denke, dann ja.«

Jetzt lachte sie beinahe hysterisch. Als sie sich beruhigt hatte, blickte sie mich mitleidig an.

»Weißt du, vielleicht hast du recht. Vielleicht vögele ich ja mit jedem. In meinem Van. Vor meinem Haus. Wie logisch!« Sie machte eine bedeutungsschwangere Pause und blickte mich mit großen, weit geöffneten Augen an. Dann fuhr sie fort. »Aber bestimmt nicht mit meinem Bruder! Geh nach Hause, Aramis!« Sie sprach es aus, drehte sich um und ließ mich stehen.

Da stand ich nun und rang mit meiner Fassung, denn ich fühlte mich, als hätte mir Bud Spencer seinen berühmten Dampfhammer mitten auf den Kopf verpasst! Was hatte sie da gesagt? Ihr Bruder?

»Verfickte Scheiße!«, zischte ich und fasste mir an die Schläfe.

Was hatte ich bloß angestellt? Ich überlegte kurz und kam ziemlich schnell zu der Erkenntnis, dass ich mich in meinem ganzen Leben noch nie so zum Vollhonk gemacht hatte. Wie konnte man nur so bescheuert sein? Dass die Sache ganz harmlos gewesen war, darauf wäre ich nicht im Traum gekommen.

Fluchtartig lief ich davon, zurück zu meinem Auto, denn ich musste einen klaren Kopf bekommen. Stöhnend setzte ich mich hinters Steuer und betitelte mich mit sämtlichen Schimpfwörtern, die mir einfielen.

»Ihr Bruder!«, murmelte ich immer und immer wieder vor mich hin. »Und das soll ich ihr abkaufen?«

Ich konnte es nicht glauben, aber ich wusste, dass ich diese Tatsache nur ablehnte, um eine Selbstrechtfertigung für mein Verhalten zu bekommen, aber tief in mir drin wusste ich, dass sie die Wahrheit gesagt hatte.

Völlig planlos ließ ich den Motor an, denn ich wollte nur noch hier weg. Ich war wütend auf mich selbst und meine Dummheit. Zudem konnte ich mich nicht erinnern, jemals so ausgerastet zu sein, geschweige denn, jemanden geschlagen zu haben.

Mist, es war Mittwochabend, zehn Uhr, und ich brauchte dringend jemanden zum Reden, denn ich spürte, dass ich das nötig hatte. Doch bei Gabriel wollte ich um diese Zeit nicht mehr aufschlagen, also blieb mir nur einer: Cody!

»Nein«, haderte ich und zog das Wort unnötig in die Länge.

Wollte ich das wirklich?

Da mir sonst keiner einfiel, den ich jetzt noch nerven konnte, beschloss ich, zu ihm zu fahren. Vor seinem Appartement hielt ich an, lief ein paarmal hin und her, um mir die Möglichkeit zu geben, mich selbst von diesem Vorhaben abzubringen, aber es half nichts, also klingelte ich. Es dauerte eine Weile, bis jemand sich durch die Sprechanlage meldete.

»Wer auch immer geklingelt hat«, hörte ich Cody reden, »hat besser einen triftigen Grund, uns um diese Uhrzeit zu stören.«

»Cody? Ich bin es. Aramis. Es tut mir leid, dass ich so spät noch störe, aber ich …« Ja, was eigentlich? »Ich … sorry, am besten, ich sage es ganz direkt. Ich brauche deine Hilfe.«

Für kurze Zeit herrschte Stille, dann meldete er sich wieder. »Komm rauf!«

Es summte, darum warf ich mich gegen die Tür, ging die Treppe hinauf und klopfte an die Wohnungstür.

»Ach, scheiße!«, hörte ich Cody von der anderen Seite fluchen, dann ging sie auf. Mit erhobenem Zeigefinger stand er vor mir. »Ich will kein Wort hören!«

Dieser Hinweis wäre nicht nötig gewesen, denn sprachlos blickte ich ihn von oben bis unten an. Was, zum Teufel, war das?

»Willst du da draußen Wurzeln schlagen?«, blaffte er mich an.

»Nein, aber ich habe Angst reinzukommen. Wo ist Lilly?«

»Hat sich ins Schlafzimmer verkrochen. Na los, bevor mich noch die Nachbarn sehen.«

Cody trat einen Schritt zur Seite und ich in die Wohnung ein. Er gab der Tür einen Schubs, sodass sie ins Schloss fiel. Etwas hilflos stand ich da und wusste nicht, was ich sagen sollte, darum übernahm er das Reden für mich und versuchte sich an einer Erklärung.

»Du hast uns gestört, falls du verstehst, was ich meine.«

»Bei was, um Himmels willen?«

»Wonach sieht es denn aus?«

»Nach Großreinemachen?«, antwortete ich und konnte mir ein Grinsen nicht mehr verkneifen.

»Witzig. Das ist ein Dienstmädchenkostüm.«

»Ja, das sehe ich. Nur wieso du das trägst, erschließt sich mir nicht.«

»Schon mal was von Rollenspielen gehört?«

»Das schon. Aber sollte nicht Lilly das Ding tragen, wenn ihr ...« Nein! Ich wollte es mir nicht vorstellen!

»Wir tauschen halt gerne mal die Rollen. Ich wollte es schnell ausziehen, doch dann warst du schon an der Tür und der Reißverschluss hat geklemmt. Ich garantiere dir, Aramis, wenn du jemandem ein Wort davon erzählst, bringe ich dich um!«

»Wer würde mir das glauben?«

Es war vorbei! Ich konnte mein Lachen nicht mehr zurückhalten.

»Du bist so ein Arsch«, schimpfte mein Boss. »Was willst du überhaupt hier?«

»Ich brauche jemanden zum Reden«, gab ich kleinlaut zurück, denn mit seinen Worten hatte er mich auf den Boden der Tatsachen zurückgeholt.

»Und dann kommst du zu mir?«, fragte er erstaunt. »Ich meine, kein Problem, aber klärst du das nicht lieber mit Gabe?«

»Es ist schon spät. Gabe und seine kleine Familie schlafen bestimmt schon.«

»Und es war so dringend, dass du nicht bis morgen warten konntest?«

»So in etwa.«

»Wie dringend ist es?«

»Extrem dringend.«

»Eher so nach dem Motto *Ich kann nicht mehr warten*, oder eher *Ich kann nicht mehr warten und brauche dazu einen Whiskey?*«

»Zwei wären besser.«

»Hmh. Okay, ich bin dein Mann. Aber nicht hier. Lilly reißt mir den Kopf ab, wenn wir hierbleiben und sie im Schlafzimmer bleiben muss, denn solange du hier bist, wird sie heute garantiert nicht mehr rauskommen. Ich werde mir was anziehen, dann können wir in den Saloon fahren.«

»Das würdest du wirklich für mich machen?«, fragte ich erstaunt, denn damit hätte ich nicht gerechnet.

»Freunde machen so was. Und jetzt hilf mir aus dem verdammten Kleid.« Cody drehte mir den Rücken zu. »Reißverschluss öffnen!«

»Das verlangst du jetzt nicht wirklich von mir!«

»Oh doch!«

Naserümpfend griff ich nach dem Reißverschluss, zog und zupfte daran, bis er endlich nachgab und ich ihn nach unten ziehen konnte.

»Langsamer, Süßer«, hauchte Cody, drehte den Kopf und zwinkerte mir zu.

»Davon werde ich mein Leben lang Albträume haben!«

12. Kapitel

Sarah

Voller Wut im Bauch ging ich in meine Wohnung und sah John, mit einem Packen Eiswürfel bewaffnet, auf der Couch sitzen.

»Was, zur Hölle, ist da gerade passiert?«, fragte er. Der Zorn in seinen Augen war nicht zu übersehen.

»Das wüsste ich selbst auch gerne«, antwortete ich mit einer Mischung aus Hilflosigkeit und Verlegenheit. Er tat mir so leid.

»Wer war das überhaupt?«

Seufzend setzte ich mich zu ihm und war zunächst einmal dankbar, dass Mindy nicht da war. Ihre Kommentare hätte ich nicht gebrauchen können.

»Das war Aramis. Aramis Reed.«

»Sollte mir der Name etwas sagen?«

»Nein. Du kennst ihn nicht.«

»Und was hat er mit dir zu tun?«

Himmel, sollte ich jetzt mit meinem Bruder über unsere Affäre reden? Ich musste wohl, denn ich schuldete ihm eine Erklärung.

»Wir kennen uns noch nicht lange. Bitte, verurteile mich nicht. Ich hatte eine kurze Affäre mit ihm. Aber ich habe sie aufgegeben.«

»Du und eine Affäre? Das sind ja ganz neue Töne.«
John blickte mich schmunzelnd an. »Meine Schwester
und ein Schläger. Ich kann es nicht glauben.«

Sofort protestierte ich wild. »Aramis ist kein Schläger! Glaube ich jedenfalls. Ich habe keine Ahnung, was
in ihn gefahren ist.«

Das stimmte sogar. Ich konnte mir seinen Wutaus-
bruch nicht erklären, und die Sachen, die er mir unter-
stellt hatte, schmerzten mich. Es tat verdammt weh,
dass er so von mir dachte.

»Du hast mit ihm Schluss gemacht? Warum?«

Mist, es wurde immer peinlicher …

»Nein, nicht direkt. Ich meine, wir waren ja nicht
richtig zusammen.«

»Sag mir nicht, du hattest bloß einen One-Night-
Stand mit ihm!«

»So etwas Ähnliches«, gab ich zähneknirschend zu.
»Aber es war mehr als das. Wir haben uns ein paar Mal
gesehen und er hat mich auch zu unserem Betriebsausflug begleitet.«

»Hat aber nicht funktioniert oder wie soll ich das verstehen?«

»Doch. Schon.«

Mein Bruder warf das Eis auf den Tisch. »Kannst du
mal konkreter werden?«

»Scheiße, John, was willst du hören? Ich mag ihn.
Wirklich! Aber ich dachte, wie könnte jemand wie er
sich in jemanden wie mich verlieben? Darum hab ich es
beendet.«

»Wie hat er reagiert, als du es ihm gesagt hast?«

»Das ist wahrscheinlich das Problem. Ich habe es ihm
nicht gesagt. Ich habe mich einfach nicht mehr bei ihm
gemeldet.«

»Du hast was getan?«, fragte mein Bruder verwundert. »Süße, du kannst mir doch nicht erzählen, dass du ihn an deine Schätze gelassen hast und dann erwartest, dass er sich einfach trollt. Und was soll das von wegen *jemand wie dich?* Du bist eine tolle Frau!«

Errötend seufzte ich. »Danke, aber ich kenne mein Spiegelbild. Du hast doch selbst gesehen, was für ein gut aussehender Mann Aramis ist. Ich glaube nicht, dass er sich wirklich für mich interessiert. Von der einen *Sache* mal abgesehen.«

John hob ein paar Kissen hoch. »Wo ist nur meine selbstbewusste Schwester hingekommen? Vor ein paar Wochen habe ich sie noch gesehen.«

»Hör auf, du Spinner«, sagte ich leise lachend.

Mein Bruder schenkte mir einen liebevollen Blick. »Du bist einer der besten Menschen, die ich kenne, Sarah. Warum sollte er dich nicht lieben können? Gerade dein Selbstbewusstsein hat dir immer diese besondere Schönheit verliehen. Wirf das nicht weg. Nicht alle Männer sind oberflächlich. Aramis scheint jedenfalls etwas für dich zu empfinden, sonst wäre er nicht so eifersüchtig gewesen.«

Eifersüchtig? War es das, wieso er sich so benommen hatte?

»Du denkst, er war eifersüchtig auf dich?«

John lachte. »Natürlich war er das. Man konnte es so deutlich erkennen, als hätte er ein Schild um den Hals getragen, auf dem stand: Hände weg! Das ist meine Frau!«

»Ich wünschte, du hättest recht«, murmelte ich. »Quatsch, nein, ich wünschte, er hätte sich nicht so zum Affen gemacht. Oder doch? Ich weiß nicht mehr, was ich denken soll.«

Als Nächstes spürte ich seinen Arm, den er liebevoll um meine Schultern legte. »Ach, Sarah. Dich hat es ja ganz schön erwischt, habe ich recht?«

Stumm nickte ich.

»Warum willst du dir dann dein Glück verbauen? Ich meine, sollte ich ihm noch mal begegnen, werde ich ihn zwar fragen, ob er noch ganz dicht ist, mir eine reinzuhauen. Aber weil er sich um dich bemüht hat, werde ich darüber hinwegsehen können.«

»Das ist wirklich sehr großzügig von dir. Aber ich glaube nicht, dass daraus jetzt noch etwas wird. Er hat mich sehr verletzt.«

»Jeder verletzt dich irgendwann. Wenn er dich wirklich liebt, wird er aber einen Weg finden, sich zu entschuldigen. Und wenn nicht, tja, dann musst du ihm auch keine Träne nachweinen.«

»Findest du?«

»Sicher. Aber wenn ich dir einen Rat geben darf?«

»Wenn nicht mein Lieblingsmensch, wer dann?«, antwortete ich lächelnd.

»Lass ihn zappeln!«

»Gute Idee«, sagte ich und grinste breit.

John und ich alberten noch eine Weile herum, dann machte er sich auf den Heimweg. Woodstock hatte er mitgenommen, denn wegen ihm war er hier gewesen. John fuhr zu einem Festival und brauchte den Van, damit er irgendwo schlafen konnte. Das war auch der Grund gewesen, wieso wir zwei uns die Karre angeschafft hatten. Wir liebten es, zu Konzerten zu fahren, nur zelten wollten wir nie. Woodstock gehörte uns beiden, doch damit er nicht den Rest des Jahres in der Garage stand, fuhr ich ihn täglich. Dadurch brauchte ich kein anderes Auto.

Gegen Mitternacht kam Mindy nach Hause. Zum Glück hatte ich mich so weit beruhigt, dass ich keine Probleme mehr damit hatte, ihr gegenüberzutreten.

»Hey, wie war das Essen mit deinem Boss?«, fragte ich und zwinkerte übertrieben.

»Langweilig, wie immer«, antwortete sie und ließ sich in den Sessel fallen. »Wie war dein Abend?«

»Aufregend. Aramis war hier.«

»Oh! Was wollte er denn?«, fragte sie und die Neugier stand ihr ins Gesicht geschrieben.

»Nun, er hat mich sozusagen als Hure beschimpft. Dann hat er John eine reingehauen. Aber sonst war alles in Ordnung.«

»Scheiße, *was* hat er sich erlaubt? Mist, das tut mir so leid für dich! Was war denn los?«

Nach und nach erklärte ich ihr alles, und je mehr ich erzählte, umso mehr amüsierte mich das alles nur noch.

»Du hast recht«, bestätigte sie mir. »Er muss rasend vor Eifersucht gewesen sein. Hättest du damit gerechnet?«

»Nie im Leben.«

»Und was wirst du jetzt machen?«

»Ich? Ich mache erst mal gar nichts! Ich warte ab, welche Schritte er als Nächstes gehen wird. So leicht werde ich es ihm nicht machen. Da ist zuerst mal eine dicke, fette Entschuldigung nötig. Dann sehen wir weiter.«

»Soll das heißen, du ziehst eventuell doch in Erwägung, dich auf ihn einzulassen?«

»Vielleicht«, sagte ich grinsend.

»Was ist denn aus dem *Ich bin zu mollig, er will mich ja eh nicht wirklich* geworden? Siehst du endlich ein, dass dem nicht so ist?«

»Ja, ich glaube schon. Ich denke, wenn es ihm nur um Sex gegangen wäre, hätte ihm John egal sein können, oder nicht?«

Mindy lächelte. »Ich freue mich für dich, ganz ehrlich. Aber John hat recht, lass ihn ein wenig zappeln.«

»Ja, das werde ich. Schließlich waren es die kleinen Spielchen, die uns zusammengebracht hatten. Spielen wir noch ein wenig weiter!«

13. Kapitel

Aramis

»Bring uns bitte zwei Bier und zwei Whiskey, Shane«, bat ich den Barkeeper im Saloon. »Geht alles auf mich!«

»Wow, wie großzügig«, flachste Cody. »Nun raus mit der Sprache. Wieso brauchst du die Hilfe vom Code-Man?«

»Nach dem Whiskey«, sagte ich an und Cody zeigte Geduld.

Shane brachte unsere Getränke, ich erhob mein Glas und stieß mit Cody an.

»Auf gute Freunde und schlechte Entscheidungen!«, brummte ich und kippte den Seelenwärmer in einem Zug.

»Na los, erzähl schon. Was hast du für ein Problem?«

»Ich habe extrem Scheiße gebaut«, gab ich zu.

»Hast du 'ne Bank überfallen?«

»Nein, du Spinner. Mit Sarah.«

»Sarah? Sag bloß, da lief doch mehr, als du zugeben wolltest.«

»Ja«, antwortete ich zerknirscht. »Auch wenn ich zu Anfang nicht zugeben wollte, dass ich sie mag. Aber ich denke, das ist jetzt vorbei.«

»Was hast du angestellt?«, fragte Cody amüsiert. »Du weißt, ich hab mich bei Lilly auch dauernd lächerlich gemacht, also nur keine Scheu.«

»Ich war eben bei ihr. Zu Hause. Gott, ich habe sie gestalked, weil sie sich nicht mehr gemeldet hat, kannst du dir das vorstellen?«

»Du wirst lachen, aber ja, das kann ich. Verliebt zu sein, schaltet manchmal das Hirn aus. Niemand weiß das besser als ich. Und am schlimmsten wird es, wenn dein Schwanz das Denken übernimmt.«

»Wem sagst du das?«, stöhnte ich.

»Dann gibst du zu, dass ihr schon gepimpert habt?«

Himmel, dieses Grinsen!

»Ja. Natürlich. Und wie!«

»Auf Angebereien darfst du gerne verzichten. So gut wie ich wirst du eh niemals sein.«

»Mann, dein Selbstbewusstsein möchte ich haben!«

»Wie auch immer. Du hast dich zum Clown gemacht?«

»Frag nicht! Ich hab sie aus ihrem Van kommen sehen. Mit einem anderen Kerl.« Scheiße, war das peinlich!

»Und?«

»Ich hab gedacht, sie hätten es miteinander getrieben. Ein Wort ergab das andere, da habe ich dem Typen eine geknallt, und zwar richtig.«

»Oh!«

»Wie sich herausstellte, war der Kerl Sarahs Bruder, was schon schlimm genug war. Aber ich habe Dinge zu ihr gesagt, die ich wohl nicht mehr gutmachen kann.«

Cody grinste erneut. »Und du bist keine Sekunde auf die Idee gekommen, dich zu fragen, wieso im Van und nicht bei ihr im Bett?«

»Nein, verdammt noch mal! Ich sagte doch schon, ich konnte nicht mehr denken! Ich war fassungslos und dachte, sie hätte nur mit mir gespielt!«

Codys Grinsen wandelte sich in ein sanftes Lächeln. »So wie du mit ihr zu Anfang?«

Zack, dieser Seitenhieb tat weh!

Müde rieb ich mir die Schläfen, denn da prasselte gerade etwas zu viel auf mich ein. Wann hatte die Welt angefangen, sich so schnell zu drehen?

»Ich glaube, das habe ich nie, Cody. Mit ihr gespielt, meine ich. Womöglich hatte ich mir das eingeredet, weil es bisher immer so gewesen war. Aber wenn ich ehrlich bin, dann habe ich von Anfang an mehr für Sarah empfunden.«

»Und das macht dir Angst, nicht wahr?«

»Eine Mordsangst!«

»Nichts, was man nicht wieder hinbiegen könnte. Frauen besitzen eine verzeihende Seele, musst du wissen. Erst recht, wenn sie dich lieben. Egal, wie oft du dich zum Idioten machst, sie werden dir verzeihen, solange du nur ehrlich zu Kreuze kriechst.«

»Kriechen?«, fragte ich belustigt, denn das käme ja mal so gar nicht für mich infrage!

Cody wurde ernst. »Glaub mir, mein Freund, du wirst kriechen! Wenn du sie wirklich liebst, dann wirst du auf allen vieren zu ihr hinrobben, weinen und wimmern wie ein verfluchtes Baby! Du wirst deine Männlichkeit verlieren und so am Boden sein, dass du denkst, du wirst nie wieder aufstehen können.«

»Ich weiß doch noch gar nicht, ob ich sie liebe.«

»Doch, das weißt du. Es fällt dir nur schwer, es zuzugeben. Das wirst du aber müssen, willst du sie zurückgewinnen.«

»Vielleicht bin ich ja einfach nur geil auf sie«, warf ich ein, traute mir aber selbst nicht.

»Wenn dem so wäre, wärst du nicht auf ihren Bruder eifersüchtig gewesen.«

»Hast du eigentlich auf alles eine Antwort?«

»Meistens.«

Codys Grinsen war zurück und ich musste lachen. Er war schon ein wenig verrückt, aber auf die liebenswerte Art. Heute Abend war ich jedenfalls dankbar, dass er hier bei mir saß und sich mein Leid anhörte. Leise fuhr ich fort.

»Sie ist etwas Besonderes, Cody. Sie ist tough, selbstbewusst, nimmt sich, was sie will und hat Spaß dabei. Allerdings habe ich das Gefühl, sie traut mir nicht. Warum sonst hatte sie sich nicht mehr gemeldet?«

»Frag sie doch.«

»Wie?«

»Du bist doch ein cleveres Kerlchen. Lass dir was einfallen.« Dann schrie er: »Shane! Noch zwei Whiskey!«, und wandte sich wieder an mich. »Muss man ja ausnutzen, wenn du schon bezahlst.«

»Schon in Ordnung. Aber beantworte mir bitte eine Frage. Woran merkt man, dass man verliebt ist? Ich meine, so richtig. Woher weiß man, dass man seinen Gefühlen trauen kann? Als ich jünger war, glaubte ich schon einmal, ich wäre verliebt. Dann wurde mir regelrecht das Herz gebrochen. Damals dachte ich, ich müsste sterben. Doch heute frage ich mich, wie das sein konnte. Es ist nichts mehr von den Gefühlen da. Kein einziger Funke. War ich vielleicht gar nicht verliebt? Ich meine, da muss doch etwas sein, das bleibt.«

»Liebe wird nicht weniger, wenn man sie teilt, Aramis. Damals hast du geliebt. Bestimmt.«

»Aber wieso bin ich die ganzen Jahre davon verschont geblieben? Da spielte sich nie etwas ab, obwohl es einige Kandidatinnen gegeben hatte.«

»Geben wir jetzt wieder an?«, ulkte er. »Nur Spaß. Klar weiß ich, was du meinst. Ging mir nicht anders. Es hat ja auch Spaß gemacht – für eine Weile. Keine Verpflichtungen haben, jedes Wochenende eine andere durchnudeln, das hat schon was. Wie alt bist du jetzt? Dreißig?«

»Ja.«

»Ich denke, du hast dir gehörig die Hörner abgestoßen und merkst jetzt, dass irgendetwas fehlt. Ein bisschen spät, wie ich finde, aber besser spät als nie.«

»Kann sein. Ständig auf der Jagd zu sein, ist manchmal ganz schön anstrengend. Vor allem, wenn die Beute sich als Mogelpackung entpuppt. Scheiße, wieso sind wir Männer so?«

»Frauen sind auch nicht besser. Die einen lieben dich mit Haut und Haar und die anderen suchen nur ihren eigenen Vorteil. Bei uns mag es der Sex sein, bei ihnen wohl eher so was wie Statussymbole. Wieso bekommen denn die ganzen reichen alten Knacker immer so junge Dinger? Wegen ihres schönen Lächelns? Vergiss es! Es gibt Arschlöcher bei beiden Geschlechtern, glaub das nur.«

»Und woher weiß ich, dass sie mich auch liebt?«

»Das kannst du nicht wissen. Nur fühlen. Was sagt dir dein Herz?«

Tief hörte ich in mich hinein und lächelte, als ich die Erinnerungen an unsere gemeinsame Zeit Revue passieren ließ. Am Tag des Ausflugs hatte ich tatsächlich etwas gespürt, das sich nach Liebe anfühlte. Oder nach verliebt sein. Liebe war ja so viel mehr …

»Ich denke schon, dass sie mich mag. Aber ich fühlte bei ihr etwas wie Unsicherheit. Ich glaube, sie denkt, sie wäre nicht gut genug für mich.«

Cody runzelte die Stirn. »Womöglich ist das der Grund, warum sie sich nicht mehr gemeldet hat. Sie hat Angst vor Schmerzen.«

»Wieso denn Schmerzen?«

Cody rutschte verlegen auf seinem Stuhl hin und her, bevor er antwortete. »Ich gebe es nur ungern zu, aber schau dich mal an. Es gibt nicht viele Kerle, von denen ich behaupten würde, dass sie besser aussehen als ich. Du gehörst dazu.«

Ich spuckte fast den Schluck Bier wieder aus, der sich in meinem Mund befand. Nach einem ausgiebigen Hustenanfall sah ich ihn an.

»Hast du mir gerade ein Kompliment gemacht?«, fragte ich ungläubig.

»Ungern, aber ja. Keine Ahnung, was mich da geritten hat. Vielleicht, weil du mir eben so zart den Reißverschluss geöffnet hast?«

»Hör bloß auf damit, klar? Ich will da nicht mehr dran denken!«

Mein Boss bekam einen Lachanfall. »Scheiße, bist du homophob?«

»Nein, bin ich nicht.«

»Komm schon, ein bisschen bi schadet nie.«

»Mag sein, aber du bist nicht mein Typ! Alleine die Vorstellung macht mich krank! Lass das jetzt!«, bat ich, konnte aber ein Lachen nicht verbergen.

»Jetzt bin ich aber ganz traurig.« Gespielt schniefte er. »Aber mal ernsthaft. Sarah ist toll und eine wunderhübsche Frau. Sehr weiblich. Und ich könnte mir vorstellen, dass das wirklich ihr Problem ist.«

»Du meinst, sie denkt, ich würde sie ablehnen, weil sie zu dick ist? Erstens ist sie das nicht und zweitens ...«

»... und zweitens interessiert es die Frauen nicht, was du sagst. Das heutige Schönheitsideal ist *dünn*. Punkt! Außerdem hält sich doch fast jede Frau für zu dick, egal wie wenig sie wiegt. Krank, ich weiß. Das hat die Gesellschaft aus ihnen gemacht. Und die Modebranche tut ihr Übriges dazu. Lilly ist wirklich perfekt, aber neulich kam sie mit einem Shirt an in Größe L, kannst du dir das vorstellen? Ich bekam das Ding nicht mal über den Kopf! Bei Männern wäre das Shirt in die Kategorie XS gefallen. Kein Wunder, dass sie sich alle für zu dick halten, wenn man ihnen suggeriert, dass L ihnen schon fast nicht mehr passt.«

»Ist mir noch nie aufgefallen«, bekannte ich nachdenklich.

»Sarah fällt etwas aus diesem Rahmen, was Idealmaße betrifft. Und dann kommst du daher. Kein Wunder, dass sie unsicher ist. Das wäre ich an ihrer Stelle auch.«

»Du spinnst doch. Ich bin ein ganz normaler Mann und kein Model.«

»So bescheiden?«, fragte er grinsend.

»Nein! Ich bin zufrieden mit mir, mehr nicht.«

»Ach, Aramis. Frauen denken einfach viel mehr als wir Männer. Sie sorgen sich viel zu viel. Männer sind simpel. Biete ihnen ein warmes Nest und 'nen guten Fick, schon hast du sie am Haken.«

»Vergiss den Sonntagsbraten nicht«, alberte ich.

»Der ist besonders wichtig!«

Wir lachten lauthals und es sah aus, als würden wir beide die Sache nicht ganz ernst nehmen, aber so war es nicht. So blöd unser Gespräch verlief, es bewirkte, dass ich mich besser fühlte.

»Ich glaube, ich verstehe, was du mir sagen willst«, sagte ich dankbar.

»Wäre das erste Mal«, frotzelte Cody.

»Nein, wirklich. Trinken wir noch einen. Ich werde mir die Tage überlegen, wie ich meinen Ausraster ausbügeln kann. Ich lass mir was einfallen. So einfach gebe ich sie nicht auf.«

»Nein?«

»Nein! Und weißt du, warum?«

»Klär mich auf.«

»Weil sie es wert ist!«

14. Kapitel

Sarah

Letzte Nacht hatte ich so schlecht geschlafen, dass ich an diesem Dienstag alles dafür hatte aufbringen müssen, mein Gesicht so zu schminken, dass ich nicht wie ein Zombie mit Darmverschluss daherkam. Himmel, die Sache mit Aramis war mir so auf den Magen geschlagen! Und das sowohl positiv als auch negativ. Natürlich ärgerte ich mich noch immer über seine Worte, aber langsam gewann ich mein Selbstbewusstsein wieder zurück. Dies führte allerdings dazu, dass ich in einer Tour grübelte, was ich jetzt machen sollte. Sollte ich zu ihm gehen und ihm knallhart die Meinung sagen? Sollte ich warten, ob er sich wieder meldet? Was wollte ich überhaupt?

FUCK!

Diese Sache brachte mich um meinen wohlverdienten Schlaf! Und um den Verstand!

Scheiße, ich musste zurück ins Büro. Schließlich konnte ich nicht den ganzen Tag auf der Toilette verbringen. Dabei stand ich nur vor dem Spiegel am Waschbecken und hoffte, von meinem Gegenüber eine Antwort zu bekommen, doch mein Abbild war genauso ratlos.

Ich wollte so gerne laut schreien, ließ es aber lieber. Stattdessen benetzte ich mein Gesicht mit etwas kaltem Wasser, trocknete mich ab, ging zurück zu meinem Büro und fiel beinahe in Ohnmacht.

»Aramis!« Der Name kam nur als heiseres Krächzen durch meine Kehle, denn mir versagte die Stimme, als ich ihn am Tresen stehen sah. »Was willst du hier?«

Er drehte sich mit ausdrucksloser Miene zu mir um: »Die Blumen an deinem Arbeitsplatz bewundern. Sehr schick.«

Forschen Schrittes marschierte ich zu meinem Platz. »Ja, schön, nicht wahr? Hat mir gestern unser Juniorchef geschenkt.«

»Aha. Ist das so üblich in eurer Firma?«

Für einen Moment schloss ich meine Lider. War er hier, um erneut Drama zu machen?

»Sieht so aus. Todd ist immer sehr nett zu mir. Er schenkt mir jede Woche einen frischen Strauß.«

»Ein richtiger Superheld, was?«

Ja, ich glaubte, er wollte Drama!

»Aramis, warum bist du hier? Wenn es nichts mit Codys Geschäft zu tun hat, dann geh. Ich bin hier, um zu arbeiten!«

Wie gerne hätte ich meinen Worten mehr Schärfe verliehen, aber ich konnte nicht. Nicht bei dem Anblick! Aramis trug eine blaue Fetzenjeans und ein weißes T-Shirt, das sich viel zu sehr über seine Brust spannte. So sehr, dass seine Nippel sich abzeichneten. Er hob einen Arm, streckte seinen Zeigefinger aus und deutete damit auf mich.

»Ich … Ich … Ich komme später noch mal!« Das war alles, was er zu sagen hatte, bevor er sich umdrehte und aus dem Gebäude stürmte.

»Na toll«, grummelte ich vor mich hin. »Super Besuch. Jetzt geht es mir viel besser. Shit!«

Was ihn geritten hatte, konnte ich mir nicht erklären. Kein Wort der Entschuldigung, kein Wort, das auch nur im Entferntesten als nett hätte durchgehen können.

»Ich hasse dich, Aramis Reed!«, knurrte ich, doch ich wusste, das war gelogen.

Am nächsten Morgen fühlte ich mich immer noch beschissen. Erst recht, als gegen zehn ein Bote kam und mir einen großen Strauß Rosen brachte. Todd hatte wohl vergessen, dass er mir bereits einen Strauß geschenkt hatte. Aber Rosen? Erstens hatten die für mich eine viel zu große Bedeutung. So einen Strauß schenkte man keiner Angestellten. Zweitens hasste ich Rosen!

Ich stellte den Strauß in eine Vase, und als ich Wasser hineinlaufen ließ, bemerkte ich eine kleine Karte, die sich unter den üppigen Blüten versteckt hatte. Ich öffnete den winzigen Umschlag und las: *Sorry, Aramis*

Sorry? Das war alles?

Das fühlte sich an, als hätte jemand zuerst eine Atombombe abgeworfen, Millionen Menschen getötet und danach bloß *Oups* gesagt!

Falls der Strauß mich besänftigen sollte, so erreichte er genau das Gegenteil. Ich war sauer und ließ es an den armen Rosen aus, denn ich feuerte sie in den Müll. Aber wenigstens mit schlechtem Gewissen den Blumen gegenüber.

Kurz vor Mittag ging erneut die Tür auf und wieder stand Aramis vor mir.

»Hey.«

»Hey. Kann ich dir helfen?«

»Hast du die Blumen bekommen?«

Wortlos deutete ich auf den Mülleimer.

Aramis' Stirn schlug Falten wie bei einer Bulldogge und seine Lippen öffneten und schlossen sich stumm wie bei einem Fisch auf dem Trockenen.

»Ich komme wieder!«, sagte er, nur diesmal scheiß freundlich, und verschwand.

»Wer war das denn?«, fragte Todd, der gerade aus der Halle kam.

»Ein Freund. Nein, nur ein befreundeter Kunde. Das wollte ich sagen«, stammelte ich.

»Alles in Ordnung?«

»Ja, ja!«

Todd warf einen fragenden Blick auf den Mülleimer und verzog sich wieder. Zum Glück. Für Erklärungen fehlte mir gerade die Muse.

Am Donnerstag spielte sich Ähnliches ab. Wieder kam ein Bote, wieder mit einem Strauß. Diesmal waren es Tulpen. Neugierig öffnete ich die Karte.

Es tut mir leid. Ich hoffe, Tulpen gefallen dir besser. Aramis

Kopfschüttelnd zerriss ich die Karte und schenkte den Strauß Wilma von der Buchhaltung. Ich brachte es nicht übers Herz, die Blumen wegzuwerfen. Außerdem musste ich über Aramis' Bemühungen schmunzeln, aber das war noch immer nicht das, was ich mir erwartet hatte.

Kurz vor Mittag stand er wieder vor meinem Tresen. Als er keine Vase fand, wanderte sein Blick sofort zum Mülleimer.

»Hast du die Blumen nicht bekommen?«, wollte er wissen, ohne Guten Tag zu sagen.

»Doch, hab sie verschenkt.«

Ein Schnaufen drang an mein Ohr. Dann: »Wir sehen uns morgen wieder!«

Himmel, sollte das jetzt jeden Tag so weitergehen? Ich ärgerte mich immer mehr und er würde arm werden, wenn er nicht damit aufhörte!

Am Freitag hoffte ich, dass er aufgegeben hätte, den Scheiß weiter durchzuziehen, doch kurz vor zehn spürte ich, dass ich unruhig wurde. Da wurde mir klar, so böse ich auch auf ihn war, so sehr hoffte ich, dass wieder ein Bote vorbeikäme. Und er kam!

»Freesien«, sagte ich. „Meine Lieblingsblumen!"

Es war nicht zu leugnen, dass ich mich über den Strauß freute, doch ich hatte Angst, die Karte zu öffnen. Allerdings suchte ich den ganzen Strauß ab und es war keine zu finden. Schnell lief ich vor den Tresen und suchte den Boden ab, weil ich dachte, sie wäre heruntergefallen. Aber da war nichts. Nur die Enttäuschung war anwesend, denn ich hatte so sehr gehofft, dass er endlich die richtigen Worte gefunden hätte.

Kurz vor Mittag wartete ich darauf, dass er durch die Tür käme, aber auch das passierte nicht, also nahm ich meine Tasche, um in die Pause zu gehen. Als ich zu meinem Van kam, stand Aramis plötzlich vor mir.

»Was willst du?«, fragte ich mit zitternder Stimme.

»Mich entschuldigen. Bei dir und bei deinem Bruder. Ich habe mich wie ein Arschloch benommen und ich weiß, das ist nicht mehr rückgängig zu machen. Aber bitte, gib mir wenigstens die Chance, mich angemessen entschuldigen zu dürfen.«

»Ich weiß nicht, Aramis ...«

»Bitte!«

Als ich nicht antwortete, sondern nur verlegen an meinen Fingernägeln knabberte, setzte er nach.

»Wie haben dir die Blumen heute gefallen?«, erkundigte er sich.

»Gut. Ich liebe Freesien. Es sind meine Lieblingsblumen. Sie stehen sogar in einer Vase auf dem Tresen. Glück gehabt. Auch ein blindes Huhn findet mal ein Korn.«

Wollte ich so verletzend sein?

»Das war kein Glück. Ich habe Mindy gefragt, welche du magst.«

Erschrocken wich ich einen Schritt zurück. »Wann hast du Mindy denn gesehen?«

»Gestern Nachmittag. Ich bin zu sämtlichen Versicherungsbüros im gesamten Umkreis gefahren, bis ich sie endlich gefunden hatte.«

Mindy! So eine Verräterin! Ja, das war es, was ich im ersten Moment dachte, doch dann glomm ein Funke in meinem Herzen.

»Du hast alle Büros abgeklappert, nur, um zu erfahren, was meine Lieblingsblumen sind?«

»Unter anderem.«

»Was denn noch?«

»Mindy hat sie mir erst verraten, nachdem ich eine Unfallversicherung abgeschlossen hatte.«

»Du hast … Ich meine, sie hat ...«

Mir fehlten die Worte!

»Jetzt habe ich zwei«, fügte er trocken hinzu.

Innerlich musste ich lachen und hoffte, dass er es mir nicht ansehen konnte.

»Hat sie sonst noch was gesagt?«

»Nein. Nur, dass ich ein Troll wäre. Sonst nichts.«

»Und? Bist du einer?«

»Schuldig im Sinne der Anklage.«

»Gibt es noch Hoffnung für dich?«

»Nur, wenn mich eine holde Maid mit dem Kuss der wahren Liebe zurückverwandelt.«

»Tja, dann viel Glück bei der Suche«, ätzte ich ihm entgegen, obwohl ich das gar nicht wollte. Die Verletzung meiner Seele sprach aus mir.

Auf einmal ging alles so schnell, dass ich völlig überrumpelt wurde! Aramis trat vor mich, drückte mich an den Schultern gegen meinen Van und blickte mir tief in die Augen.

»Schluss mit den Spielchen!«, bellte er resolut. »Ich habe Scheiße gebaut. Einen riesigen, stinkenden Haufen Scheiße. Aber ich bin dabei, ihn wegzuräumen, verstehst du? Doch das kann ich nicht, wenn du mir immer wieder den Mist zurück auf den Haufen kippst! Sarah, ich will mich ja für alles entschuldigen. Aber nicht hier. Geh morgen mit mir aus und rede mit mir.«

»Warum sollte ich?«, fragte ich stur.

»Weil ich genau weiß, dass du das hier ganz schrecklich vermissen würdest!«

Das Nächste, was ich spürte, waren seine Lippen auf meinen, und als seine Zunge zart, aber fordernd über meine Unterlippe strich, zerbrach mein Widerstand in tausend kleine Teile. Nicht nur, dass ich seine Zärtlichkeiten vermisst hatte. Seine Bemühungen, alles wieder geradezubiegen, rührten mich.

Aramis löste sich von meinen Lippen und seine graugrünen Augen suchten fragend nach einer Antwort. Wie konnte ich da widerstehen?

»Eine zweite Chance, hmh?«, flüsterte ich und er nickte.

»Ja.«

»Na schön. Ich werde mir anhören, was du zu sagen hast. Wann?«

»Morgen. Ich komme dich gegen sechs abends abholen.«

»Keine Hintergedanken?«, bohrte ich nach. »Nur ein ehrliches Gespräch?«

»Versprochen!«

Zaghaft nickte ich. »Okay. Aber ich warne dich! Eine dritte Chance wird es nicht geben!«

»Schon klar!«

»Also gut. Ich gehe mit dir aus.«

Ein Lächeln, das meinen Blick gefangen hielt, schlich sich auf seine Lippen. Ein Lächeln, das mein Inneres wärmte und das mir so gefehlt hatte.

»Das freut mich«, murmelte er und küsste meine Stirn. »Du hast mir gefehlt.«

»Und du scheinst gut kämpfen zu können, Musketier«, neckte ich ihn.

»Das wird sich noch herausstellen.«

15. Kapitel

Aramis

»Danke, dass du heute Abend so kurzfristig Zeit für mich hast«, bedankte ich mich bei meinem Kumpel Gabe.

»Du hast Glück, dass ich dir deinen Besuch bei Cody nicht übel genommen habe, mein Freund«, rügte er mich. »Du hättest zu mir kommen sollen.«

»Vor etwas über einem Jahr hätte ich das auch getan, Gabriel, aber du hast jetzt einen kleinen Sohn. Ich kann dich nicht mehr mitten in der Nacht rausschmeißen.«

»Du hast mich aus Rücksicht auf Ben nicht besucht?«

»Ja. Und wegen Jinx. Sie hätte dich und mich einen Kopf kleiner gemacht.«

Gabriel schmunzelte. »Ja, das hätte sie wohl. Dann sei dir verziehen. Aber wieso mussten wir uns hier in diesem Schuppen treffen?«

Ich blickte mich um und grinste. Schuppen war wohl die passende Bezeichnung für die Kneipe, in der wir uns gerade befanden.

»Nun ja, ich wollte nicht in Middletown ausgehen und habe etwas gesucht, für das man nicht weit fahren muss. Leider gibt es in diesem Dreiseelendorf nichts Besseres. Tut mir leid.«

»Schon okay. Was trinken wir?«, wollte mein bester Freund wissen und klatschte in die Hände.

»Irgendetwas aus einer Flasche. Ist nicht besonders sauber hier, darum sollten wir wohl besser auf Gläser verzichten.«

Gabe nickte und bestellte zwei Flaschen Bier für uns. »Jetzt aber raus mit der Sprache. Was ist so dringend?«

Verlegen zupfte ich an meinem Shirt. »Wenn ich nur wüsste, wo ich anfangen soll. Hat Cody dir schon was erzählt, außer, dass wir uns getroffen haben?«

»Er hat mir die Story brühwarm auf einem silbernen Tablett serviert. Was denkst du denn?«, meinte er lachend.

»War ja klar«, gab ich seufzend zurück.

»Hey, ich muss ihn in Schutz nehmen. Er macht sich Sorgen um dich und ich, ehrlich gesagt, auch. Du hast dich verändert.«

»Inwiefern?«

»Keine Ahnung. Es fehlt mir, mit dir zu lachen. Du bist so ernst in letzter Zeit. Auf eine seltsame Art wirkst du unglücklich auf mich. Und wieso wolltest du nicht in Middletown ausgehen?«

Über Letzteres musste ich nicht lange nachdenken. »Wie du weißt, habe ich Scheiße gebaut. Noch mehr kann ich mir nicht erlauben, will ich bei Sarah vorankommen. Daher vermeide ich jedes Risiko. Ich will nicht in eine Situation geraten, in der ich wieder etwas falsch mache. Nachher bekommt sie es zu Ohren und ich bin gearscht.«

»Von was redest du? Anderen Weibern?«

»Nein«, widersprach ich und schüttelte heftig den Kopf. »Aber du weißt doch, wie viele Idioten sich im Saloon manchmal tummeln.«

»Die kann man aber doch ignorieren«, warf er ein und ich nickte.

»Klar. Aber ich stehe derzeit so unter Strom, dass ich mir selbst nicht traue. Ein dummes Wort … du weißt schon.«

»Ja, kann ich nachvollziehen. Wobei das gar nicht deine Art ist. Wie hat es sich angefühlt, Sarahs Bruder eine reinzuhauen?«

Sein forschender Blick ließ mich stöhnen. Dieses Kapitel war bestimmt nicht mit Ruhm bekleckert.

»Ich hasse mich dafür. In meinem ganzen Leben hab ich noch nie jemanden geschlagen. Da bin ich ein wenig anders als du. Ich bin einfach ausgetickt.«

»Ja, jetzt!«, meinte er. »Aber in dem Moment, was hast du da empfunden?«

Darüber musste ich nicht länger nachdenken. »Genugtuung trifft es wohl am ehesten. Aber ich bin froh, dass er nicht zurückgeschlagen hat.«

»Du warst wohl ganz schön eifersüchtig. Es war dumm, aber nachvollziehbar. Er wird es überleben.«

»Ich hätte es fast mit Sarah versaut.«

»Ich dachte, das hast du?«

»Noch nicht ganz. Ich renne mir schon die ganze Woche die Füße platt, um sie umzustimmen. Und heute ist es mir gelungen. Wir gehen morgen zusammen aus.«

»Das hört sich doch gut an.«

»Schon. Aber sie erwartet eine passende Entschuldigung und ich habe keine Ahnung, was ich ihr erzählen soll.«

»Sei einfach ehrlich. Sage ihr, was du empfindest.«

»Das wird nicht reichen«, befürchtete ich.

»Wenn sie dich wirklich mag, was ich glaube, wirst du selbst ihr genug sein.«

»Ach, komm schon, Kumpel, das glaubst du doch selbst nicht! Ich habe Mist gebaut. Sie praktisch als Flittchen beschimpft. Noch dazu habe ich ihren Bruder aus den Schuhen gekloppt. Ich würde sie nicht mögen, würde sie das einfach so hinnehmen.«

Während ich es aussprach, wurde mir klar, dass ich jedes Wort so meinte, wie ich es gesagt hatte. Ich wollte keine Frau, die kuschte und sich jeden Scheiß von mir bieten ließ. Es gefiel mir, dass Sarah sich wehrte. Außerdem hatte sie jedes Recht dazu.

»Kumpel, ich weiß nicht, was ich dir sagen soll. Frauen sind manchmal verdammt kompliziert. Aber eins weiß ich mit Sicherheit.«

»Und das wäre?«, fragte ich, in der Hoffnung, doch noch etwas Produktives aus diesem Treffen mitzunehmen.

»Sie wollen spüren, dass sie geliebt werden. Kriegst du das hin?«

»Dazu müsste sie mir glauben, wie leid mir alles tut. Keine Ahnung, was ich ihr erzählen soll, damit es reicht.«

»Versuch es doch mal mit Taten statt mit Reden.«

»Ich habe es mit Blumen versucht. Bin kläglich gescheitert.«

Gabriel lachte leise in sich hinein. »Na ganz so einfach wird es wohl nicht werden. Aber ich denke, ein gemeinsames intimes Abendessen wird dir einiges an Punkten einbringen. Wo gehst du mit ihr hin?«

»Zu Alfredo.«

»Ist das der Edel-Italiener in Missoula?« Gabe staunte Bauklötze.

»Ja, genau der. Das wird mich ein Vermögen kosten, denke ich.«

»Wehe, Cody hat dir eine Gehaltserhöhung bewilligt und mir nicht! Dann rappelt es am Montag im Karton.« Mein Freund brachte mich zum Lachen.

»Nein, natürlich nicht. Aber ich dachte, ich suche etwas Besonderes aus. Schließlich ist Sarah ja auch eine besondere Frau.«

»Und ich freue mich, dass du das endlich erkannt hast. Ich bin mir sicher, alles wird sich klären.«

»Das hoffe ich. Auf jeden Fall möchte ich dir danken. Dass du dir immer wieder meinen Mist anhören musst, tut mir leid.«

»Dafür sind Freunde da!«

*

Am Samstagabend stand ich nervös vor Sarahs Wohnkomplex und kämpfte mit mir, überhaupt an die Haustür zu gehen, um zu klingeln. In der Nacht hatte ich kaum geschlafen, denn immer wieder hatte ich mir vorgestellt, wie der Abend verlaufen könnte, und in allen Szenarien endete er im Chaos.

Mir war unverständlich, wie diese Frau so etwas in mir auslösen konnte. Diese Unsicherheit war ich nicht gewohnt und das machte mich verrückt. Bisher hatte ich nie um eine Frau kämpfen müssen, aber ich hatte ja auch noch nie eine so nah an mich herangelassen. Klammheimlich hatte sie sich in mein Herz geschlichen, und dort saß sie nun, um mich zu foltern!

»Scheiße«, zischte ich und hämmerte auf das Lenkrad von Hunter, dabei hatte meine Karre diese unsanfte Behandlung bestimmt nicht verdient.

Schließlich fasste ich mir ein Herz, stieg aus und begab mich zur Haustür. Mein Finger ruhte eine Weile auf der Klingel, ohne sie zu betätigen. Immer wieder zog ich meine Hand zurück, strich mir durchs Haar, zupfte an meiner Jacke. Wie ein Schüler beim ersten Date kam ich mir vor. Dann befand ich endlich, wie lächerlich ich mich aufführte und drückte die Klingel. Keine Sekunde später öffnete sich die Tür. Da ich damit nicht gerechnet hatte, erschrak ich mich und wankte einen Schritt zurück.

»Sarah«, kreischte ich beinahe. »Gott, hast du mich erschreckt.«

Verflucht, sah sie sexy aus! Sie trug einen schwarzen, engen Rock, der knapp über ihren Knien endete und dazu hohe Stöckelschuhe. Darüber trug sie die Jacke, die ich so sehr an ihr liebte und die sie schon bei unserem Ausflug getragen hatte. Ob sich darunter wieder eine tief ausgeschnittene Bluse befand, konnte ich mir nur erhoffen.

»Und mir tun langsam die Füße weh«, gab sie amüsiert zurück. »Ich warte hier schon eine Ewigkeit. Was hat so lange gedauert?«

»Du hast mich gesehen?«, fragte ich peinlich berührt.

»Zuerst einmal habe ich dich gehört. Deine Karre hat 'nen ziemlich fetten Sound.«

Oh, wie ich es liebte, wenn sie so über Hunter sprach!

»Du siehst wahnsinnig heiß aus«, entwich es mir, ohne dass ich darüber nachgedacht hätte.

»Danke, du auch.«

»Was? Hab ich das laut gesagt?«

Sarah lachte. »Ja, hast du. Kein Grund zur Sorge. Ich freue mich über dein Kompliment. Aber mal eine Frage. Schlagen wir hier Wurzeln?« Verdammt!

»Nein, natürlich nicht. Ich war nur so fasziniert von dir. Darf ich dir meinen Arm anbieten?«

Ich hielt ihr meinen Arm hin und sie hakte sich lächelnd ein. »Danke. Sehr charmant. Kommt da der Franzose in dir hervor?«

»Nur meine gute Erziehung«, erwiderte ich. »Lass uns gehen.«

Auf der zwanzigminütigen Fahrt nach Missoula sprachen wir beide kaum ein Wort, doch immer wieder tauschten wir Blicke aus. Ich hatte so gehofft, dass sie ein Gespräch beginnen würde. Schließlich war ich viel besser darin zu reagieren, statt zu agieren. Aber den Gefallen tat sie mir nicht.

Nachdem wir geparkt hatten, ging ich zur Beifahrertür, öffnete sie und bot ihr wieder meinen Arm an, den sie lächelnd ergriff.

»Bereit?«, fragte ich knapp und sie nickte nur.

Die dezente Leuchtreklame über dem Restaurant, die bunte Kringel auf den Schnee des Parkplatzes warf, zeigte uns den Weg. Zielstrebig gingen wir zur Tür und traten ein. Sofort umschloss uns eine wohlige Wärme. Der Empfang war gerade unbesetzt, doch es dauerte nicht lange, da kam ein Mitarbeiter zu uns.

»Sie wünschen?«, fragte er und musterte uns so offensichtlich, dass es mir unangenehm war.

»Aramis Reed. Ich hatte bei Ihnen einen Tisch reserviert.«

Der Schnösel blätterte in seinem Reservierungsbuch. »Es tut mir leid, aber ich kann niemanden mit dem Namen finden. Leider sind wir ausgebucht.«

Nervös trat ich von einem Fuß auf den anderen. »Das kann nicht sein. Ich habe ganz sicher einen Tisch bestellt. Würden Sie noch mal nachschauen?«

Geschäftig blickte er wieder ins Buch, blätterte hin und her und schüttelte den Kopf.

»Es ist nichts eingetragen. Sehr bedauerlich.« Sein Gesichtsausdruck wirkte aufgesetzt und ich glaubte ihm kein Wort.

Sarah löste sich von meinem Arm und machte einen Schritt in Richtung der Gaststube, da verstellte er ihr den Weg.

»Es tut mir leid, aber ich kann Sie ohne Reservierung nicht einlassen«, tat er bedauernd.

Ein Funkeln stand auf einmal in Sarahs Augen, dann wandte sie sich mit einem Lächeln, das nichts Gutes verhieß, an den Typen. Oh je!

16. Kapitel

Sarah

Na so was!

Ich musterte den Schlipsträger vor mir und wenn sein Adamsapfel nicht nervös auf und ab gehüpft wäre, hätte er mich glauben lassen können, dass Aramis wirklich vergessen hatte, den Tisch zu bestellen, aber ich wusste es besser!

Mein heißer Freund trug schwarze Jeans und Lederjacke, was dem feinen Pinkel wohl zu ordinär war. Wobei die Lederjacke bestimmt mehr gekostet hatte, als der billige Polyesteranzug meines Gegenübers. So sah das also aus: Wir waren nicht erwünscht!

Was für ein Auftakt für einen gelungenen Abend!

»Lassen Sie mich raten ...«, sprach ich ihn an. »Da drin sitzt die ganze Möchtegern-Prominenz der Umgebung. Alle im feinen Zwirn. Die Herren im Anzug, die Damen mit geblümten Rüschenblusen und jeder Menge Gold um ihre runzeligen Hälse.«

»Ma'am, ich bitte Sie ...«

»Halten Sie die Klappe, Sie billige Concierge-Kopie! Wissen Sie, wer das da neben mir ist? Das ist Sir Aramis Reed. Ja, Sie haben richtig gehört! Sir! Von der Queen persönlich zum Ritter geschlagen! Er ist einer der be-

145

deutendsten Pferdezüchter des europäischen Kontinents! Aus seiner Zucht gingen die Ascott-Gewinner der letzten fünf Jahre hervor und er kann einen Kentucky Derby Sieger sein Eigen nennen.«

Ich schielte kurz zu Aramis, der aussah wie 'ne Kuh, wenn es donnerte! Mein Gegenüber sah nicht besser aus, also fuhr ich fort.

»Seine Gestüte sind Millionen wert und er kam hier nach Montana, um einen weiteren Rennstall aufzubauen. Wir dachten, wir könnten hier einen lauschigen Abend verbringen, abseits von Presse und neugierigen Augen. Warum du allerdings hierher wolltest, ist mir schleierhaft, Schatz«, säuselte ich Aramis zu, der mittlerweile ein Grinsen zu unterdrücken versuchte.

»Aber, wie sollte ich ...«

»Sie sollen gar nichts mehr!«, unterbrach ich den Restaurantleiter. »Ich habe Ihre Karte draußen gesehen. Dreißig Dollar für eine Minestrone? Ihre Gäste scheinen besonders blöd zu sein, wenn sie bereit sind, das für ein wenig lauwarmes Wasser auszugeben. Lassen Sie mich raten … es schwimmen zwei Erbsen und eine Möhrchenscheibe drin?«

»Wie können Sie ...«, echauffierte sich der Spinner.

»Oh und wie ich kann! Ich hasse nichts mehr, als wenn Schnösel, die sich für etwas Besseres halten, auf andere hinabblicken! Sie sollten sich schämen! Mister Reed ist nicht nur reich und berühmt, er gehört auch der königlichen Ehrengarde des französischen Königs an. Als Musketier! Und jetzt entschuldigen Sie uns. Wir werden uns ein Restaurant suchen, das deutlich mehr Klasse hat als diese billige Absteige. Guten Abend! Komm, Schatz, wir gehen! Das hier ist unter unserem Niveau!«

Ich schnappte Aramis am Arm, um ihn nach draußen zu bewegen. Im Augenwinkel sah ich, wie er dem Restaurantleiter einen triumphierenden Blick zuwarf.

»Frankreich hat jetzt einen König?«, hörte ich den Kerl leise hinter uns sagen.

Zudem bemerkte ich, dass einige Gäste sich im Hintergrund befanden, die von meinen lauten Worten wohl aufgeschreckt worden waren.

Weil ich kurz davor war, laut loszuprusten, beeilte ich mich, das Restaurant zu verlassen. Vor der Tür konnte ich nicht mehr und lachte laut los. Aramis stimmte fröhlich mit ein.

»Pferdezüchter?«, fragte er kopfschüttelnd. »Ritter? Ehrengarde des Königs? Meinst du nicht, du hättest etwas zu dick aufgetragen?«

»Ich war wütend«, erklärte ich, doch dann hielt ich inne. »Nein, das trifft es nicht ganz. Ich war stinksauer! Ich hasse solche Menschen. Niemand sollte nach seinem Äußeren beurteilt werden. Und jetzt will ich nur noch hier weg!«

Aramis schenkte mir ein sanftes Lächeln, brachte mich zu seinem Auto und hielt mir die Tür auf. »Das sollten wir. Verschwinden, meine ich.« Er setzte sich hinters Steuer und wirkte nachdenklich.

»Was ist los?«, wollte ich wissen. »Erzähl mir nicht, der Idiot hatte Wirkung auf dich.«

»Nein«, antwortete er kopfschüttelnd. »Es ist nur … ich habe es schon wieder verkackt. Mir kommt es vor, als könnte ich in deiner Gegenwart nichts richtig machen. Egal, was ich anpacke, es wird zu Mist. Dabei wollte ich dir einen so wundervollen Abend schenken. Es tut mir leid. Scheinbar ist mein Geld nicht für jeden gut genug.«

»Und du hättest jede Menge Geld hiergelassen«, sagte ich. »Ich wollte mich nämlich so ein klein wenig an dir rächen. Mit Vorspeise, Hauptspeise und Nachspeise. Du wärst arm geworden in dem Schuppen.«

»Vermutlich«, antwortete er lachend.

»Aber mal ernsthaft. Denkst du wirklich, ich würde auf so einen Schnickschnack Wert legen?«

»Ich weiß nicht. Nein. Ich meine …«

Liebevoll blickte ich zu ihm hinüber. Er wirkte an diesem Abend so unsicher auf mich und ich fühlte mich dafür verantwortlich. Zaghaft legte ich meine Hand auf seine.

»Lass uns einen Burger essen. Was hältst du davon? Das ist mir eh lieber als ein Fleischwürfelchen auf einer halben Avocado-Scheibe.«

»Einen Burger? Ehrlich jetzt?«

»Denkst du, ich bin ein Snob?«, fragte ich belustigt und deutete auf das Restaurant. »Das da ist nicht meine Welt. Verstehst du denn nicht, dass es mir überhaupt nicht darauf ankommt, *wo* wir zusammen essen? Ich will nur einen schönen Abend mit dir verbringen. Es ist mir egal, wo wir hingehen. Hauptsache, du bist bei mir.«

Aramis' Lider flackerten, als er sich zu mir drehte. »Einen schönen Abend mit mir? Heißt das, du hast mir verziehen?«

»Nein«, antwortete ich. »So leicht lasse ich dich nicht davonkommen. Wir haben einiges zu bereden. Aber wenn ich nicht vorher was zwischen die Kiemen bekomme, könnte es sein, dass ich unwirsch werde. Also schaffe uns endlich von diesem Parkplatz runter.«

»Ja, Ma'am«, antwortete er brav und startete den Motor, was mir ein Schmunzeln ins Gesicht lockte.

Wortlos fuhren wir vom Parkplatz und ich wartete gespannt darauf, wohin Aramis mich führen würde. Er tat mir so leid. Da hatte er sich etwas ganz Besonderes für mich einfallen lassen und dann war es so in die Hose gegangen. Was für ein Mensch wäre ich, wenn ich ihm deswegen die Schuld geben würde? Nein, ich war nicht sauer. Nicht mal enttäuscht. Blieb nur zu hoffen, dass er mir das auch abnehmen würde, denn nichts lag mir ferner, als diesen Abend mit Zickereien zu zerstören. Egal, wo wir jetzt hinfahren würden, ich würde mich darüber freuen!

»Wir sind da«, raunte Aramis.

Vor uns tat sich ein kleines Backsteingebäude auf. Schneeflöckchen rieselten an der schwachen Leuchtreklame vorbei, die den Namen Horseshoe – Hufeisen – in die Nacht zauberte.

»Was ist das für ein Laden?«, fragte ich.

»Hier gibt es die besten Burger in ganz Montana. Lass dich überraschen.« Aramis stieg aus, lief um den Wagen herum, öffnete mir die Tür und bot mir seine Hand an. »Darf ich bitten, Mylady?«

Lächelnd ergriff ich seine Hand, ließ mir beim Aussteigen helfen und hakte mich bei ihm im Arm ein. Um ihm Sicherheit zu geben, sprach ich ihm etwas Mut zu. »Burger hört sich verdammt gut an.«

Wir betraten das Lokal, das sehr gemütlich eingerichtet war. Rot-weiß karierte Decken zierten die Tische, an den Wänden waren kleine Leuchten angebracht, die ein warmes Licht aussendeten, und dazwischen hingen Fotos von Farmen und Ranches aus früheren Zeiten. Ein prasselndes Kaminfeuer tat sein Übriges dazu, dass ich mich von der ersten Sekunde an hier wohlfühlte. Eine ältere Dame kam zu uns.

»Guten Abend. Ein Tisch für zwei?«, fragte sie, während ihre gütigen Augen von mir zu Aramis und wieder zurückwanderten.

»Ja, bitte«, antwortete Aramis. »Wenn es möglich wäre, gerne einen Tisch in der Nähe des Kamins.«

»Sicher. Bei dem Wetter ist nicht viel los. Suchen Sie sich einen Tisch aus. Ich komme sofort vorbei.«

Aramis bedankte sich, half mir aus meiner Jacke und entledigte sich seiner eigenen. Beide hängte er an die Garderobe, danach brachte er mich zum Tisch.

»Es ist sehr schön hier«, merkte ich an und setzte mich auf den Stuhl, den Aramis ein Stück zurückgezogen hatte. Er versuchte wirklich alles, den perfekten Gentleman abzugeben, und ich freute mich darüber.

»Ja, das ist es«, stimmte er mir zu, dann setzte er sich mir gegenüber.

Die ältere Dame kam mit einer Karaffe zu uns, füllte zwei Gläser, die bereits auf dem Tisch standen, mit Wasser und stellte die Karaffe ab. Das war in den meisten Restaurants so üblich.

»Darf ich euch zwei Hübschen schon etwas zu trinken bringen?«, wollte sie wissen. »Wir haben einen hervorragenden chilenischen Rotwein, den ich sehr empfehlen kann.«

Das hörte sich gut an, darum schielte ich vorsichtig zu Aramis und wartete ab, was er meinte.

»Würdest du gerne einen Wein trinken?«, fragte er. »Ich selbst hätte gerne eine Cola, da ich noch fahren muss.«

Die Frau notierte es gleich und schaute mich abwartend an.

»Ja, warum nicht? Ich würde ihn gerne probieren. Ein Glas voll würde mir aber reichen.«

»Sehr gerne. Die Speisekarte bringe ich euch sofort. Dauert nur einen kleinen Moment.« Schnell wackelte sie davon.

»Sie ist nett«, äußerte ich mich.

»Ein Urgestein«, erklärte Aramis. »Sie arbeitet schon seit gefühlten hundert Jahren hier. Als ich noch ein Kind war, kamen meine Eltern öfter mit mir her. Ich weiß gar nicht, wieso ich schon so lange nicht mehr hier war.«

Mein Herz machte einen kleinen Satz bei seinen Worten. »Du warst mit keiner Freundin mal hier?«, fragte ich und ließ es so belanglos wie möglich klingen.

Aramis lächelte. »Nein.«

»Woran lag es?«

»Womöglich daran, dass ich schon sehr lange keine Freundin mehr hatte.«

»Dann frage ich noch mal: Woran lag es?«

Jetzt grinste er. »Du bist sehr neugierig. Aber damit du es weißt, ich konnte seit der Highschool keine Frau mehr Freundin nennen.«

»Oh! Gebranntes Kind?«

»Nicht wirklich. Falls du nach irgendwelchen psychischen Seelenbrechern suchst, es gibt keine. Ich war verliebt damals, sie ging aufs College und fand etwas Besseres als mich. Es tat eine Zeit lang weh, aber ich bin drüber weg. Dass sich seitdem nichts mehr ergeben hat, lag eher daran, dass ich keine Beziehung wollte.«

»Hat sich daran etwas geändert?«

»Schon möglich. Kommt ganz darauf an, ob die wunderbare Frau, die mir gegenübersitzt, mir verzeihen kann.«

Jetzt war ich diejenige, die breit grinsen musste. »Kommt darauf an. Du schuldest mir noch etwas.«

»Ja, eine Entschuldigung. Ich weiß. Gleich. Bestellen wir erst mal unser Essen.«

Die Bedienung war zurück und überreichte uns die Karten und die Getränke. Freundlich blickte sie mich an. »Wir haben heute unter anderem einen Chefsalat als Tagesgericht. Nur, falls Sie auf der Karte nicht das Passende finden sollten«, sagte sie zwinkernd.

»Danke, ich schaue erst mal rein«, erwiderte ich ebenso freundlich.

Das war ein wenig klischeehaft. Ein Pärchen geht essen und die Frau bestellt sich Salat, aber so war ich nicht. Ich hatte mir vorgenommen, mich nicht zu verstellen. Aramis musste damit klarkommen.

»Habt ihr gewählt?«, fragte sie nach kurzer Zeit.

»Ja, ich hätte gerne einen Hamburger mit French Fries«, bestellte Aramis. »Was ist mit dir?«

Lächelnd wandte ich mich an die Dame. »Ich nehme den doppelten Farmerburger mit extra Käse. Dazu eine Portion Baked Beans und ebenfalls French Fries. Gibt es Ranch-Dressing zum Beilagensalat?«

»Gerne.«

»Dann auch noch den Salat.«

»Das hört sich verdammt gut an«, mischte Aramis sich ein. »Ich entscheide mich um, bitte, und nehme das auch!«

»Ich mag es, wenn unsere Gäste reinhauen können. Alles notiert. Genießt den Abend.«

Wir bedankten uns und Aramis erhob kopfschüttelnd, aber lächelnd sein Glas.

»Auf einen hoffentlich noch schönen Abend.«

»Auf einen schönen Abend. Cheers.« Ich stieß mit ihm an und nippte einen Schluck des Weines, der ausgezeichnet schmeckte.

»Ist er gut?«, wollte mein Begleiter wissen, weshalb ich nickte.

»Ausgezeichnet. Ich überlasse diese Wahl gerne den Kellnern und Bedienungen, die wissen meistens, von was sie reden.«

»Weise Entscheidung.«

Kurz räusperte ich mich und blickte ihn an. »Hör zu, ich will den Abend nicht kaputt machen und alles zerreden, aber ich finde, ich habe wenigstens eine Erklärung verdient, denkst du nicht?«

Hektisch nickte er. »Ja, natürlich. Wenn ich nur wüsste, wo ich anfangen soll. Ich habe mich wie ein kompletter Idiot benommen und die Sache tut mir wahnsinnig leid.«

»Das ist doch schon mal ein Anfang.«

»Es fällt mir nicht leicht, darüber zu reden. Nicht, weil ich nicht will. Aber ich erkannte mich in der Situation selbst nicht mehr und verstehe meine Reaktion bis heute nicht.«

»Was hast du bloß von mir gedacht? Mal ehrlich, in meinem Van? Vor meinem Haus?«

Aramis rutschte nervös auf seinem Stuhl hin und her und stammelte die nächsten Worte mehr, als dass er sie sprach. »Ich weiß es nicht! Ich … keine Ahnung. Ich habe dich gesehen und dann diesen Kerl …« Mit großen Augen schaute er mich an. »Hört es sich blöde an, wenn ich sage, ich fühlte mich benutzt?«

»Kommt darauf an.«

»Auf was denn?«

»Ob du dir von unseren legeren Treffen mehr erwartet hattest. Waren wir uns nicht einig gewesen, dass es nur um Sex ging? In dem Fall hättest du gar keinen Grund dazu, dich benutzt zu fühlen.«

War das forsch? Konnte ich ihm das so leicht um die Ohren hauen? Ich musste zugeben, es war provokant, aber ich wollte endlich wissen, woran ich mit ihm war.

Ein leises Stöhnen schwebte über den Tisch. »Das dachte ich auch, Sarah. Unser erster Sex war der Wahnsinn. Ich musste ständig daran denken. Dann der Quickie vor der Firma. Gott, Sarah, ich bekomme schon wieder einen Ständer, wenn ich nur daran denke. Doch dann kam der Ausflug und ich habe gemerkt, dass wir auf der gleichen Wellenlänge liegen, du und ich. Ich habe gespürt, dass ich gerne bei dir bin. Und dann hast du dich nicht mehr gemeldet. Wieso nicht?«

Bumm! Da war sie! Die Frage, vor der ich so viel Angst hatte! Nach seinem berührenden Geständnis war ich dann wohl an der Reihe, die Karten auf den Tisch zu legen.

17. Kapitel

Aramis

Hatte ich das gerade wirklich gesagt? Hatte ich ihr so etwas wie Gefühle gestanden? Scheiße, ich fühlte mich verwirrt und ängstlich, was eine ungünstige Kombination war. Wollte ich ihre Antwort wirklich hören? Was, wenn sie aufstand und einfach ging? Natürlich hatte sie recht, unser Arrangement hatte anders ausgesehen. Und natürlich war ich nicht abgeneigt gewesen.

Damals …

»Ich bin mir nicht sicher«, sagte sie leise. »Um ehrlich zu sein, mir geht es ähnlich. Ich glaube, ich war drauf und dran, mich in dich zu verlieben. Das hat mir Angst gemacht.«

»Angst?«, hakte ich nach.

»Ja, natürlich.«

»Warum?«

Sarah wirkte unruhig auf mich, denn sie blickte im gesamten Restaurant umher, nur nicht zu mir. Als ob sie mir nicht in die Augen sehen könnte. Ein wenig druckste sie herum, doch dann atmete sie tief durch und fasste sich wohl ein Herz.

»Weil ich gar nicht so bin, wie ich dich glauben machen wollte.«

»Wie meinst du das?«, fragte ich, denn jetzt war ich noch verwirrter, als ich es bis dahin eh schon war.

»Ich bin kein Vamp, Aramis. Es ist nicht meine Art, Männer anzumachen, nur, um einen One-Night-Stand zu erleben. Du warst der Erste und ich bin mir sicher, du wirst auch der Letzte sein. Ich weiß nicht, warum ich das gemacht habe. Vielleicht weil ich es satthatte, einsam zu sein.«

So eine umwerfende Frau fühlte sich einsam? Das war die erste Frage, die ich mir stellte, und auf die ich keine Antwort fand. Die zweite Frage war, wieso sie mich dazu ausgewählt hatte, diese Leere zu füllen. Allerdings hätte ich den Teufel getan, sie jetzt zu unterbrechen!

»Da war diese Anziehung zwischen uns. Dachte ich jedenfalls«, fuhr sie fort. »Was dann folgte, war unvergleichlich. Ich meine den Sex.«

Den letzten Satz sprach sie so leise aus, dass ich mehr Lippen lesen musste, als dass ich ihn verstand. Aber er war definitiv ein Ego-Streichler.

»Danach passierte etwas, mit dem ich nie gerechnet hätte. Ich fühlte mich sehr wohl in deiner Nähe. Wir konnten miteinander lachen, hatten gleiche Ansichten. Und plötzlich fühlte ich, dass ich mehr wollte. Dachte ich jedenfalls.«

»Du dachtest? Vergangenheit?«, warf ich ein.

»Ja. Nein. Ich meine, ich denke immer noch so. Aber ich kenne meinen Platz, Aramis.«

Ich verschränkte meine Arme und lehnte mich ein Stück zurück. »Deinen Platz? Das musst du mir erklären.«

Angestrengt versuchte ich, in ihrem Gesicht zu lesen, und beinahe hatte ich das Gefühl, sie würde gegen ein paar Tränen ankämpfen. Verflucht, was war denn nur los mit ihr? So traurig hatte ich sie ja noch nie erlebt und das jagte mir eine Mordsangst ein.

»Sieh dich doch an«, presste sie hervor. »Und dann schau mich an. Das sind zwei völlig verschiedene Welten. Wie könnte jemand wie du, sich in jemanden wie mich verlieben? Ich wollte mir unnötige Schmerzen ersparen, darum habe ich es lieber beendet, bevor es richtig wehgetan hätte.«

Wow, das musste ich zuerst sacken lassen, denn das war ganz schön viel auf einmal. Cody und Gabriel hatten recht gehabt. Scheinbar machten ihr die paar Pfunde mehr tatsächlich zu schaffen. Jetzt schämte ich mich noch mehr für mein früheres Verhalten.

»Du hast recht«, antwortete ich vorsichtig. »Solche Fragen schwirren einem im Kopf herum, aber sie sollten es nicht.«

Ich schob meinen Stuhl zurück, stand auf und begab mich zu ihr auf die andere Seite des Tisches. Dort setzte ich mich neben sie, nahm ihre Hand und streichelte zart über ihre Finger.

»Sieh mich an, Sarah«, bat ich sanft, doch nur zögerlich drehte sie ihren Kopf zu mir. Als sie mich endlich anblickte, redete ich weiter. »Du bist die wunderbarste Frau, die ich kenne. Du bist intelligent, hast Charme und Witz. Dazu siehst du wunderhübsch aus. Ich weiß, was du sagen willst. Du konkurrierst in Gedanken mit Frauentypen wie Mindy, aber das hast du gar nicht nötig.«

»Das sagst du doch nur, um mich aufzumuntern.«

»Das ist nicht wahr. Ich mag alles an dir. Du bist schön, Sarah. Lass dir von niemandem einreden, es wäre nicht so. Ich mag dein wunderschönes Gesicht.

Deine tiefgründigen, aber offenen Augen. Gott, ich schätze deinen Humor und deine Schlagfertigkeit. Mit dir macht es Spaß, sich zu unterhalten.«

»Wirklich?«

»Ja! Dazu kommen deine Mördermöpse. Sei mir nicht böse, wenn ich das so platt sage, aber Mann, es ist einfach die Wahrheit.«

Ein schwaches Lächeln zeichnete sich auf ihren Lippen ab, doch sie schwieg.

»Denkst du, du bist alleine unsicher? Ich habe auch Ängste. Meine erste Freundin hat mich für einen Anwalt verlassen. Ich bin nur ein einfacher Handwerker. Mit meinem Gehalt kann ich da nicht mithalten. Aber ich liebe meinen Beruf. Er erfüllt mich. Den meisten Frauen ist das aber zu wenig.«

»Aber das ist doch nicht wichtig«, entgegnete sie. »Du arbeitest doch, bist fleißig.«

»Das sehe ich genauso. Es ist nicht wichtig. So wenig wichtig wie dein Gewicht. Ich würde kein einziges Gramm von dir missen wollen. Und dass du eine Granate im Bett bist, muss ich nicht extra erwähnen, das weißt du selbst.«

»Bin ich das?«, fragte sie lächelnd.

»Hallo? Du weißt genau, was du willst, und du nimmst es dir gnadenlos. Das habe ich noch bei keiner Frau erlebt. Und jetzt sollte ich ganz schnell wieder die Seite wechseln, sonst garantiere ich für nichts mehr.« Zart drückte ich ihre Hand und wollte zu meinem Platz gehen, da hielt sie mich noch einmal auf.

»Aramis?«

»Ja?«

»Danke. Dieses Gespräch bedeutet mir sehr viel. Und deine Worte …«

»Schon gut. Ist nur die Wahrheit«, sagte ich lächelnd, küsste sie auf die Stirn und begab mich wieder auf meinen Platz.

»Wie geht es weiter?«, fragte sie nachdenklich, doch das wusste ich auch nicht.

»Ich weiß es nicht. Empfinde ich etwas für dich? Ja! Ist es verliebt sein oder gar Liebe? Keine Ahnung. Warum muss man das immer so genau definieren? Kann man etwas Gutes nicht einfach geschehen lassen? Den Dingen ihren Lauf lassen und schauen, was passiert? So verrückt sich das anhört, aber genau das will ich. Sehen, wohin uns alles führt. Die Zeit genießen, die wir miteinander haben. Meiner Meinung nach werden die berühmten drei Worte sowieso viel zu schnell und zu unbedacht ausgesprochen.«

»Da ist was Wahres dran«, murmelte sie.

»Wir kennen uns noch viel zu wenig, um von der großen Liebe zu sprechen. Aber ich kenne dich gut genug, um zu wissen, dass ich mehr über dich erfahren will. Fangen wir doch mit deinem Van an. Wozu hast du das Ding wirklich?«

Endlich konnte sie wieder lachen, was mich freute, auch wenn da immer noch ein mulmiges Gefühl durch meine Eingeweide wanderte, was den Van betraf.

»Er gehört meinem Bruder und mir zu gleichen Teilen. Wir fahren gerne zu Rockfestivals. Oder zu Country-Treffen. Da wir beide nicht gerne zelten, war das Auto die perfekte Alternative. Dabei sein, aber bequem. An dem Tag, als du uns gesehen hast, kam er vorbei, um ihn mitzunehmen. Und falls du es genau wissen willst: Du warst der einzige Mann, mit dem ich jemals Spaß darin hatte. Beruhigt dich das jetzt oder bist du immer noch eifersüchtig?«

Empört lehnte ich mich vor. »Ich bin nicht eifersüchtig! Wie kommst du denn auf so etwas?«

»Das Veilchen meines Bruders erzählt mir da etwas anderes.«

Zähneknirschend musste ich ihr recht geben. »Na schön. Ich war eifersüchtig. Ein bisschen. Und das mit deinem Bruder tut mir leid. Ich mache es wieder gut. Versprochen.«

»Er wird es überleben. Da kommt unser Essen.«

Zum Glück wurde das Gespräch über die für mich peinliche Angelegenheit durch die Bedienung unterbrochen.

»Lasst es euch schmecken«, sagte sie fröhlich, stellte die Teller ab und verschwand wieder.

»Das sieht gut aus«, meinte ich anerkennend, als ich den riesigen Burger vor mir betrachtete und fügte noch schnell hinzu: »Das Essen und meine Begleitung.«

Sarah langte kräftig zu und ich amüsierte mich darüber, dass sie tatsächlich versuchte, den Burger ohne Messer und Gabel zu essen, was fast ein Ding der Unmöglichkeit war. Doch irgendwie schafften wir es beide, ohne uns komplett von oben bis unten einzusauen.

»Himmel, bin ich voll!«, stöhnte sie, kaum dass sie den letzten Bissen vertilgt hatte. »Du hattest recht, das war wirklich einer der besten Burger, die ich je gegessen habe. Aber das Spiegelei gefahrlos zu essen, war eine Meisterleistung. Habe ich irgendwo Dotter im Gesicht kleben?«

Ich grinste und schüttelte den Kopf. »Nein, hast du nicht. Aber deine Lippen glänzen so schön.«

»Das kommt bestimmt vom Bacon. Scheiße, war das gut! Ich glaube aber, die nächsten zwei Tage brauche ich nichts mehr zu essen.«

»Geht mir ähnlich. Ich freue mich, dass es dir geschmeckt hat. Den Abend hatte ich mir ja ein wenig anders vorgestellt, aber ich denke, hier passen wir zwei auch besser hin als in das Nobelrestaurant, findest du nicht?«

Das Lächeln, das sie mir schenkte, war von einem anderen Stern! »Auf jeden Fall. Ich finde es wunderschön hier. Das Essen war lecker, der Wein auch. Nur was machen wir jetzt mit dem angebrochenen Abend? Ehrlich gesagt ist mir nicht danach, jetzt schon nach Hause zu fahren.«

Freudig richtete ich mich auf. »Du willst noch etwas länger bei mir bleiben? Heißt das, du hast mir verziehen?«

»Ja, doch«, sagte sie lachend. »Der Burger hat dich rausgerissen.«

»Du bist ganz schön frech, weißt du das? Aber genau das mag ich so an dir. Wie wäre es? Hast du Lust, noch mit zu mir zu kommen? Wir könnten uns einen Film ansehen. Oder Musik hören und quatschen. Ganz wie du willst. Ich glaube, ich habe auch noch Eiscreme in der Truhe.«

»Wie könnte ich da Nein sagen?«

»Dann lass uns fahren!«

Ich zahlte und konnte mich nur über mich selbst wundern. Noch nie hatte ich eine Frau in meine Wohnung eingeladen. Ein wenig machte mir das Angst, dennoch freute ich mich darauf, noch mehr Zeit mit Sarah zu verbringen. Außerdem war ich froh, dass sie mir verziehen hatte.

Vorsichtig fuhr ich zurück nach Middletown, denn der Schneefall hatte zugenommen, und so brauchten wir fast eine Dreiviertelstunde. Hunter fuhr ich gleich in die Garage, damit wir sofort von dort aus in meine Wohnung gelangen konnten. Sarah war kalt geworden und ich wollte vermeiden, dass sie sich unwohl fühlte.

»Da sind wir. Gehen wir ins Warme!«

18. Kapitel

Sarah

Ich konnte es nicht glauben, aber ich stand tatsächlich in Aramis' Wohnung! Noch vor wenigen Stunden hätte ich damit niemals gerechnet, aber jetzt war ich hier.

Es war ein Zweifamilienhaus und Aramis bewohnte das Erdgeschoss. Neugierig blickte ich mich um, als er mir aus der Jacke half. Ein kleiner Flur mit Garderobe diente als Windfang und ich konnte nicht erwarten, den Rest der Wohnung zu begutachten.

Er lenkte mich durch eine Tür, die ins Wohnzimmer führte. Es war klein, aber gemütlich. Eine große Couch, ein Tisch und ein wunderschöner Wohnzimmerschrank mit Schnitzereien befanden sich darin. Nur einen Fernseher konnte ich nicht entdecken.

»Setz dich«, bat er und deutete auf die Couch. »Darf ich dir etwas zu trinken anbieten?«

»Ein Wasser wäre nett. Und einen Schnaps!«

»Das kann ich nachvollziehen. Einen Schnaps würde ich auch trinken, aber ich will dich ja noch sicher nach Hause bringen.«

»Oder ich schlafe hier«, gab ich zurück.

Diese Mischung aus Überraschung, Freude und Panik in seinem Gesicht, belustigte mich.

»Das war ein Scherz!«, fügte ich hinzu. »Du musst nicht gleich schreiend davonrennen.«

»Das war auch nicht meine Absicht. Im Gegenteil. Ich würde mich freuen, wenn du hierbleiben würdest.«

»Und wieso dann die Panik in deinem Gesicht?«

»Ich habe gedacht, dass ich dann noch das Bett frisch beziehen muss.«

»Du gehst so mir nichts dir nichts davon aus, dass ich in deinem Bett schlafe?«, neckte ich ihn.

»Ja, in der Tat. Aber jetzt setz dich erst mal. Ich besorge uns etwas zu trinken.«

Ich ließ mich auf die Couch fallen, während er aus dem Zimmer lief. Zur Küche, wie ich vermutete. Kurz darauf kam er mit einer Flasche Wasser zurück. Die Gläser dazu nahm er aus dem Wohnzimmerschrank, ebenso zwei Shotgläser und eine Flasche Jägermeister.

»Oh nein, wirklich?«, fragte ich entsetzt, als ich die Flasche sah.

»Das Beste für die Verdauung«, erklärte er. »Ich gebe dir aber gerne was anderes, wenn der dir zu heavy ist«, bot er an. Und mit einem Grinsen fügte er hinzu: »Pussy!«

»Ach, und ich bin frech? Nur, damit du es weißt, du Macho, ich kenne das Zeug. Er schmeckt ganz gut, aber nur, wenn du nicht zu viel davon getrunken hast. Ich habe mir mit dem Gebräu mal ein ganzes Festival versaut, weil ich kotzen musste und drei Tage lang krank war.«

»Das kann passieren, wenn du zu viel davon trinkst. Was ist nun? Willst du einen?«

»Ja, aber nur einen und dann stell die Flasche wieder ganz weit weg in die dunkelsten Tiefen deiner Bar. Du weißt schon, führe mich nicht in Versuchung.«

»Die Flasche stelle ich weg, aber Letzteres kann ich dir nicht versprechen.«

Aramis goss uns ein und brachte den Schnaps dorthin zurück, wo er hingehörte. Er stieß mit mir an und das Feuer in seinen Augen brannte heißer als der Schnaps auf meiner Zunge. Ich ahnte anhand unserer Flirtlaune, dass diese Nacht noch lange dauern würde, und mir wurde ganz kribbelig bei dem Gedanken.

Kein Van dieses Mal, sondern ein Bett. Oder vielleicht die Couch? Mir war es egal. Von mir aus hätte er mich auch über den Küchentisch legen können und ein wenig schämte ich mich bei dem Gedanken. Nicht wegen des Tisches, aber weil der Gedanke mich erregte.

»Musik hören und reden? Oder lieber Film gucken?«, fragte er schließlich.

Verwirrt schaute ich mich um. »Du hast keinen Fernseher!«

»Die Dinge sind nicht immer so, wie sie scheinen«, antwortete er geheimnisvoll und nahm eine Fernbedienung vom Tisch. Er drückte eine Taste, da fuhr in der Mitte des Wohnzimmerschranks eine Tür zur Seite und – welch Wunder – dahinter kam ein großer Flachbildfernseher zum Vorschein. Aramis drückte eine weitere Taste, da passierte Ähnliches mit einer Tür daneben, nur, dass sie sich nach oben öffnete. Dahinter befand sich ein Regal voller Blu-Rays.

»Tada!«, alberte er.

Ich musste lachen. »Du bist ein ganz schöner Angeber, aber ich gebe zu, ich bin beeindruckt.«

»Selbst gebaut«, meinte er stolz.

»Wahnsinn. Aber viel lieber würde ich plaudern. Ich weiß noch so wenig über dich und würde dich gerne besser kennenlernen.«

»Dann Musik. Du magst Rockmusik?«, fragte er, ließ mich aber gar nicht erst antworten. »Natürlich magst du die. Lass mich mal raten. Alexa! Spiele Rockmusik der Siebziger und Achtziger Jahre.«

Es dauerte nicht lange, da donnerte Led Zeppelin durch die Bude, und zwar aus Boxen, die an der Decke angebracht waren.

»Scheiße!«, murmelte er hektisch und stellte via Fernbedienung etwas leiser. »Tut mir leid, die Lautstärke stand noch auf *Lass-mich-wach-werden*-Modus.«

»Kein Problem. Und gute Wahl.«

Lässig lehnte er sich in der Ecke der Couch zurück. »Dann leg mal los. Was willst du wissen?«

Tja, was wollte ich eigentlich erfahren? Ich wusste, wenn das hier zwischen uns funktionieren sollte, dann nur, wenn wir gnadenlos ehrlich zueinander waren.

»Ich habe keine Ahnung. Weißt du, das alles ist doch total verrückt. Wir haben schon zweimal miteinander geschlafen und wissen nichts voneinander. Oder nur wenig. Wäre der normale Weg nicht gewesen, uns zu treffen, dann besser kennenzulernen, zu verlieben und dann erst miteinander zu schlafen? Ich habe das Gefühl, ich reise in der Zeit rückwärts. Verstehst du, was ich sagen will?«

Aramis runzelte die Stirn und wirkte nachdenklich, doch dann strahlte mir schnell wieder sein unvergleichliches Lächeln entgegen.

»Ja, es ist verrückt. Und glaub mir, es ist auch das erste Mal, dass mir so etwas passiert. Aber was ist so schlimm daran? Verrückt ist anders und anders ist gut.«

»Wenn man es so betrachtet, dann ja. Aber ich habe Angst, dass wir beim Rückwärtsgehen irgendwann an dem Punkt ankommen, an dem wir uns nicht mehr kennen. Ich weiß, auch das klingt vollkommen crazy, aber ich weiß nicht, wie ich es anders erklären soll. Was, wenn plötzlich nichts mehr da ist? Was, wenn wir feststellen, dass das Beste bereits geschehen ist und nichts mehr kommt?«

Fragend musterte er mich. »Weißt du, ich kann dir darauf keine Antwort geben. Ich weiß auch nicht genau, was das mit uns ist. Schließlich erlebt man so etwas nicht jeden Tag. Ich kann nicht sagen, ob es Liebe ist. Aber ich weiß, dass ich dich mag. Ich habe keinen Plan. Alles, was ich dir sagen kann, ist, dass ich beschlossen habe, mich fallen zu lassen, und zwar hinein in eine Sache, die mir zwar fremd ist, die sich aber verflucht gut anfühlt. Ich will auch gar nicht mehr darüber nachdenken, denn das macht mich erst richtig kirre. Alles, was ich will, ist, die Zeit zu genießen, die wir miteinander haben.«

Da war sie wieder, die Leichtigkeit, mit der er alle Dinge anzupacken schien, und die mir selbst so sehr fehlte. Ich mochte, was gerade passierte, und fühlte mich gut, doch im Hinterkopf lauerte immer diese Unsicherheit. Es war alles viel zu schön, um wahr zu sein.

»Verrückt«, murmelte ich.

»Na und? Manchmal muss man ein wenig verrückt sein, damit man nicht verrückt wird.« Aramis rümpfte die Nase. »Der Spruch war ziemlich bescheuert, nicht wahr?«

Jetzt brachte er mich dazu, laut zu lachen. »Seltsam, aber schon richtig. Ein wenig auszubrechen, gegen die Norm zu handeln, hat schon große Dinge hervorgebracht. Vielleicht wird aus unserer Verrücktheit ja auch mal was ganz Großes.«

»Dann lässt du dich darauf ein? Mit allem, was dazugehört? Du weißt schon, unsere Freunde und Verwandten werden Fragen stellen. Auch sie werden behaupten, dass wir irre geworden sind, aber ich denke, das wird lustig.«

Schmunzelnd nickte ich. »Ja, das werden sie wohl. Mir soll es recht sein, solange du nur zu mir stehst.«

Aramis rückte nahe zu mir heran. »Natürlich werde ich das. Und jetzt will ich alles über dich wissen.«

In den kommenden zwei Stunden redeten wir über Gott und die Welt, als ob wir uns schon ewig kennen würden. Aramis fühlte sich vertraut an und je länger wir quatschten, desto wohler fühlte ich mich.

»Wem gehört eigentlich dieses Haus?«, wollte ich gegen Mitternacht wissen. Mann, es war spät geworden!

»Mister und Missus Langley. Ein nettes altes Ehepaar mit gewissen Vorzügen.«

»Ih!«, quiekte ich und erntete dafür einen Knuff in meine Seite.

»Nicht, was du schon wieder denkst! Gott, du bist so versaut!«, beschwerte er sich lachend. »Nein, ich meine, dass sie über Winter nicht da sind. Sie überwintern meist ein halbes Jahr in Florida. Während der Zeit habe ich praktisch sturmfrei.«

»Snowbirds? Kann ich nachvollziehen. Die Winter hier sind echt hart.«

»Sie hauen meistens im November ab und kommen selten vor April wieder. Währenddessen kümmere ich mich um ihre Wohnung und habe sturmfrei. Außerdem ist die Miete sehr günstig.«

»Viele Vorteile. Ich … Au!« Laut schrie ich auf, als mich etwas am Kopf traf. Es hatte nicht sonderlich wehgetan, aber ich hatte mich zu Tode erschrocken.

»Verflucht, Chuck! Wo kommst du denn jetzt her?«, rief Aramis und sprang auf.

Ganz vorsichtig drehte ich mich um, und noch bevor ich etwas sehen konnte, spürte ich, wie etwas an meinen Haaren herumkaute.

»Chuck, lass das! Komm her!«, fluchte Aramis, bevor er um meinen Kopf herum griff und ein dickes Fellknäuel hinter mir hervorzog. »Böse Katze!«

Erstaunt blickte ich auf das Tier in seinen Armen. Eine etwas zu groß und zu dick geratene Katze schnurrte und versuchte alles, um vor ihm zu flüchten.

»Du unnötiges Vieh! Sonst bist du die ganze Nacht auf Tour und jetzt kommst du her und erschreckst meine Gäste. Was soll ich nur mit dir machen?« Aramis drückte der Katze einen Kuss auf den Kopf, was sie nur noch mehr zappeln ließ. Schließlich ließ er sie runter. Mit einem protestierenden Maunzen und erhobenem Schwanz marschierte sie in Richtung Küche.

»Ist die süß! Gehört sie dir?«, fragte ich.

»Die *sie* ist ein *er*. Und ja, er gehört mir. Denke ich.«

»Du denkst?«

Mein Freund rieb sich über die Stirn. »Er stand eines Tages einfach so vor der Tür und wollte nicht mehr gehen. Zu Anfang kam er nur herein, um ein wenig zu pennen und sich aufzuwärmen. Natürlich habe ich ihn gefüttert und so kam er immer wieder. Damals war er ziemlich abgemagert. Es dauerte auch eine gefühlte Ewigkeit, bis ich ihn zum ersten Mal streicheln durfte. Ich glaube nicht, dass er ein Heim hatte. Chucky ist ein richtiger Straßenkater. Ein echter Schläger. Er lässt keine andere Katze auch nur in die Nähe des Hauses. Selbst der Nachbarshund hat Angst vor ihm. Aus dem Grund habe ich ihn Chuck getauft. Chuck Norris.«

Der Name ließ mich kichern. »Und jetzt meint er wohl, er müsse sein Heim gegen mich verteidigen, sehe ich das richtig?«

»Nein und das wundert mich. Selbst dem armen Gabriel, der ja nun öfter herkommt, hängt er sofort am Bein und beißt, wenn er ihn sieht. Gabe hasst ihn.« Aramis lachte und ich stimmte mit ein.

»Kann ich verstehen.«

»Chucky scheint dich zu mögen.«

»Wie kommst du darauf? Er ist mir ins Genick gesprungen und wollte meine Haare fressen.«

»Eben. Er mag dich.«

»Ich glaube eher, da hat jemand Hunger.«

Chucky stand wie ein König vor der Küchentür und blickte ungehalten zu Aramis.

»Kann ich dich zwei Minuten allein lassen?«, fragte er seufzend.

»Ja, natürlich. Ich verspreche, ich werde nicht weglaufen.«

Amüsiert schaute ich dabei zu, wie Aramis in die Küche lief, um den Stubentiger, der in einer Tour fordernd miaute, zu füttern.

»Ja, ich mach ja schon!«, brummte er. »Hättest du dir keinen passenderen Moment aussuchen können? Und eins sag ich dir, Chucky, wenn du sie beißt, bringe ich dich ins Heim!«

Aramis kam zurück und setzte sich, während man aus der Küche ein zufriedenes Schmatzen hören konnte.

»Das würdest du nicht wirklich machen, oder? Ihn ins Heim bringen, meine ich.«

Er lachte. »Nie im Leben. Die Drohung nimmt er eh nicht ernst. Ich liebe diesen Dickkopf.«

»Und ich liebe dich!« Shit, hatte ich das gerade wirklich gesagt?

Aramis schaute mich mit großen Augen an. »Bist du dir sicher?«

»Sicher bin ich mir nicht, aber es fühlt sich gerade so an. Es tut mir leid, es ist mir so rausgerutscht. Ich will dich nicht unter Druck setzen und erwarte auch nicht, dass du das Gleiche zu mir sagst. Es ist nur so, dass ...«

»Du redest zu viel, Sarah«, unterbrach er mich und rückte ganz nah zu mir heran. »Und du denkst zu viel.«

Aramis zog mich in seine Arme und schenkte mir einen Kuss, der ganz zart begann und stetig leidenschaftlicher wurde. Mein Herz stand in Flammen und ich wusste, dass die drei Worte der Wahrheit entsprachen.

»Bleib hier heute Nacht«, raunte er an meinem Ohr und knabberte zart an meinem Hals. »Ich will nicht, dass du gehst.«

»Ich werde nirgendwo hingehen«, flüsterte ich zurück.

Mit sanfter Gewalt drückte er mich in die Kissen und ich legte meine Hände auf seine Wangen, um ihn langsam zu mir heranzuziehen.

»Nicht heute Abend!«, brummte er und nahm meine Hände von seinem Gesicht. »Ich weiß, du willst mir beweisen, wie aktiv du sein kannst. Das darfst du auch, sooft du nur willst. Aber nicht heute Abend. Heute gebe ich den Ton an, einverstanden?«

Schwer atmend hauchte ich ihm ein »Einverstanden!« entgegen. »Aber vorher muss ich noch ins Bad. Zeigst du mir, wo es ist?«

»Natürlich«, sagte er zustimmend und führte mich ins Schlafzimmer. »Durch die Tür.«

Eine Master-Suite! Cool! Doch bevor ich ins Bad ging, ließ ich meinen Blick noch einmal schweifen. Französisches Bett, eingebauter Kleiderschrank, Kommode. Kein Fernseher. Gut! Und einen Spiegel an der Decke konnte ich auch nicht ausmachen.

Mit meiner Handtasche bewaffnet schlüpfte ich ins Bad. Man konnte es nicht als neu erachten, aber es war sehr sauber und enthielt sogar eine Badewanne, was mehr Luxus bedeutete, als mein eigenes zu bieten hatte.

Jetzt reichte aber eine Katzenwäsche. Schnell frischte ich mich ein wenig auf, putzte meine Zähne mit dem Reisezahnbürsten-Set, das ich immer dabeihatte, dann ging ich voller Vorfreude zurück ins Schlafzimmer.

19. Kapitel

Aramis

»Da bist du ja wieder«, begrüßte ich Sarah, als sie aus dem Bad kam. »Ich werde noch schnell duschen, aber ich verspreche, ich bin in zehn Minuten bei dir. Mach es dir ruhig schon mal bequem. Das Bett habe ich bereits aufgedeckt.«

Sie warf mir ein beinahe schüchternes Danke zu. Um sie nicht, aus welchen Gründen auch immer, in Verlegenheit zu bringen, begab ich mich schnell ins Bad. In Windeseile entledigte ich mich meiner Kleider, warf alles in die Wäschetruhe und sprang unter die Dusche.

Ich war müde und dennoch hellwach. Der Tag und vor allem der Abend hatten mir einiges abverlangt. Vieles gab es zu überdenken, aber ich war sicher, dass Sarah und ich das hinbekommen würden, so seltsam unser Start auch gewesen war.

Ich schäumte mich ein, stieß ein herzhaftes Gähnen aus und widmete meinen unteren Gefilden besondere Aufmerksamkeit. Mein bestes Stück erhob sich leicht, verneigte sich aber flott wieder. Shit! Ich war wirklich müde.

»Lass mich gleich ja nicht hängen!«, bat ich leise. »Disziplin, hörst du?«

Ich konnte nur hoffen, denn er besaß seinen eigenen Dickschädel. Kopfschüttelnd schob ich alles darauf, dass ich mir zu viele Gedanken machte. So vieles kam zusammen. Zum ersten Mal ging ich eine Beziehung ein, und zum ersten Mal faszinierte mich eine Frau so sehr, dass ich auch bereit dazu war – mit Herz und Seele!

Beim Abtrocknen schaltete ich den Turbo ein. Meine Haare rubbelte ich nur durch, dann suchte ich meine frischen Boxershorts.

»Verdammt, eben hatte ich sie doch noch!«, fluchte ich, bis mir einfiel, dass ich sie in die Tasche der Jeans geschoben hatte.

Ich nahm meine Hose wieder aus dem Wäschekorb und kramte in den Taschen, bis ich die Shorts in meinen Händen hielt.

»Da bist du ja.«

Schnell zog ich sie über und beförderte die Jeans zurück. Dann ging ich zur Tür, drehte leise den Knauf und hielt kurz inne, um durchzuatmen. Ich war so gespannt darauf, wie Sarah mich erwarten würde. Mit Unterwäsche oder nackt? Und falls sie Dessous trug, welche Farbe würden sie haben? Weiß wie die Unschuld? Schwarz und verrucht? Bitte nicht rot, das empfand ich immer zu billig.

»Seidenstrümpfe! Oh bitte, bitte lass sie wieder diese halterlosen Strümpfe tragen!«, flehte ich leise und öffnete die Tür.

Es brannte nur das kleine Lämpchen auf meiner Nachtkonsole, sodass meine Augen sich erst an die Lichtverhältnisse gewöhnen mussten. Sarah lag bereits unter der Decke und hatte mir den Rücken zugewandt. Nur ihre Schultern, der Kopf und ein Arm, den sie über der Decke liegen hatte, schauten heraus. Wie es aussah, trug sie ein schwarzes Seidenhemdchen ohne BH darunter, denn ich konnte nur die dünnen Spaghettiträger ausmachen. Voller Vorfreude ging ich zum Bett, schlüpfte unter die Decke und schob mich an ihren prallen Hintern heran. Meinen Arm legte ich über sie und wollte sie noch näher zu mir heranziehen, da ließ mich ein seltsames Geräusch zurückzucken. Sie hatte doch wohl nicht gepupst?

So schnell es nur ging, verwarf ich diesen albernen Gedanken. Vermutlich hatte die Matratze geknarrt oder ich hatte mir alles nur eingebildet.

Ich strich ihre Haare etwas zur Seite, blies in ihren Nacken, was ihr eine Gänsehaut bescherte und küsste ihre Schulter. Ihre Antwort war ein genussvolles Stöhnen.

Neuer Versuch! Wieder schob ich meinen Arm über sie und wieder ertönte das Geräusch. Jetzt richtete ich mich auf.

»Was, zur Hölle, ist das? Hast du das auch gehört?«, fragte ich, da fing Sarah leise zu lachen an. »Was ist? Wieso lachst du?«

Sarah drehte ihren Kopf ein wenig zu mir. »Du solltest mal über mich drüber gucken.«

Verwirrt stützte ich mich auf meine Hand auf, damit ich über sie hinwegsehen konnte.

»Das glaube ich jetzt nicht!«, seufzte ich. »Ist das dein Ernst?«

Dicht an Sarah herangekuschelt lag Chucky und sah mich sauer an.

»Wie bist du hier hereingekommen?«

»Meine Schuld«, bekannte Sarah. »Ich habe ihn vor der Tür ganz jämmerlich maunzen gehört, da hab ich sie geöffnet. Ich wusste ja nicht, ob er rein darf oder nicht. Dann habe ich mich ins Bett gelegt und er war mit einem Satz bei mir. Jetzt liegt er hier und lässt sich kraulen.«

Zum Beweis strich Sarah Chucky über den Kopf und er schnurrte wie ein gut geölter Motor. War das zu fassen?

»Ja, du bist ein süßes Katerchen«, säuselte sie zu allem Überfluss auch noch.

Wieder schob ich die Hand über Sarah hinweg, in der Hoffnung, Chucky vertreiben zu können, da drohte er mir schon wieder. Sein kehliges Knurren war das Geräusch gewesen, das ich vernommen hatte.

»So geht das nicht, du blödes Vieh. Ich werde dich vor die Tür setzen!« Schon wollte ich aufspringen, doch Sarah hielt mich zurück.

»Nein, lass ihn! Wenn du ihn jetzt rauswirfst, wird er das ewig mit mir in Verbindung bringen! Wir sind doch dabei, ein gutes Verhältnis aufzubauen, und das werde ich brauchen, wenn ich in Zukunft öfter hier sein will. Ich will das nicht aufs Spiel setzen.«

»Sarah, das kann nicht dein Ernst sein!«

All meine Felle schwammen gerade davon. Sie hätte *mich* jetzt streicheln müssen, nicht den Kater. Und in der Hose hatte ich auch schon wieder einen Platten! Hörte heute denn niemand mehr auf mich?

»Aber er stört doch nicht. Sieh nur, wie lieb er ist!«

Mann, da lag der Verräter auf dem Rücken und ließ sich den Wanst kraulen.

»Aber ich wollte doch … Ich meine … Wolltest du nicht auch …?«

»Was denn? Meinst du Sex?«, fragte sie und kicherte leise.

»Ja! Ich kann nicht, wenn meine Katze mir dabei zusieht! Das ist doch pervers!«

Konnte eine Katze grinsen? Fast sah es so aus.

»Weißt du«, sagte sie, »Sex können wir noch ein ganzes Leben lang haben. Aber Freundschaft mit einer Katze zu schließen, die sonst keine Menschen an sich heranlässt, das passiert dir nur ein Mal. Ich fühle mich wirklich geehrt und besonders.«

»Auch wenn es nur ein dummer Kater ist?«, fragte ich und wusste, ich hatte bereits aufgegeben.

»Oh, hast du gehört, was dein gemeiner Daddy gesagt hat? Nicht böse sein, er hat es nicht so gemeint.«

»Bitte, sag das nicht.«

»Was denn?«

»Daddy.«

Wieder erklang ein leises Lachen. »So schlimm?«

Vorsichtig, damit ich Chuck nicht zu nahe kam, legte ich meinen Arm auf sie. »Nein. Aber bist du denn gar nicht enttäuscht? Ich hatte mir diese Nacht etwas anders vorgestellt.«

»Ich weiß, ich doch auch. Aber ich verspreche dir, dass wir alles nachholen. Das ist heute ein ganz besonderer Tag für mich. Gleich zwei scheinen sich in mich verliebt zu haben.«

Lächelnd küsste ich ihren Hals. »Sieht ganz so aus. Und du willst wirklich die ganze Nacht das Bett mit ihm teilen?«

»Wenn es sein muss.«

»Na schön, ihr habt gewonnen. Ich gebe mich geschlagen. Aber das nächste Mal bleibt die Tür zu.«

»Okay.«

»Mau!«

»Halt die Klappe, Chuck!«

Nachdem ich mich mit meinem bedauernswerten und unrühmlichen Schicksal abgefunden hatte, fiel ich in einen unruhigen Schlaf. Ständig wachte ich auf. Kein Wunder, denn ich war es nicht gewohnt, mein Bett zu teilen. Sarah hingegen lag da wie ein Brett. Sie bewegte sich kaum. Nur ihre ruhigen, gleichmäßigen Atemzüge waren zu hören und ich fühlte das Heben und Senken ihres Oberkörpers.

In meinen Wachphasen dachte ich über sie nach. Natürlich war ich sauer, dass Chucky mir die Tour versaut hatte, aber ich war gleichzeitig froh, dass er mit Sarah scheinbar zurechtkam. Sie musste etwas an sich haben, das meinem Kater gefiel. Vielleicht fehlte ihm aber auch nur eine Frau im Haus. Wie auch immer …

Wieder schlief ich ein. Die Träume, die mich quälten, konnte ich nicht einordnen. Wirr und völlig abstrus erschienen sie mir, doch selbst im Traum war mir bewusst, dass sie nichts mit Sarah zu tun hatten. Nein, ich hatte keine Bedenken bezüglich einer Beziehung mit ihr, das fühlte ich. Sogar so etwas wie Glück floss durch meine Adern. Trotzdem – da war dieser Druck auf meiner Brust, als ob eine Dampfwalze über mich drübergefahren wäre. Endlich wachte ich wieder auf und atmete panisch. Das Mondlicht drang durchs Fenster, malte tänzelnde Schatten an die Wände, und ich war froh, wieder wach zu sein, doch der seltsame Druck und die Atemnot herrschten immer noch vor. Ich drehte meinen Kopf und schaute direkt in zwei leuchtende Augen!

»Herrgott!«, fluchte ich leise, als ich erkannte, wieso ich nicht frei atmen konnte.

Chucky saß auf meiner Brust und starrte mich an, als ob er überlegte, wie er mich beseitigen könnte, ohne Spuren zu hinterlassen.

»Was ist denn?«, zischte ich leise, was meinen Kater dazu veranlasste, freudig auf mir herumzutreten. Natürlich mit ausgefahrenen Krallen. »Du … ich … aua! Hörst du jetzt auf!«

Mühsam drehte ich den Kopf, um einen Blick auf meinen Wecker zu erhaschen. Halb fünf zeigte er an und schien mich zu verhöhnen.

Vorsichtig setzte ich mich auf, was Chucky dazu bewegte, von mir herunterzuspringen. Mit erhobenem Schwanz lief er zur Tür.

»War ja klar. Was ist es? Hunger? Musst du pieseln? Willst du mich in die Kälte jagen und schnell die Tür hinter mir schließen, damit ich erfriere? Dann könntest du mit Sarah alleine sein!«

Natürlich war das absurd, aber nach dieser Nacht, den Träumen und meinem Gemütszustand zufolge traute ich ihm gerade alles zu.

»Ich brauche dringend einen Aluhut!«, sagte ich zu mir selbst, stand auf und öffnete ihm die Tür.

Mit nackten Füßen schlurfte ich, die Augen auf Halbmast, hinter ihm her bis in die Küche. Hunger war es also. Schon wieder! So leise wie möglich öffnete ich eine Dose Katzenfutter, packte den Inhalt in ein Schälchen und stellte ihm dieses vor die Füße.

»Hier. Bitteschön!«

Chucky schnüffelte daran, warf mir einen bösen Blick zu, drehte sich um und ging hinaus. Kurz darauf vernahm ich das Schwingen der Katzenklappe.

»Na klasse!«

Zitternd vor Kälte schlich ich zurück ins Schlafzimmer und dieses Mal achtete ich besonders darauf, dass die Tür geschlossen war. Noch eine Störung konnte ich nicht gebrauchen.

Leise legte ich mich wieder hin und schlüpfte unter das kleine Stück Decke, das Sarah mir noch übrig gelassen hatte, denn sie hatte sich umgedreht und den größten Teil davon mitgezogen. Was für eine traumhafte Nacht!

In meinem Geiste vermerkte ich etwas wie: Es geht nichts über getrennte Schlafzimmer! Aber dann drehte Sarah sich zu mir, legte ihre Hand auf meinen Bauch und schenkte mir mit ihrem Körper Wärme, sodass ich die Notiz gleich wieder dick und fett durchstrich.

»Ist Chucky weg?«, murmelte sie verschlafen an meiner Schulter.

Meine Hand legte sich auf ihre und streichelte sie zart. »Ja, er ist raus. Schlaf noch ein bisschen. Es ist noch nicht mal fünf Uhr.«

»Hmh. Fünf? Ist das zu früh für Frühstückssex?«

Marschmusik dröhnte durch meinen Kopf, stampfte meine Wirbelsäule hinab, ließ sich in meinen Shorts nieder und trompetete ein »Stillgestanden!« hinein. Jesus, wie konnte sie so etwas fragen? Mein bester Freund gehorchte, auch wenn seine Bemühungen weniger einem strammen *Stillgestanden*, sondern vielmehr einem müden *Hochschlängeln* glichen. Aber …

Tada!

Fertig, um in die Schlacht zu ziehen. Nur ein Helm fehlte noch!

»Es ist nie zu früh für Frühstückssex«, gab ich, schon leicht keuchend und in freudiger Erwartung, zurück.

»Worauf warten wir dann noch?«

20. Kapitel

Sarah

Obwohl ich noch müde war, lullte dieses kuschelige Gefühl, neben Aramis zu liegen, mich von Kopf bis Fuß ein. Da war dieses alles verzehrende Sehnen in mir, das wie eine träge Masse durch meinen ganzen Körper waberte. Mir war egal, wie früh es noch war. Ich wollte ihn. Jetzt!

Suchend wanderte meine Hand seinen Bauch hinab, und als ich fühlte, dass sein Soldat strammstand, lächelte ich an seiner Brust. Ich begann damit, ihn zu massieren, was Aramis ein Stöhnen entlockte, doch er ließ sich nicht lange verwöhnen.

»Ich bin dran, schon vergessen?«, brummte er. Mit einem Satz kniete er über mir. »Schließ deine Augen!«

Mit einem letzten Blick auf seine Tattoos schloss ich meine Lider. Warme Hände legten sich auf meine Schultern, strichen sanft meine Arme hinab und ruhten für einen kleinen Moment an den Seiten meiner Taille. Seine Finger ergriffen den Saum meines Hemdchens, das er quälend langsam nach oben schob. Wollust durchflutete mich, als er sich meinen Brüsten näherte, und ich konnte kaum erwarten, dass er den Stoff über meine Nippel hinweggleiten ließ.

Endlich war der Stoff kein Hindernis mehr. Aramis küsste sich über meine Haut, ließ seine Zunge abwechselnd mit meinen Knospen spielen, sodass ich leise stöhnte. Ein zartes Knabbern daran jagte eine Gänsehaut über meinen Rücken und ich spürte das Pochen zwischen meinen Beinen, das mir einen wohligen Schauer nach dem anderen bescherte.

Er ließ sich Zeit. So viel Zeit, dass ich vor lauter Verlangen meine Hände auf seinen Kopf legte und ihm mit sanfter Gewalt zu verstehen gab, wo er mit seinen Küssen und Liebkosungen fortfahren sollte, nämlich zwischen meinen Beinen. Aramis kam meinem Wunsch, begleitet von einem leisen Lachen, nach. Tiefer und tiefer wanderte er mit seinen Lippen und seiner Zunge über meinen Körper, zirkelte kleine Kreise aus Wohlgefühl über meine Haut, bis er den Bund meines Höschens erreichte. Ich hob meinen Po an, um es ihm leichter zu machen, mich von dem Slip zu befreien.

Die Decke war längst zur Seite geschoben. Vollkommen nackt lag ich nun vor ihm und wartete auf alles, was er mir schenken würde.

Aramis küsste die Innenseite meiner Schenkel, knabberte zart an dem weichen Fleisch und streichelte mit einer Hand über meinen Bauch. Als seine Zunge zum ersten Mal über meine Mitte strich, bäumte ich mich kurz auf, denn das wohltuende Gefühl, das er in mir auslöste, wurde stärker und stärker. Aramis leckte über meine Schamlippen, spielte mit meiner Klitoris, die fühlbar anschwoll, und als er mit einem Finger in mich eindrang, glitt er mühelos in meine Feuchtigkeit hinein.

»Hör nicht auf«, flehte ich stöhnend.

Wieder strich er mit seiner Zunge über meine Mitte, leckte, küsste, zupfte ganz zart an meiner Knospe, saugte daran, ohne sein Eindringen mit dem Finger zu unterbrechen. Fest drückte ich mich ihm entgegen, wollte ihn noch tiefer in mir aufnehmen.

»Ja, nimm es dir«, brummte er und führte einen weiteren Finger in mich ein.

Ich musste mir nichts nehmen, denn er gab mir alles, was ich brauchte. Eruptiv brach ein Orgasmus aus mir heraus, wie ich nie zuvor einen erlebt hatte. In Wellen raste Hitze durch meinen Körper, die Muskeln in meinem Unterleib zogen sich zusammen und alle Nervenenden, bis aufs Äußerste gereizt, entspannten sich in einem Moment voller Wohlgefühl und Wärme.

Aramis legte sich neben mich, liebkoste meinen Hals und schenkte mir die Zeit, dieses Glück zu genießen, bis ich vollends darin versank.

»Schlaf mit mir«, bat ich ihn keuchend, noch bevor das Pochen zwischen meinen Beinen gänzlich verschwunden war.

»Nichts lieber als das«, raunte er.

Wenig später, nachdem er ein Kondom angelegt hatte, drängte er sich zwischen meine Beine. Sein Blick wanderte über meinen Körper, seine Mundwinkel verzogen sich zu einem wissenden Lächeln. Er ahnte, wie sehr ich ihn begehrte, wie sehr ich ihn jetzt brauchte.

Aramis versenkte sich in mir und mir war, als hörte ich die Engel singen. Genussvoll schloss ich meine Augen, denn dieses Mal war es anders als die ersten beiden Male. Seine Stöße fühlten sich langsam und bedächtig an, beinahe forschend. Als ob er herausfinden wollte, womit er mir die schönsten Gefühle schenken konnte.

»Lass dich fallen, Sarah«, hauchte er mir zu. »Genieße es.«

Und das tat ich auch. Meine Gedanken schwebten plötzlich im Raum, verflüchtigten sich und machten neuen Platz. Immer weniger konnte ich sie greifen, bis sie schließlich ganz verschwanden und ich nicht mehr nachdachte, nur noch fühlte.

Mein Orgasmus rauschte heran, verbreitete wohlige Wellen in meinem Körper. Meine Kontraktionen ließen mich ihn noch stärker spüren.

»Oh Gott«, hörte ich Aramis wie aus weiter Ferne stöhnen.

Kurz danach vernahm ich sein Keuchen an meinem Ohr und spürte sein ganzes Gewicht auf mir. Auch er hatte seinen Höhepunkt erreicht.

Wir hatten nicht bloß Sex gemacht. Dieses Mal war es so viel mehr gewesen. Auch wenn ich noch vorsichtig war und den Begriff *Liebe machen* nicht klar aussprechen wollte, so hatte es sich genau danach angefühlt.

Als er sich aus mir zurückzog, verspürte ich Leere. Aramis rollte sich neben mich und atmete immer noch schwer, ebenso wie ich.

»Das war wunderschön«, äußerte ich mich leise, nachdem ich endlich wieder zu Atem gekommen war.

»Ja, das war es. Fuck, du hast alles aus mir herausgeholt. Deine Beckenbodenmuskeln sind der Wahnsinn.«

Seine Worte entlockten mir ein Schmunzeln. Das war nicht gerade *das* Top-Kompliment, das eine Frau hören wollte, aber ich wusste, was er mir damit sagen wollte.

»Bin gleich wieder da.«

Aramis verließ das Bett und lief ins Bad, vermutlich, um das Kondom zu entfernen. Kurz darauf kam er zurück und ich sah, dass ich recht hatte. Mit blanker Waffe lag er nun wieder neben mir, kuschelte sich an mich und übersäte mich mit Küssen.

»Eine Frau wie dich habe ich noch nie erlebt«, nuschelte er mir unter Küssen zu. *Das* war ein Kompliment, das mir mehr als gefiel! »Ich liebe alles an dir.«

»Das war mehr als nur Spaß, habe ich recht?«, fragte ich, unsicher und neugierig zugleich.

Aramis strich mir eine wilde Haarsträhne aus der Stirn. »Ja, das war es«, antwortete er und wirkte nachdenklich im Licht der aufgehenden Sonne, die durchs Fenster blinzelte. »Es war nicht besser als die beiden ersten Male, aber anders. Zumindest hat es sich anders angefühlt.«

»Inwiefern?«

»Keine Ahnung. Ich habe mich dir näher gefühlt. Weniger distanziert. Nicht so kopflastig. Trifft es das?«

Lächelnd nickte ich. »Ja, so habe ich es auch empfunden.«

»Besser oder schlechter?«, forderte er mich heraus.

»Besser. Weniger akrobatisch, aber besser!«

Aramis lächelte, hob einen Arm an, damit ich mich an ihn kuscheln konnte, und drückte meine Schulter. Seufzend bettete ich meinen Kopf auf seine Brust.

»Was machen wir jetzt?«, wollte er wissen.

»Noch ein wenig pennen?«, sagte ich lachend.

»Ich meinte danach.«

»Es wäre nett, wenn du mich nach Hause fahren würdest.«

»Schon? Kein Frühstück?«

»Ich muss dringend duschen.«

»Vielleicht ist es dir noch nicht aufgefallen, aber ich besitze ein Bad.«

»Ja, ich weiß. Aber ich habe keine frischen Kleider mit. Meine Zähne wollen auch gründlich geputzt werden.«

»Ich kann dir eine Zahnbürste geben. Ein paar habe ich immer auf Vorrat. Und eine Unterhose musst du nicht zwingend anziehen«, flachste er.

Verflucht, wie sollte ich aus der Nummer wieder rauskommen?

»Das ist lieb und irgendwann werde ich dein Angebot bestimmt annehmen, aber noch nicht heute.«

»Warum nicht?«, setzte er nach. »Ich will dich noch ein wenig bei mir haben.« Seinen Worten folgten zarte Küsse auf mein Haar, und fast wäre ich versucht gewesen, ihm nachzugeben.

»Noch nicht.«

»Dann sag mir, wieso.«

Tief atmete ich ein. »Ich will nicht darüber reden. Es ist mir peinlich.«

»Peinlich? Aber was könnte dir … Oh, ich glaube, ich weiß, was dich bedrückt. Oder sollte ich sagen *drückt*?«

»Aramis!«, kreischte ich.

Er stimmte ein lautes Lachen an. »Du willst mir nicht sagen, dass es dir peinlich ist, bei mir aufs Klo zu gehen, oder doch?«

»Doch, genau das ist es!«, antwortete ich und drückte verschämt mein Gesicht gegen seine Haut.

Sein Lachen wurde leiser, seine Streicheleinheiten setzte er fort. »Das ist total dumm, aber ich verstehe dich. Wir Männer sind da etwas schmerzfreier. Wenn du magst, fahre ich dich nach Hause, sobald wir ausgeschlafen haben.«

»Danke, das ist lieb.«

»So bin ich halt«, scherzte er.

Wir sparten uns weitere Worte und nach kurzer Zeit war ich wieder eingeschlafen. Erst gegen zehn wurde ich erneut wach.

Aramis hielt Wort und brachte mich kurz danach nach Hause. Mindy erwartete mich schon neugierig, doch das reichhaltige Essen vom Vorabend forderte seinen Tribut, weshalb sie sich noch ein wenig gedulden musste. Unter die Dusche ließ sie mich aber noch nicht steigen.

»Jetzt erzähl schon!«, drängte sie. »Ich platze hier vor Neugier!«

»Mach mir einen Kaffee, dann reden wir!«

So schnell war sie noch nie auf eine Forderung von mir eingegangen. Wie der Wind eilte sie in die Küche und brachte mir eine große Tasse voll von dem heißen Gebräu.

»Danke.«

»Gerne. Und?«

»Was soll ich sagen ...«

»Hat er sich entschuldigt?«

»Ja.«

»Habt ihr euch versöhnt?«

»Ja.«

»Mein Gott, Sarah! Lass dir doch nicht jedes einzelne Wort aus der Nase ziehen!«

Ein lautes Lachen entfloh mir. »Ist ja gut!«

Und dann erzählte ich ihr alles. Angefangen beim Rauswurf aus dem Alfredos bis hin zu dem peinlichen, aber witzigen Gespräch bezüglich meiner Morgentoilette.

Mindy klebte an meinen Lippen. Ihr Gesichtsausdruck wechselte zwischen Faszination, Amüsement und Verträumtheit hin und her.

»Das ist so toll«, merkte sie an, nachdem ich geendet hatte. »Ich bin wirklich froh, dass du über deinen Schatten gesprungen bist. Und jetzt?«

»Was meinst du mit *und jetzt*? Wir mögen uns. Und wir verstehen einander. Das ist doch ein guter Anfang.«

»Ja, das ist es. Dann seid ihr jetzt zusammen?«

Darüber musste ich erst einmal nachdenken. So genau hatten wir das nicht ausgesprochen.

»Ich weiß es nicht. Ich denke, wir haben beide Angst, das offen zu sagen. Es fühlt sich an, als ob es so wäre. Nur darüber explizit geredet haben wir nicht. Es ist alles ein wenig verrückt.«

»Verrückt ist gut«, meinte meine Cousine lächelnd.

»Ich kann es nur hoffen.«

21. Kapitel

Aramis

Fröhlich pfeifend befand ich mich am Montagmorgen gerade dabei, die Küchenschränke von Familie Bledsoe einzubauen, da spürte ich Gabriels heißen Atem in meinem Nacken.

»Heißes Wochenende gehabt?«, brummte er in mein Ohr.

Grinsend drehte ich mich zu ihm um. »Kann man wohl sagen.«

»Dann ist wieder alles in Ordnung zwischen dir und Sarah?«

»Yep. Ich denke schon. Sie hat Samstag bei mir übernachtet.«

Mit einem Rums fiel Gabriel der Hammer aus der Hand und schlug laut auf dem Boden auf. Entsetzt blickte ich hinab, doch zum Glück gab es keine Schäden an den Fliesen.

»Sie hat was getan?«, fragte er überrascht.

»Ja, du hast schon richtig gehört. Sarah hat bei mir geschlafen.«

Gabriel stellte sich ganz dicht vor mich und leuchtete mir mit einer Mini-Taschenlampe in die Augen. »Geht es dir gut?«

»Hör auf damit, du Spinner«, sagte ich lachend und schlug seine Hand weg. »Ich bin nicht krank!«

»Nein, scheinbar nicht. Trotzdem … Du hast noch nie eine Frau bei dir übernachten lassen.«

»Ja, ich weiß.«

»Sie muss wirklich etwas Besonderes für dich sein. Ich freue mich für dich, Kumpel.«

»Danke.«

»Was hast du mit Killer-Cat gemacht? Ausgesperrt?«

»Wollte ich. Aber Sarah hat ihn ins Schlafzimmer gelassen. Das Mistvieh scheint sie zu lieben. Chucky hat die halbe Nacht bei ihr gepennt.«

»Wie habt ihr Sex gemacht? Hast du Kratzspuren auf deinem Arsch?« Gabriel bekam einen Lachanfall. »Verflucht, ich hasse diese verdammte Katze. Oder vielmehr sie mich.«

»Chucky hasst jeden. Außer Sarah. Ich selbst bin ja eher nur geduldet, weil ich ihm die Dosen öffne. Aber Sarah hat bei ihm einen Stein im Brett. Wir haben den Sex in die Morgenstunden verlegt, als Mister Norris das Theater verlassen hatte.«

»Besser ist das. Dann seid ihr jetzt zusammen?«

»Gefühlt ja. Geredet haben wir noch nicht darüber.«

Gabriel schmunzelte. »Man muss auch nicht immer alles zerreden. Lass es einfach geschehen.«

»Ich versuche es, auch wenn ich ein wenig Angst davor habe. Dennoch denke ich, sie ist diese Angst wert. Das gibt mir ein gutes Gefühl.«

»So soll es sein. Wie geht es jetzt weiter mit euch?«

»Weiß ich noch nicht. Ich lasse alles auf mich zukommen. Der Winter ist bald vorbei, das Frühjahr naht mit großen Schritten. Mal schauen, was wir unternehmen werden. Wir lernen uns ja gerade erst kennen.«

»Geh doch mit ihr Eislaufen. Frauen stehen auf so einen romantischen Scheiß.«

»Du wirst lachen, daran habe ich auch schon gedacht. Steht die Eisbahn in Frenchtown noch?«

»Ich glaube, ja. Vor April bauen sie die nicht ab.«

»Dann habe ich ja ein Ziel.«

*

Da Sarah und ich beide arbeiten mussten, vergingen Montag und Dienstag, ohne dass wir uns zu Gesicht bekommen hätten. Ich Esel hatte sie immer noch nicht nach ihrer Telefonnummer gefragt, was ich am heutigen Mittwoch unbedingt nachholen wollte.

Ich wusste, sie wäre gegen siebzehn Uhr fertig mit ihrer Arbeit, darum wollte ich sie überraschen und abholen. Geduldig wartete ich auf dem Parkplatz, bis sie durch die Tür kam, dann stieg ich aus meinem Auto aus und ging ihr entgegen.

»Hey, heiße Frau«, rief ich ihr zu.

Überrascht blickte sie auf und zeigte ihr strahlendes Lächeln. »Aramis! Was machst du denn hier?«

Bevor ich antwortete, ging ich zu ihr, zog sie in meine Arme und küsste sie. Freudig ließ sie sich in meine Arme sinken.

»Ich habe dich vermisst«, erklärte ich. »Da wir letzten Sonntag nichts ausgemacht haben, wollte ich mal hören, was wir am Wochenende machen wollen. Willst du jetzt mit mir etwas Kleines essen gehen?«

»Ja, sehr gerne. Wo gehen wir hin?«

»Wo würdest du gerne hin?«

»Dennys«, kam es von ihr wie aus der Pistole geschossen. »Ich liebe ihre frittierten Shrimps.«

»Worauf warten wir dann noch. Komm, wir fahren mit Hunter. Ich bringe dich später wieder her, damit du Woodstock abholen kannst.«

Schon wenige Minuten später saßen wir am Tisch. Sarah bestellte, wie erwähnt, die Shrimps, ich selbst orderte einen Chili Dog.

»Wie war dein Tag?«, fragte ich zwischen zwei Bissen.

»Öde, wie immer. Todd, unser Juniorchef, lässt mich nichts machen, außer Anrufe entgegenzunehmen, Bestellungen einzutragen und die verdammte Masse Ablage wegzuräumen. Dabei bin ich Buchführerin. Diese stupide Büroarbeit langweilt mich.«

Ich musste grinsen. »Du findest Buchführung interessanter, als mit Menschen zu reden? Ich kann mir nichts Schlimmeres vorstellen, als mit Zahlen zu hantieren.«

»Zahlen sagen immer die Wahrheit. Sie sind leicht zu beherrschen. Menschen nicht.«

»Wenn du das so sagst, hört sich das sogar vernünftig an. Trotzdem. Ich baue lieber Dinge.«

Sarah blickte mich schwärmerisch an. »Das stell ich mir toll vor, mit seinen Händen Sachen zu erschaffen. Ich bekomme nicht mal einen Nagel gerade in die Wand. Erfüllt dich deine Arbeit?«

»Absolut.«

»Das freut mich für dich. Nicht viele können das von ihrem Job behaupten.«

»Und du? Hast du deinen Traumberuf?«

»Was heißt schon Traumberuf? Ich konnte immer gut mit Zahlen umgehen, da lag so ein Job nahe. Als Kind wollte ich immer Astronautin werden. Mit zwölf dann Meeresbiologin.«

»Warum hast du nicht daran festgehalten? Das Zeug dazu hast du bestimmt.«

Sarah lächelte gequält. »Soll ich ehrlich sein?«

»Sicher.«

»Nun, ich hätte weder in einen Raum- noch in einen Taucheranzug gepasst. Ich war als Kind schon mollig.«

»Ich glaube nicht, dass das nicht gegangen wäre, Süße. Du nimmst dein Gewicht viel zu ernst. Ist ja nicht so, als ob du vierhundert Pfund wiegen würdest. An dir ist einfach alles dran, was an eine Frau rangehört.«

»Ist das so?«, hakte sie nach. Ihre Mundwinkel zuckten, sodass ich ahnte, dass sie versuchte, ein Lächeln zu verbergen. »Hör zu«, fuhr sie fort. »Ich bin mit mir selbst ganz zufrieden. Aber ich weiß auch, welche Silhouette bevorzugt wird. Das ist okay so. Mich stört einfach dieses ganze Bodyshaming. Dabei ist es egal, weswegen man lästert. Die ist zu dünn, die ist zu dick. Er hat seine Figur nur, weil er Anabolika spritzt. Der ist zu fett, weil er zu faul ist, sich zu bewegen. Es kotzt mich manchmal an. Man besteht doch nicht nur aus Äußerlichkeiten.«

Natürlich hatte sie völlig recht. Es war schnurzpiepegal, wie man aussah. Irgendjemand fand immer einen Grund zu lästern.

»Bisher hatte ich immer Glück«, erwähnte ich dennoch meine Gedanken.

»Denkst du?«, sagte sie grinsend.

»Natürlich. Hast du etwas anderes gehört?«

»Todd hält dich für einen Schönling.«

Mir fiel fast die Gabel aus der Hand. »Wie bitte?«

»Mach dir nichts draus. Ich glaube, er hat sich etwas von mir erwartet, darum auch die Blumen jede Woche. Jetzt versucht er, dich schlecht zu machen.«

»Ich glaube, ich muss mal ein Wörtchen mit ihm reden«, meinte ich und drohte gespielt mit meinem Messer.

»Er ist nur enttäuscht und sieht seine Felle davonschwimmen. Nimm das nicht zu ernst.«

»Schönling«, zischte ich. »Das hört sich an wie Schnösel. Lackaffe.«

»Ja, ich glaube, das wollte er damit ausdrücken.«

»Du bist hoffentlich nicht der gleichen Meinung!«

Sarah gluckste ein offenes, herzliches Lachen. »Nein, natürlich nicht. Ich finde, du siehst gut aus. Männlich. Markant. Ich mag, was ich sehe.«

Zwinkernd sah sie mich an. Mir wurde bewusst, wie sehr mich diese Aussage eines Menschen, der mir nichts bedeutete, doch verletzt hatte, jedenfalls bis zu einem gewissen Grad. Es war das erste Mal, dass ich so etwas über mich hörte und verdammt, ich konnte nicht gut damit umgehen. Am liebsten wäre ich zum Holzhandel gefahren, um dem Kerl eine reinzuhauen.

»Tut weh, nicht wahr?«, fragte sie schließlich und ich nickte.

»Ein wenig schon. Sei ehrlich, musstest du oft unter Anfeindungen leiden?«

»Sehr oft. Es sind nicht nur die direkten Angriffe. Man merkt auch an dem Getuschel oder den Blicken der Menschen, dass sie sich über dich lustig machen. Das schmerzt noch viel mehr, denn du kannst dich nicht wehren. Man braucht schon ein dickes Fell.«

»Scheiße, das stelle ich mir furchtbar vor.«

»Man gewöhnt sich dran. Nur Menschen, die mir etwas bedeuten, können mich noch verletzen. Darum hatte ich ja auch solche Angst dir gegenüber. Aber ich vertraue dir jetzt.«

Hätte sie etwas Schöneres sagen können? Freudig verschlang ich den letzten Rest meines Chili Dogs, legte mein Besteck ab und schaute Sarah an.

»Noch ein Stück Erdbeerkäsekuchen?«

»Worauf du einen lassen kannst!«

Wir gönnten uns den Nachtisch, dann folgte meine Einladung.

»Hättest du Lust, am Samstag mit mir Eislaufen zu gehen?«, fragte ich unverfänglich.

»Hast du keine Angst, dass ich auf dich drauf fallen könnte? Oder dass ich das Eis kaputt mache?«

»Du bist so doof, weißt du das? Natürlich nicht!«, empörte ich mich.

Als sie lachte, wurde mir sofort klar, dass sie nur einen Scherz gemacht hatte.

»Hör auf, immer alles für bare Münze zu nehmen, wenn ich mit dir rede, Aramis. Ich kann damit umgehen. Nichts muss dir an meiner Stelle für mich peinlich sein, verstanden? Und nein. Ich werde nicht mit dir Eislaufen gehen. Ich hasse das. Es ist kalt, es ist langweilig, solange du kein Könner bist, und es ist alles andere als romantisch. Außerdem müsste ich mir dort Schlittschuhe leihen und auf Fußpilz habe ich so gar keinen Bock.«

Das war direkt!

»Na schön. Schlag etwas anderes vor. Was wäre für dich denn romantisch?«

Sarah kräuselte ihr süßes Näschen. »Ich weiß nicht. Ich bin kein Typ dafür. Ich mag Spaziergänge im Wald. Fällt das in die Kategorie Romantik?«

»Mit dem richtigen Kerl an deiner Seite bestimmt.«

»Du meinst, ich sollte Todd fragen?«

»Oh, du Luder!«, schimpfte ich lachend. »Das meinst du nicht ernst!«

»Natürlich nicht. Ich hätte bei ihm viel zu viel Angst, dass sein Toupet wegfliegen könnte.«

»Machst du dich gerade über deinen Chef lustig?«

»Ein wenig. Weißt du, ich habe ihn mal ohne das Ding gesehen, da sah er ganz passabel aus. Mit dem Teppich auf dem Kopf wirkt er ein wenig lächerlich. Er sollte zu seiner Glatze stehen.«

»Da hast du womöglich recht. Man sollte nichts aus sich machen, das man nicht ist. Ein Vorschlag! In der Nähe gibt es einen Wildpark. Wir fahren am Samstag hin, gehen ein wenig spazieren, füttern die Waschbären und abends koche ich etwas Leckeres für uns.«

»Du willst für mich kochen?«

»Na klar, warum nicht?«

Sarah lächelte und sie wirkte glücklich auf mich. »Weißt du, das ist das Romantischste, das ich mir vorstellen kann. Ich bin dabei!«

22. Kapitel

Sarah

Ich freute mich wahnsinnig auf den Spaziergang mit Aramis. Um fünfzehn Uhr wollte er mich abholen, doch schon eine Stunde früher saß ich abfahrbereit in meiner Wohnung. Bei Mindy hatte ich mich vorsichtshalber abgemeldet, da ich nicht wusste, wo ich übernachten würde. Dieses Mal war ich jedoch besser vorbereitet. Meine überdimensionale Handtasche musste dafür herhalten, damit Aramis nicht zu offensichtlich erkennen würde, dass ich gerne wieder bei ihm schlafen wollte. Würde er mich nach Hause bringen, müsste es mir nicht peinlich sein, dass ich extra für eine Nacht bei ihm gepackt hatte. Aufgeregt wartete ich auf sein Klingeln. Als es endlich ertönte, fuhr ich mit einem kleinen Schrei in die Höhe. Mindy lachte sich kaputt.

»Himmel, du bist ja nervös wie ein Teenager«, frotzelte sie und sie hatte gar nicht mal so unrecht.

»Ja, ich bin nervös, dabei weiß ich nicht mal, warum. Sollte es nicht besser werden, wenn man schon einiges zusammen *erlebt* hat? Ich habe das Gefühl, es wird von Mal zu Mal schlimmer. Und ja, mit erlebt meinte ich Sex. Und dass ich schon bei ihm geschlafen habe. Und dass wir ...«

»Sarah? Hau ab!« Mindy unterbrach meinen Wortschwall und grinste mich an.

»Ist ja gut, ich geh ja schon«, grummelte ich aufgeregt, schnappte meine Tasche, rannte die Treppen hinunter und öffnete. »Hey!«, säuselte ich. Hörte sich das bescheuert an? Ja, verdammt, das tat es!

Fuck, du bist neunundzwanzig Jahre alt, jetzt benimm dich auch mal so, sprach ich im Geiste mit mir selbst.

Aber wie sollte ich mich erwachsen benehmen, wenn der Mann, der da vor mir stand, so heiß aussah in seinen tiefsitzenden Jeans, den Boots, der Mütze und der dicken Lederjacke.

»Hey. Bist du bereit?«

»Ich hab extra meine alte Hose und meine flachen Stiefel angezogen, falls es matschig wird, also ja, ich bin bereit!«

Was redete ich denn da, um Gottes willen? Das wurde ja immer schlimmer!

»Eine praktische Frau, das gefällt mir«, antwortete Aramis zu allem Überfluss auch noch, wobei ein unterschwelliges Knurren in seiner Stimme lag.

Wir wollten doch nur spazieren gehen, dabei war ich jetzt schon ganz wuschig. Das konnte ja noch was werden!

»Komm, Hunter wartet schon darauf, dass du deinen geilen Hintern in seine Polster drückst.«

Aramis nahm meine Hand, brachte mich zu seinem Camaro und öffnete mir die Tür.

»Ma'am.« Er deutete ins Auto und zwinkerte mir zu. Er war eindeutig in Flirtlaune und ich stand in Flammen.

Schnell setzte ich mich hinein, verstaute mühsam meine Tasche im Fußraum und schnallte mich an.

Aramis glitt lässig hinters Steuer und schaute mich an. »Ich fahre nicht los, bevor ich einen Kuss von dir bekommen habe.«

»Den wirst du dir nehmen müssen, denn ich bin schon angeschnallt«, antwortete ich und spürte die Hitze, die sich aufgrund seiner Worte in mir ausbreitete.

Lächelnd beugte er sich zu mir herüber, legte eine Hand auf meine Wange und hauchte einen Kuss auf meine Lippen. Scheiße, war das sexy! Vor allem der vielsagende Blick seiner Augen!

»Fahr jetzt lieber«, krächzte ich heiser. »Ich garantiere sonst für nichts mehr und dein Hunter ist nicht mein Van!«

Grinsend schloss er seine Tür, startete den Motor und fuhr los. Etwa zwanzig Minuten später erreichten wir besagten Wildpark. Wie ein Gentleman half mir Aramis aus dem Wagen und nahm meine Hand.

»Ich hoffe, du hast genügend Quarter dabei«, meinte er.

»Wieso?«

»Du kannst an einem Automaten Pellets kaufen, um die Waschbären zu füttern, und glaub mir, sie haben immer Hunger.«

Gemütlich trabten wir zum Eingang, kauften unsere Eintrittskarten sowie ein paar Päckchen Futter für die Ziegen und durchschritten das Drehkreuz, das in den Park führte. Wir begaben uns auf den Rundweg, und als wir unter den dichten Tannen wanderten, die den Weg säumten, atmete ich tief ein. Man konnte das Frühjahr schon riechen! Die Sonne lachte und schien der eisigen Kälte des Winters den Kampf angesagt zu haben. Natürlich wehte immer noch ein frischer Wind, aber er fühlte sich nicht mehr so schneidend an wie bisher.

»Da sind die Ziegen!«, jubelte ich und eilte auf das weitläufige, eingezäunte Gelände zu.

Noch immer waren Teile des Areals mit Schnee bedeckt, aber hier und da schimmerte es schon grün. Futter fanden die Kleinen dennoch genügend. Es gab nicht nur einen Stall für sie, der Schutz bot, sondern auch einen Unterstand, wo Heuraufen und Futtertröge standen. Ganz davon abgesehen, kamen sie in Scharen angerannt, denn sie wussten, Besucher bedeuteten Futter.

Ich nahm ein Beutelchen hervor, legte ein paar Körner auf meine Hand und schob sie durch den Zaun. Sofort schnappten hungrige – oder besser gesagt gierige – Zungen danach.

»Igitt, ist das eklig«, sagte Aramis lachend.

Er bevorzugte es, die Körner über den Zaun zu werfen, was ebenfalls angenommen wurde.

»Das kitzelt«, sagte ich kichernd.

»Wenn du so weitermachst, sind die Beutel in zehn Sekunden alle. Heb dir noch etwas für die Wildschweine auf.«

»Es gibt Wildschweine hier?«

»Ja«, sagte er gedehnt.

»Worauf warten wir dann noch? Wiedersehen, ihr Ziegen!«

Die Tiere folgten uns noch eine Weile ein Stück des Weges entlang, aber als sie merkten, dass es nichts mehr für sie gab, wandten sie sich meckernd der Familie zu, die hinter uns herannahte.

Wir passierten auf unserem Weg jede Menge Rotwild, das uns kaum beachtete, kamen an Vogelvolieren vorbei und landeten schließlich bei den Wildschweinen, die faul in der Sonne lagen. Nur ein paar Frischlinge hüpften munter umher.

»Sind die süß«, merkte ich an und drückte mich fest an meinen Begleiter.

»Ja, das sind sie. Dem Keiler da drüben würde ich aber nicht im Wald begegnen wollen. Schau dir die mächtigen Hauer an.«

»Ich hätte mehr Angst vor den Bachen«, gestand ich. »Sie würden ihre Jungen bis auf den Tod verteidigen.«

»Einigen wir uns darauf, dass uns beides nicht gut bekommen würde?«

»Na klar.«

Lächelnd setzten wir unseren Weg fort und kamen endlich zu den Waschbären. Ein Schild erklärte uns, dass die meisten als Findeltiere hergekommen waren oder aus Privathaushalten stammten, wo sie definitiv nicht hingehörten, so süß sie auch waren. Auch sie lagen faul herum, doch als Aramis den Drehknauf am Futterautomaten bediente, waren sie hellwach. Sofort kamen sie an die kleine Mauer, um zu betteln.

»Hier«, sagte er und reichte mir ein paar Pellets. »Wirf es ihnen zu und komm ihnen nicht zu nahe mit deiner Hand. Sie können übel beißen.«

»Ich passe auf. Danke für die Warnung.«

Auf den Hinterbeinchen und mit bettelnden Händen reckten die kleinen Gauner sich uns entgegen. Ich ließ die Pellets einzeln fallen, die sie geschickt auffingen und verspeisten.

»Werden die nicht zu dick, wenn jeder hier sie füttert?«

»Nein. Es kommt nur eine bestimmte Futtermenge in den Automaten. Wenn die verbraucht ist, gibt es nichts mehr.«

»Das macht Sinn. Clever. Ich bin erstaunt, dass du das alles weißt.«

»Meine Eltern kamen oft mit mir her, als ich noch klein war. Es war immer ein Abenteuer für mich.«

»Oh, das ist bestimmt schon fünfzig Jahre her, nicht wahr?«, ärgerte ich ihn.

»Noch so einen Spruch und ich werfe dich zu den Wildschweinen ins Gehege!«, empörte er sich lachend. »Komm, lass uns weitergehen.«

Fast zwei Stunden spazierten wir durch den Wald, machten ab und zu halt, um uns die Tiere anzusehen, und genossen zwischendurch die Einsamkeit der Wälder. Immer wieder blieben wir stehen, umarmten und küssten uns, sodass mir von Minute zu Minute bewusster wurde, dass ich nun einen Freund hatte. Einen besonders heißen Freund noch dazu.

»Aramis?«

»Hmh?«

»Ach nichts, es ist nur … danke für diesen wundervollen Ausflug.«

Er zog mich in seine Arme und küsste meine Stirn. »Ich freue mich, dass es dir hier gefällt. Du siehst glücklich aus.«

»Das bin ich auch, aber das hat weniger mit dem Park hier zu tun als mit dir.«

Lächelnd neigte er seinen Kopf und küsste mich, dieses Mal auf den Mund. Leidenschaftlich spielten unsere Zungen miteinander, was mir ein leises Stöhnen entlockte.

»Nehmt euch ein Zimmer«, schrie plötzlich jemand. »Hier laufen Kinder herum!«

Kichernd löste ich mich von Aramis und sah, dass es der Familienvater war, der geschrien hatte.

»Ich würde jetzt gerne Antwort geben«, meinte Aramis, »aber ich verkneife es mir. Komm, gehen wir.«

Eilig begaben wir uns zum Ausgang, denn mittlerweile hatte der Wind aufgefrischt und es war merklich kühler geworden. Bevor wir den Park verließen, verstreuten wir den Ziegen noch unser letztes Futter, dann gingen wir lachend zum Auto.

»Ich hoffe, du hast Hunger, Sarah.«

»Und wie. Mein Magen hängt schon in den Kniekehlen. Was kochst du uns denn Leckeres?«

Aramis stöhnte. »Musstest du das fragen?«

Verwundert blickte ich zu ihm hinüber. »Hätte ich nicht sollen?«

»Wie soll ich sagen … Ich bin ein miserabler Koch. Noch schlimmer als miserabel. Ich habe all das eingekauft, was irgendwie appetitlich ausgesehen hat und hoffe, wenn ich davon einiges zusammenwerfe, wird es schon schmecken. Wenn du mich aber fragst, was es werden wird, dann kann ich dir das nicht beantworten.«

Sein Geständnis war witzig, aber auch süß. Da hatte sich wohl jemand ein bisschen weit aus dem Fenster gelehnt, aber dass er es versuchen wollte – mir zuliebe – ließ mein Herz schon wieder schneller schlagen.

»Ich werde es lieben«, sagte ich liebevoll und er dankte mir mit einem sanften Blick.

Bei ihm zu Hause zogen wir im Flur zuerst die Schuhe aus, die voller Matsch waren.

»Shit, ich stinke nach Ziege«, jammerte ich. »Ich sollte vor dem Essen zuerst duschen.«

Aramis half mir aus der Jacke. »Das ist eine fantastische Idee. Hättest du etwas dagegen, wenn ich mitkomme?«

Hilfe! Mein Gesicht wurde heiß und rot wie eine Tomate. Ich hatte schon Angst überzukochen.

»Du willst mit mir zusammen unter die Dusche?«, hakte ich nach, um mir sicher sein zu können, dass er das wirklich gefragt hatte.

»Ja, das will ich«, brummte er, zog mich zu sich und verteilte diese gemeinen kleinen Knabberküsse auf meinem Hals, die mich sofort auf Touren brachten.

»Ich bin schon auf dem Weg«, stöhnte ich und zog ihn hinter mir her.

Kaum waren wir im Bad angekommen, flogen unsere Kleider wild durch die Gegend. Seltsam. Bei Aramis hatte ich jegliches Schamgefühl verloren, das mich wegen meiner Pfunde sonst immer quälte. Ich wusste, er mochte mich genau so, wie ich bin, darum machte es mir nichts aus, mich nackt zu zeigen.

»Du zuerst«, bat er, also hüpfte ich unter den warmen Wasserstrahl.

Aramis folgte umgehend und schloss die Tür. Es war etwas eng, aber da wir eh aneinanderklebten, machte es nicht viel aus.

»Willst du von meinem Duschgel?«, fragte er keuchend zwischen zwei Küssen.

»Ja, aber nur, wenn du mich einseifst.«

Er griff nach dem Gel und spritzte etwas davon zwischen meine Brüste, was ihm dieses jungenhafte Lächeln ins Gesicht zauberte.

»Wenn ich hier anfangen darf.«

»Tu dir keinen Zwang an.«

Er begann damit, mich von oben bis unten einzuschäumen, doch da ich direkt unter dem Wasserstrahl stand, verflüssigte der Schaum sich sofort.

»So macht das keinen Spaß«, knurrte er, obwohl ich genau erkennen konnte, wie erregt er bereits war. »Lass uns den Platz tauschen!«

»Okay«, antwortete ich und wollte mich an ihm vorbeischieben, wodurch mein Hintern die kalten Fliesen berührte. »Huch!«, kreischte ich kurz und spitz auf.

»Warte, ich schlängele mich an dir vorbei!«

»Fall bloß nicht hin!«, warnte ich ihn.

Auf eine lustige Art und Weise arteten unsere Bemühungen in ein Zieh-mich-drück-mich Spiel aus. Das alles sah so albern aus, dass ich lachen musste.

»Hör auf zu lachen, ich muss mich konzentrieren«, beschwerte er sich noch, da rutschte er mit einem Fuß aus und ging leicht in die Knie. Weit rutschen konnte er jedoch nicht, darum schrammte er mit seinem Gesicht über meinen Bauch. »Scheiße, jetzt habe ich Seife im Auge!«, fluchte er, da konnte ich nicht mehr.

Ich bekam einen Lachanfall und konnte nicht mehr aufhören. Aramis hingegen fand das gar nicht lustig.

»Das kann doch alles nicht wahr sein! Wie machen andere das? Sex unter der Dusche halte ich für ein Gerücht! Das ist ja lebensgefährlich!«

Normalerweise hätte ich ihm helfen müssen, aber ich schüttelte mich vor Lachen und musste selbst aufpassen, nicht hinzufallen. Schließlich schaffte er es, wieder aufzustehen.

»Sei mir nicht böse, Süße, aber so wird das nichts. Vor allem hat mein Schwanz sich gerade in eine Wünschelrute verwandelt. Er zeigt nach unten auf den Abfluss. Ich geh raus und warte, bis du fertig bist.«

Brummelig stolperte er nach draußen und um ihn nicht noch wütender zu machen, unterdrückte ich mein Lachen. Ich nahm mir etwas von dem Duschgel und seifte mich selbst ein.

»Soll ich dir Bericht erstatten, wo meine Hände sich gerade befinden?«, ärgerte ich ihn dennoch.

Zurück kam nur ein unverständliches Fluchen, daher beeilte ich mich. Doch als ich das Wasser abgestellt hatte und die Tür öffnete, da stand er mit einem großen, flauschigen Handtuch vor mir und hüllte mich darin ein.

»Tut mir leid«, entschuldigte er sich.

Ich wiegelte ab. »Ist doch nichts passiert.«

»Das ist es ja«, antwortete er und konnte jetzt selbst lachen. »Ich bin gleich wieder bei dir. Und den Sex verlegen wir nur, klar?«

»Klar.«

23. Kapitel

Aramis

So etwas Peinliches war mir ja noch nie passiert! Ich schämte mich für meine eigene Dämlichkeit und konnte nur froh sein, dass Sarah die Situation mit Humor genommen hatte. Ändern konnte ich sie sowieso nicht mehr, aber ich wusste, dass ich das nächste Mal die Badewanne vorziehen würde!

Während ich meine Dusche genoss, zog sie sich im Bad an und sang fröhlich dabei. Lächelnd staunte ich wieder über die Frohnatur, die sie nun mal war, und schätzte mich glücklich, so eine tolle Freundin an meiner Seite zu wissen. Hoffentlich verging ihr der Humor nicht, wenn ich gleich kochen würde.

Sarah war schon weg, als ich aus der Dusche stieg, ebenso ihre Kleider. Meine eigenen hatte sie schön säuberlich gefaltet auf den Toilettensitz gelegt. Mit ihnen auf dem Arm ging ich ins Schlafzimmer, zog mir frische Shorts und Socken an, verzichtete aber auf die Jeans. Stattdessen schlüpfte ich in eine bequeme Jogginghose und zog einen Sweater an. Wenigstens duftete ich jetzt gut.

Ich suchte meine heiße Frau und fand sie, am Küchentisch sitzend, über mein Automagazin gebeugt. Etwas an ihr war anders und ich bemerkte schnell, was es war. Auch sie trug eine bequeme Jogginghose mit Sweater. Die Frage war nur, wo die Sachen herkamen.

»Du hast dich ja umgezogen«, rief ich in den Raum, da bemerkte sie mich erst und schaute hoch.

»Ja. Dieses Mal bin ich besser vorbereitet.«

»Wo hattest du die Sachen versteckt?«

»In meiner Handtasche.«

»Mary Poppins Style, hmh?«, witzelte ich.

»So in etwa.«

»Okay«, seufzte ich und klatschte laut in die Hände. »Dann wollen wir mal kochen.«

»Ich helfe dir.«

»Das ist lieb, aber nicht nötig.«

»Stell dich nicht so an, Macho. Ich mach das gerne. Leg mal auf den Tisch, was du so hast.«

Ich schlich mich hinter sie, umfasste ihre Schultern und flüsterte in ihr Ohr: »Das könnte ich machen, aber dann werden wir heute garantiert nicht mehr kochen.«

Meine Hand schob sich durch den Kragen unter ihren Pulli, fand ihre Brüste und begann damit, ihre Nippel zu streicheln. Stöhnend legte sie ihren Kopf zurück gegen meinen Bauch und genoss meine Verwöhneinheiten. Sarah machte keinerlei Anstalten, mich davon abzuhalten. Im Gegenteil.

»Kochen wird überbewertet. Wir könnten Pizza bestellen.«

Ihre Worte vernebelten mir alle Sinne, da rutschte ich schon wieder aus, diesmal allerdings verbal. »Fuck, ich liebe dich!«, raunte ich in ihr Ohr, doch ich erschrak weniger darüber, als ich zunächst vermutet hatte, denn es fühlte sich so richtig, so wahr an. »Zieh dich aus und leg dich auf den Tisch. Du bist meine Vorspeise!«

Eine halbe Stunde später lagen wir dicht aneinandergekuschelt und entspannt auf der Couch. Der Sex mit Sarah war unglaublich gewesen.

»Das war heftig«, sagte ich leise zu ihr, denn ich hatte sie richtig rangenommen.

»Das war es. Und ich bin dankbar, dass du so stabile Möbel besitzt.«

»Jetzt haben wir uns die Pizza wahrhaftig verdient. Welche willst du?«

Sarah blätterte in der Karte des Lieferservices. »Die Supreme hört sich gut an. Oder die Texas BBQ. Welche nimmst du?«

»Nehmen wir beide und teilen sie auf.«

»Gute Idee!«

Ich bestellte per Telefon und spielte danach etwas Musik ab.

»Bleibst du hier heute Nacht? Dann bekomme ich vielleicht auch noch einen Nachtisch.«

»Wenn du mich hier haben willst, nichts lieber als das.«

»Natürlich will ich, dass du bleibst. Schließlich haben wir uns die ganze Woche kaum gesehen.«

Sarah setzte sich ein wenig auf und entfloh meiner Umarmung. »Ich habe dich auch vermisst. Und da du es erwähnst … ich fliege in etwas über einer Woche nach Hause zu meinen Eltern. Das mache ich jedes Jahr zum ersten April, und nein, das ist kein Scherz. Meine Brüder kommen dann auch. Wir machen das immer um diese Zeit, doch in diesem Jahr bin ich hin- und hergerissen. Natürlich will ich sie alle sehen, aber noch lieber würde ich hier bei dir bleiben.«

Bei dem Geständnis musste ich schlucken. »Wie lange wirst du weg sein?«

»Am Freitag fliege ich hin und bleibe etwas über eine Woche. Sonntags bin ich wieder zurück. Ich freue mich auf sie, aber verdammt, ich will dich nicht hier zurücklassen.«

»Über eine Woche. Das wird sich wie eine Ewigkeit für mich anfühlen.«

»Es ist Tradition bei uns. Da wir über sämtliche Staaten verteilt sind, sehen wir uns kaum. Meine Eltern verstehen, dass wir nicht mehr jeden Tag um sie herum sein können, darum ist es ihnen so wichtig, dass wir einmal im Jahr alle zusammenkommen. Neben Weihnachten natürlich.«

»Das kann ich verstehen. Mist, da fangen wir gerade erst an, uns richtig kennenzulernen, schon verlässt du mich wieder.«

»Ich komme ja wieder«, versuchte sie, mich zu trösten, doch viel Glück hatte sie nicht damit.

Ich war wirklich enttäuscht, denn ich wusste, sie würde mir wahnsinnig fehlen.

»Über eine Woche! Wie soll ich das aushalten ohne dich?«, fragte ich voller Ernst. »Ich frage mich, wieso ich es überhaupt so lange ohne dich ausgehalten habe. Scheiße, du wirst mir fehlen.«

Ich zog sie zurück in meine Arme und hielt sie so fest, als ob ich sie nie wieder loslassen wollte. Sarah schnurrte an meiner Brust wie ein Kätzchen.

»Komm doch einfach mit.«

»Ich glaube, ich habe mich verhört. Hast du mich gerade gefragt, ob ich mitkommen will?«

»Ja.«

»Zu deinen Eltern?«

»Natürlich! Wieso denn nicht? Sie würden sich bestimmt freuen, dich kennenzulernen.«

Machte mir die Situation gerade ein wenig Angst? Oh ja! Aber die Vorstellung, mit Sarah zusammen zu sein, relativierte das Ganze.

»Meine Brüder wären bestimmt auch froh, dich zu sehen.«

»Brüder? Von wie vielen reden wir hier?«

»Sechs«, antwortete sie lachend. »John kennst du ja schon.«

Verlegen räusperte ich mich. »Ja, leider. Ich meine, ich habe bei ihm bestimmt keinen guten Eindruck hinterlassen. Hoffentlich ist sein Veilchen wieder verheilt.« Natürlich war das mein erster Gedanke, doch dann … »Moment mal! Du hast sechs Brüder?«

»Ja. Alle älter als ich. Ist das ein Problem?«

»Fuck, deine arme Mutter. Nein, es ist kein Problem. Sechs? Ernsthaft?«

Sarah lachte. »Ja, sechs. Du wirst sie lieben! Komm doch einfach mit! Bitte, bitte, bitte!«

Wie konnte ich ihr das abschlagen, wenn ihre blauen Augen mich so flehend anschauten?

»Ich müsste zuerst mit Cody reden, ob ich Urlaub machen darf.«

»Heißt das, du willst es versuchen?«, hakte sie unsicher nach.

»Ja. Wieso eigentlich nicht? Wenn du mir jetzt noch sagst, wohin die Reise gehen wird.«

»Nach Iowa.«

»Iowa? Ich dachte, über den Staat fliegt man nur drüber. Dort wohnen wirklich Menschen?«

Sarah atmete tief ein und kniff mich in den Arm. »Aramis! Sei nicht so gemein!«

Ich musste laut lachen. »Zu dir? Niemals! Komm her, du Verrückte. Besuchen wir deine Familie!«

Nach einem wunderbaren Wochenende mit Sarah und einer Nacht voller Grübeleien, stürmte ich am Montagmorgen in die Firma und suchte meinen Freund Gabriel.

»Gabe?«, schrie ich durch die Halle.

»Ich bin hier hinten im Lager!«

Eilig lief ich zu ihm. Gabe stellte seine Kaffeetasse ab und blickte mich an.

»Was ist mit dir? Du siehst aus, als wäre der Teufel hinter dir her.«

»So ähnlich fühle ich mich auch«, bekannte ich. »Gabe, Sarah hat mich eingeladen, mit ihr eine Woche bei ihren Eltern zu verbringen.«

»Und?«

»Halte mich davon ab!«, kreischte ich beinahe.

Gabe lachte. »Warum? Was ist so schlimm daran?«

Wo sollte ich nur anfangen?

»Ich habe eine Scheißangst! Du kennst mich doch. Ich bin zu impulsiv. Ich habe Schiss, etwas Dummes zu machen. Außerdem habe ich ihren Bruder geschlagen. Sie werden mich hassen. Als ob das nicht genug wäre, hat Sarah auch noch fünf weitere Brüder, kannst du dir das vorstellen?«

»Wow! Sechs Brüder?«

»Ja. Ich bin so was von geliefert! Wieso habe ich ihr bloß zugesagt? Jetzt kann ich nur noch hoffen, dass Cody mir den Urlaub verweigert.«

»Ich kann dir mal deinen Orgasmus verweigern, falls du auf so etwas stehst!«

Oh nein! Cody war da und hatte alles mitbekommen. Das hatte mir gerade noch gefehlt!

»Guten Morgen, Boss«, grüßte Gabe. »Wie immer tauchst du im passenden Moment auf.«

»Ich habe einen Riecher für solche Dinge.« Cody grinste und gesellte sich zu uns. Er legte einen Arm um meine Schultern. »Wie sieht es aus, Reed? Soll ich den Dom für dich geben?«

Mit Lichtgeschwindigkeit drehte ich mich von ihm weg. »Fuck, hör auf, mir solche Bilder in den Kopf zu pflanzen! Da ziehen meine Eier sich in die Bauchhöhle zurück und ich werde umgehend impotent! Lass den Scheiß!«

Gabriel kringelte sich vor Lachen und auch Cody prustete los. Alberne, kindische Idioten!

»Ist ja gut. Aber jetzt mal im Ernst, was ist los?«

Ich erklärte ihm die Sache auch noch mal und konnte nur hoffen, dass er Verständnis für meine Situation hatte, aber da kannte ich Cody schlecht.

»Ein Antrittsbesuch bei den zukünftigen Schwiegereltern? Die Aussicht, dass dir sechs wütende Brüder den Arsch aufreißen? Das will ich sehen! Dein Urlaub ist genehmigt!«

»Nein!«

»Doch!«

»Cody, bitte!«

»Warte! Das schreit nach feiern!«

Kopfschüttelnd sah ich ihm dabei zu, wie er ins Büro verschwand. Mein Blick legte sich auf Gabe, der jedoch nur mit den Schultern zuckte. Dann kam Cody mit drei Flaschen alkoholfreiem Bier in der Hand zurück.

»Hier. Hat zwar keine Umdrehungen, aber für Montagmorgen muss das reichen.«

»Wozu?«, fragte ich nervös und nahm eine Flasche an mich.

»Ach, Männer«, sagte Cody seufzend. »Haben wir in den letzten Jahren nicht ganz schön viel Scheiße durch-

gemacht wegen der Weiber? Denkt mal an Tyler zurück. Was hatte er alles ertragen müssen für Shelby.
Dann Darren. Der wäre beinahe in diesem Sumpf des
Zirkels untergegangen. Dann du, Gabe. Fast hättest du
deinen Traum aufgegeben, mit Jinx glücklich zu werden, nur, um ihr den ihren zu ermöglichen. Und nicht
zuletzt ich selbst. Ich wäre damals fast gestorben, als
Lilly im Koma lag.«

»Wir hatten alle unsere inneren Kämpfe auszutra-
gen«, bestätigte Gabriel nachdenklich.

»Ja, das hatten wir«, fuhr Cody fort. »Doch wir sind
daran gewachsen. Und ich kann sagen, Lilly war jede
Anstrengung wert. Heute bin ich glücklich.«

»Komm auf den Punkt«, drängte ich.

»Aramis, du hast eine tolle Frau an deiner Seite. Das
alles lief ohne große Probleme ab. Ihr beide habt keine
Altlasten, die ihr mitschleppen müsst. Was kann schon
schlimmstenfalls passieren? Dass ihre Familie dich
nicht mag? Scheiß drauf. Aus Erfahrung kann ich dir
sagen, es gibt Schlimmeres. Sei ein Mann und bring es
hinter dich. Besser jetzt gleich, als dass du noch ewig
auf eine Begegnung warten musst, denn es wird immer
in deinem Hinterkopf bleiben.«

»Cody hat recht«, pflichtete Gabe ihm bei. »Sarah
liebt dich und alles andere ist egal. Zieh es durch!«

So langsam musste ich mir eingestehen, dass die beiden recht hatten. Was konnte schon passieren?

»Na schön. Dann fliege ich mal nach Iowa. Cheers.«

»Cheers!«, antworteten beide, stießen mit mir an und
grinsten mir zu.

»Ich hasse euch!«

24. Kapitel

Sarah

Glücklich starrte ich auf das Telefon auf meinem Schreibtisch. Ich hätte Luftsprünge machen können, denn Aramis hatte gerade angerufen, um mir mitzuteilen, dass er mich begleiten würde. Ich freute mich so sehr darauf, ein paar Tage mit ihm verbringen zu dürfen, und das von morgens bis abends. Die Nächte nicht zu vergessen!

»Wieso strahlst du so am frühen Morgen?«, fragte Todd, der gerade hereinkam.

»Ich freue mich auf den Urlaub. Am Freitagabend geht es los. Ich kann es kaum erwarten, meine Familie wiederzusehen.«

»Stimmt ja! Du hast ja eine Woche frei. Du wirst mir fehlen.«

Dazu konnte ich nichts sagen, darum lächelte ich ihm nur zu.

»Wirst du mich denn auch vermissen?«, fragte er zwinkernd und setzte sich auf meinen Schreibtisch.

Ich hätte es als Spaß abtun können, aber dann tat er etwas, womit ich nicht gerechnet hatte. Er strich mir eine Strähne aus dem Gesicht hinters Ohr und streichelte sanft über meine Wange, was mir sehr unangenehm war. Wie sollte ich diese Geste nun deuten? War es nur liebevoll gemeint? War es ein Annäherungsversuch? Von einer Sekunde zur anderen fühlte ich mich unwohl. Wie sollte ich darauf reagieren? Ich wollte nicht, dass er mich so berührte. Aber vielleicht hatte ich das alles missverstanden. Als Zicke wollte ich auch nicht dastehen …

»Todd, bitte, ich ...«, stammelte ich.

»Was denn? Du musst dich nicht verstecken. Ich weiß doch, wie sehr du mich immer anlächelst, wenn ich hier reinkomme. Da ist etwas zwischen uns.«

Gerade wusste ich nicht, ob ich laut lachen oder lieber weinen sollte.

»Todd, ich lächele jeden an. Das nennt sich Freundlichkeit. Ich habe einen Freund und es wäre mir lieb, wenn du diese Dinge lassen könntest.«

»Du hast einen Freund? Doch nicht etwa diesen Schönling aus McGees Werkstatt?«

»Sein Name ist Aramis Reed und nicht Schönling, verstanden?«

Todd sprang auf und lief vor meinem Schreibtisch hin und her, die Finger einer Hand fragend ans Kinn gelegt.

»Fährt er mit dir in Urlaub?«

»Ja.«

Ich stand auf, um ein paar Akten einzusortieren in der Hoffnung, er würde merken, dass ich beschäftigt war, aber weit gefehlt. Todd folgte mir zum Aktenschrank.

»Dann kann ich dich nicht fahren lassen. Betrachte deinen Urlaub als gestrichen.«

»Was?«, kreischte ich. »Das kannst du nicht machen! Der steht lange fest und ist genehmigt.«

»Zeiten ändern sich, Süße. Du hast dich in diesen Loser scheinbar verrannt und das kann ich nicht zulassen. Ist nur zu deinem Besten.«

Ich kochte langsam vor Wut.

»Das werde ich nicht hinnehmen«, knurrte ich mit Nachdruck. »Und mit wem ich zusammen bin, geht dich überhaupt nichts an.«

»Und ob mich das etwas angeht!«

Todd kam mir ganz nahe, sodass ich zurückwich, doch am Aktenschrank war Ende. Er packte meine Schultern und fixierte mich.

»Lass mich los!«, zischte ich.

»Komm schon, jetzt hab dich mal nicht so. Du weißt ganz genau, was ich für dich empfinde. Warum sonst habe ich dir jede Woche frische Blumen mitgebracht?«

»Auf jeden Fall nicht, weil du ein netter Kerl bist, wie ich gerade feststelle.«

»Oh, ich bin nett. Sehr nett sogar. Was glaubst du, wer sich dafür eingesetzt hat, dass du hier arbeiten kannst? Süße, kleine Sarah. Ich kann dir so viel mehr geben, als der Schönling. Soll ich es dir beweisen?«

»Todd, lass mich los oder ich schreie!«

»Nein, das wirst du nicht, denn wenn du das machst, brauchst du hier nicht mehr zu arbeiten!«

Er drohte mir? Das war ja wohl das Letzte! Für wen hielt er sich?

Ich setzte mein schönstes Lächeln auf. »Weißt du was, Todd?«

»Hmh?«

»Betrachte das als meine Kündigung!«

Mit voller Wucht rammte ich ihm mein Knie in seine Weichteile. Atemlos ging er zu Boden und krümmte sich, während er seine Eier hielt.

»Du blöde Schlampe!«, ächzte er, doch ich wollte ihm nicht noch länger zuhören. Ich schnappte nur noch meine Jacke sowie meine Handtasche und verschwand aus dem Büro.

Zu Hause angekommen griff ich mir den Eisbecher aus dem Kühlschrank und verputzte ihn restlos. Das hatte mir gerade noch gefehlt! Da saß ich nun. Arbeitslos, entsetzt über das Geschehene und ohne Plan, wie es nun weitergehen sollte. Als Mindy nach Hause kam, war ich nur noch ein einziges Häufchen Elend.

»Was ist denn mit dir los?«, fragte sie besorgt und so erzählte ich ihr alles. »So ein widerliches Schwein! Du musst ihn anzeigen!«

Abwehrend schüttelte ich den Kopf. »Wie soll ich das beweisen? Er wird sagen, dass ich das nur aus Rache behaupte, weil er mich entlassen hat. Glaub mir, das wird gar nichts bringen. Ehrlich gesagt will ich ihn auch gar nicht mehr sehen, nicht mal vor Gericht.«

»Hoffentlich hast du Rührei aus seinen Dingern gemacht. Abschneiden sollte man sie ihm. Wirst du es wenigstens Aramis erzählen?«

Darüber hatte ich mir auch schon den ganzen Mittag den Kopf zerbrochen.

»Erst mal nicht. Ich habe Angst, dass er dann etwas Dummes machen wird. Erst will ich weg von hier. Die Woche bei meinen Eltern wird mir guttun. Vielleicht kann ich dann klarer denken.«

»Du musst es ihm sagen, Süße. Er wird bemerken, dass etwas mit dir nicht stimmt.«

»Ja, aber erst, wenn wir dort sind. Ich möchte die Tage genießen, verstehst du das?«

Mindy nickte. »Natürlich verstehe ich das. Aber ich hasse es, dass das Arschloch so davonkommt.«

»Ich bin nicht die erste Frau, der das geschehen ist, und ich werde auch nicht die letzte sein. Ich hatte Glück, dass nicht noch mehr passiert ist.«

»Sei ja still! Ich will an so etwas überhaupt nicht denken!«

»Ich auch nicht, Mindy. Ich auch nicht.«

*

Schlaflose Nächte lagen hinter mir, und noch immer kam mir das Kotzen, wenn ich an Todds Aktion denken musste. Doch heute war Freitag. Der Tag, an dem ich zu meinen Eltern fliegen wollte. Ich wollte nicht mehr an den Wichser denken, darum schob ich ihn in die unterste Schublade meines Denkens, sperrte sie ab und warf den Schlüssel weg. Alles, was ich jetzt wollte, war, glücklich zu sein. Mit Aramis und meiner Familie!

Mindy setzte mich und zwei kleine Koffer bei Aramis ab, der mich schon an der Tür erwartete. Cody, sein Chef, der uns zum Flughafen fahren wollte, war noch nicht da, dafür jemand anderer.

»Hallo, Gabriel«, grüßte ich seinen Freund und stutzte. »Wieso sitzt du mit aufgespanntem Regenschirm auf der Couch?«

Aramis lachte leise und Gabe grummelte.

»Frag nicht!«

»Gabe hat sich bereit erklärt, eine Woche auf Chucky aufzupassen«, erklärte mein Freund. »Und weil der nicht gut auf ihn zu sprechen ist, hat er sich eine Waffe zur Verteidigung mitgebracht.«

»Einen Regenschirm? Findest du das nicht etwas übertrieben?«, fragte ich lachend, doch Gabriel schüttelte den Kopf.

»Dieser verfluchte Kater ist direkt der Hölle entsprungen! Weißt du, wie schweineweh das tut, wenn er sich mit vier Pfoten und seinem Gebiss in deine Waden krallt? Ich habe heute noch Narben davon! Mir kommt der nicht mehr zu nahe, sag ich euch.«

»Ich weiß gar nicht, was ihr habt. Zu mir ist er ganz lieb«, entgegnete ich, nicht ohne ein wenig stolz zu sein, dass Chucky mich in sein Herz geschlossen hatte.

»Das Schlimme ist, du siehst ihn nicht kommen«, erzählte Gabriel weiter. »Die Sau versteckt sich irgendwo, wartet, bis du vorbeigehst und attackiert dich dann von hinten!«

»Dann sei froh, dass er kein Bullterrier ist«, antwortete ich lachend. Danach ging ich zu ihm und drückte einen Kuss auf seine Wange. »Danke, dass du trotzdem so tapfer bist und diese schwere Last auf dich nimmst.«

»Verarschst du mich? Aramis hat wohl schon auf dich abgefärbt, kann das sein?« Endlich konnte er wieder lächeln, aber den Regenschirm ließ er aufgespannt.

Draußen hupte es.

»Das wird Cody sein«, meinte Aramis und schnappte meine Koffer und seine Tasche. »Dann wollen wir mal. Wir sehen uns in einer Woche, Gabe. Halte die Stellung!«

»Ja, du mich auch!«, sagte er lachend. »Na los, verschwindet schon. Habt eine schöne Zeit zusammen.«

Wir bedankten uns bei ihm, drückten ihn noch mal und gingen zu Codys Truck. Aramis lud die Koffer ein und setzte sich nach vorne zu seinem Boss. Ich selbst hatte bereits auf der Rückbank Platz genommen.

»Los geht es!« Cody ließ den Motor an und grinste. »Was wollen wir machen während der zweistündigen Fahrt?«

»Was meinst du damit?«, fragte Aramis. »Falls du daran denkst, deine alten Pfadfinder-Lieder zu singen, vergiss es!«

»Wir könnten auch *Ich sehe was, was du nicht siehst* spielen.«

»Gott, Cody, werd erwachsen!«, rügte Aramis ihn lachend.

Trotzdem stimmte Cody bald darauf *Leaving on a jet plane* von John Denver an, und so sehr Aramis sich gewehrt hatte, nach kurzer Zeit grölte auch er mit. Nur ich saß ziemlich schweigsam im Heck.

Nach der Ankunft am Flughafen von Helena tranken wir noch eine Cola zusammen und gönnten uns einen kleinen Snack. Als unser Flug aufgerufen wurde, verabschiedeten wir uns von Cody und bedankten uns ganz herzlich bei ihm für die Fahrt. Gabriel würde uns abholen. Was für ein Glück, dass wir so liebe Freunde hatten, denn nur ungern hätte ich mein Auto am Flughafen geparkt und Aramis seinen Hunter erst recht nicht.

Schon bald saßen wir im Flieger und schauten dem fast sechsstündigen Flug entgegen. Wehmütig blickte ich nach draußen, hinunter auf Helena/Montana – den Staat, den ich so sehr lieben gelernt hatte.

»Du bist die ganze Zeit schon so still«, meinte Aramis neben mir. »Was ist es? Flugangst?«

»Nein«, widersprach ich ihm. »Ich bin ein bisschen müde. Hab schlecht geschlafen letzte Nacht.«

»Ist bestimmt die Aufregung. Ich habe auch schlecht geschlafen.«

»Du musst keine Angst haben. Meine Familie wird dich lieben. Sie sind ein wenig rau, aber herzlich.«

Im Augenwinkel sah ich, wie er ein wenig zusammenzuckte.

»Was meinst du mit *rau*?«, hakte er nach, was mir ein Schmunzeln bescherte.

»Flapsig. Sie reden, wie ihnen der Schnabel gewachsen ist. Aber wenn sie dich in ihr Herz geschlossen haben, würden sie ihr letztes Hemd für dich geben.«

Unruhig rutschte er auf seinem Sitz hin und her. »Dann kann ich nur hoffen, dass ich einen guten Eindruck bei ihnen hinterlasse.«

»Das wirst du, Schatz.«

25. Kapitel

Aramis

Mit einem mulmigen Gefühl saß ich im Flieger, denn ich hatte wirklich Angst, was mich bei Sarahs Familie erwarten würde. Mit ihrem Bruder John hatte ich keinen guten Start gehabt und konnte nur hoffen, dass er meine Entschuldigung annehmen würde. Mit einer inneren Spannung blickte ich dem Treffen entgegen. Was mir ein wenig Sorgen bereitete, war Sarahs Stimmung. Sie schien stiller als sonst zu sein, beinahe in sich gekehrt. Vielleicht war sie wirklich nur müde, aber ich hatte das Gefühl, da wäre noch etwas anderes.

Gegen siebzehn Uhr landeten wir in Des Moines. Das Wetter war so mies wie meine Stimmung. Als wir mit unseren Koffern in die Ankunftshalle gingen, sah ich schon von Weitem ein Gesicht, das mir sehr bekannt war. John war wohl derjenige, der uns abholte. Na klasse! Wild winkte er, als er uns erkannte.

»Hey, Schwesterherz«, sagte er fröhlich und schloss Sarah in seine Arme, während ich abwartend hinter ihr stand.

»Hallo, John. Sind wir die Letzten?«

»Ja, alle anderen sind schon da«, erzählte er, dann wandte er sich an mich. »Hallo, Rambo.«

Er hielt mir überraschenderweise seine Hand hin, die ich zögerlich ergriff.

»Hallo, John. Ich glaube, ich schulde dir eine Entschuldigung. Tut mir echt leid, dass ich mich wie ein Idiot benommen und dich geschlagen habe.«

»Schon verziehen. Du hast es für meine Schwester getan. Nicht mehr und nicht weniger erwarte ich vom Freund unserer kleinen Prinzessin.« Er lächelte und Sarah rollte mit den Augen.

»Nennt mich nicht immer so. Ich hasse das!«, beschwerte sie sich.

John lachte. »Ich weiß. Na dann kommt mal mit. Fahren wir nach Hause.«

Er brachte uns zu seinem Oldsmobile und half mir, die Koffer in den Kofferraum zu laden. Kurze Zeit später waren wir unterwegs. Dieses Mal saß ich auf der Rückbank und Sarah vorne bei ihrem Bruder.

»Ist es weit bis zu euch?«, fragte ich.

»Nein. In zwanzig Minuten sind wir da. Norwalk liegt nur ein paar Meilen südlich von hier.«

Zwanzig Minuten! Nicht mehr lange, dann musste ich ihrer Familie gegenübertreten.

»Ist das eine große Stadt?«, fragte ich nervös.

»Ein nicht mal zehntausend Seelendorf.«

»*Nicht mal?* Das ist mehr als doppelt so groß wie Middletown«, erklärte ich.

»Es ist trotzdem ruhig bei uns. Alles ist sehr weitläufig.«

Für den Rest der Fahrt schwieg ich lieber, um mich zu sammeln. Wieso hatte ich mir das bloß angetan? Und wieso benahm ich mich gerade wie ein Kleinkind, das etwas ausgefressen hatte? Die Sache mit John war geklärt, also einfach ruhig bleiben!

Tatsächlich erreichten wir schon nach kurzer Zeit Norwalk. Alles wirkte sehr ländlich, sehr flach und ein klein wenig spießig. Fast wie Middletown, nur mit weniger Rindern, Pferden und definitiv mit weniger Schnee.

Das Haus von Sarahs Eltern lag etwas abseits in einer Seitenstraße. Zwar gab es noch andere Häuser, aber alle standen in einigem Abstand voneinander entfernt, sodass jedem genügend Platz zum Atmen blieb.

John parkte auf der Straße vor dem Haus, da in der riesigen Einfahrt bereits drei andere Autos standen. Hart schluckte ich, als ich ausstieg, denn gleich würde ich Sarahs Familie kennenlernen. Kaum hatte John die Koffer ausgeladen, kamen uns lächelnd zwei junge Männer entgegen.

»Sieh an, sieh an!«, rief einer von ihnen. »Unsere Prinzessin ist endlich da! Wie war der Flug?«

Sarah stürmte auf die beiden los und eine Sekunde später lagen sie sich in den Armen. Strahlend wandte sie sich an mich.

»Aramis? Darf ich dir meine Brüder vorstellen? Der Kleine hier mit den dunklen Haaren ist Nathan.«

»Ich bin nicht klein!«, beschwerte er sich lachend. »Nur nicht so groß wie die anderen!« Nathan hielt mir die Hand hin und ich schlug ein.

»Aramis.«

»Ja, das haben wir schon gehört. Willkommen in Norwalk.«

»Danke.«

»Der Straßenköterbraune hier ist Jacob«, fuhr Sarah fort.

»Ich gebe dir gleich Straßenköter!«, flachste er und drohte mit der Faust. »Hi, Aramis.«

»Hallo. Freut mich, euch kennenzulernen. Nett habt ihr es hier.«

»Danke. Kommt mit. Die anderen sind hinterm Haus. John kann die Koffer schon mal reinbringen.«

»Na super!«, nörgelte John, doch die beiden anderen führten uns bereits weg.

Der Lärm und das Geschrei enthüllten schon einige Yards vorher, dass etwas los sein musste, und als wir um die Ecke bogen, sah ich auch den Grund. Der Rest von Sarahs Brüdern wälzte sich auf dem Boden, zwischen sich einen Football, um den sie kämpften.

»Hey, ihr Nervnasen!«, übertönte Jacob das Geschrei. »Schaut mal, wer angekommen ist.«

Einer nach dem anderen stand auf, klopfte sich den Dreck von den Hosen und kam zu uns. Natürlich wurde Sarah zuerst begrüßt und gedrückt, während ich im Hintergrund wartete.

»Das ist der Rest der Bande«, meinte Sarah und stellte mir alle vor. »Das ist Caleb, der Älteste von uns. Gleich daneben steht Aiden und der lange dünne Lauch heißt Danny. Wie du siehst, ist er etwas aus der Art geschlagen.«

Ich begrüßte alle. Sarah hatte recht. Alle waren etwas fülliger, nur Danny glich einer Bohnenstange.

»Ich habe gehört, du hast John ein Veilchen verpasst«, merkte Caleb grinsend an. »Gut gemacht, zukünftiger Schwager.«

»Das war ein Irrtum«, bekannte ich peinlich berührt. »Soll nicht wieder vorkommen.«

»Auf jeden Fall ist es schön, dass du mitgekommen bist. Wir hatten schon Sorge, dass Sarah als alte Jungfer sterben würde. Aber wie ich neidlos anerkennen muss, hat das Warten sich wohl gelohnt.«

Sarah boxte Aiden, der die Äußerung gemacht hatte, fest auf den Arm. »Du bist unmöglich, weißt du das?«, maulte sie, doch schon im nächsten Moment kreischte sie laut auf. »Mom!«

Eine kleine Frau mit grauen Haaren und einem gütigen Gesicht kam lächelnd auf uns zu und fiel Sarah in die Arme.

»Willkommen zu Hause«, sagte sie und drückte Sarah so fest, dass ich schon Angst hatte, sie würde sie zerquetschen. »Endlich seid ihr da!«

»Mom, darf ich dir meinen Freund vorstellen. Das ist Aramis. Aramis Reed. Schatz, das ist meine Mom Joanna.«

»Hallo, Missus Watson«, grüßte ich und hielt ihr die Hand hin, die sie umgehend ergriff.

»Hallo. Oh mein Gott, Sarah, da hast du dir aber einen Traum von einem Mann geangelt! Nenn mich Joanna«, sagte sie freundlich.

Ich errötete leicht wegen des Komplimentes, aber sie war mir auf Anhieb sympathisch, darum konnte ich lächeln.

»Danke, Joanna. Ich freue mich, hier sein zu dürfen.«

»Jacob«, schrie sie. »Hol deinen Dad her!«

»Wo ist er denn?«

»Wo soll er schon sein? In der Garage wahrscheinlich.«

»Okay.«

Jacob sprintete davon und Joanna hakte sich bei mir ein. Verschmitzt lächelte sie mich an.

»Darf ich bald mit einer Hochzeit rechnen?«, fragte sie unverblümt.

Sarah zuckte zusammen. »Mom! Hör sofort auf damit! Das ist ja peinlich!«

»Wieso peinlich? Ich will meine Tochter endlich unter der Haube wissen. Außerdem kann ich nicht erwarten, mit Aramis bei meinen Freundinnen anzugeben.«

Joanna drückte mich und ich amüsierte mich über sie. Was für eine herzliche Frau. Und was für eine verrückte Familie, wie mir schien. Jetzt fehlte nur noch Sarahs Dad. Lange musste ich nicht auf ihn warten …

Ein kräftiger Kerl mit grauen Haaren, die nur noch die Seiten seines Kopfes zierten, schob eine dicke Bauchtrommel vor sich her und kam mit brummeligem Gesicht auf uns zu.

»Hallo, Prinzessin«, begrüßte er Sarah, drückte sie und gab ihr einen Kuss auf die Wange. »Wo warst du nur so lange, Süße? Ich habe dich vermisst.«

»Ich habe dich auch vermisst, Dad. Aber jetzt bin ich ja hier. Schau mal, ich habe jemanden mitgebracht. Dad, das ist Aramis, mein Freund.«

Ihr Dad wandte sich mir zu, musterte mich von oben bis unten, dann schenkte er mir einen bösen Blick.

»Ich mag ihn nicht!«, warf er Sarah zu, drehte sich um und ging.

»Dad!«, schrie Sarah und wurde rot im Gesicht.

Doch Mister Watson drehte sich nicht mehr um. Na toll, das fing ja grandios an!

»Es tut mir leid, Schatz«, entschuldigte Sarah sich bei mir. »Ich weiß nicht, was in ihn gefahren ist. So ist er normalerweise nicht.«

»Schon gut. Du kannst ja nichts dafür.«

»Ich entschuldige mich für meinen Mann. Keine Ahnung, was in Theo gefahren ist. Ich klär das. Geht schon mal rein, ich komme nach.«

Sarah zog mich ins Haus, ihre Brüder im Schlepptau, während ihre Mom Mister Watson hinterhereilte.

»Er hasst mich«, flüsterte ich meiner Freundin zu, doch sie schüttelte den Kopf.

»Nein, tut er nicht. Er kennt dich doch noch gar nicht. Mach dir nichts draus. Er war schon immer ein Griesgram, wenn es um Jungs in meiner Nähe ging.«

Daher wehte also der Wind!

»Du meinst, er mag es nicht, dass seine Prinzessin sich verliebt hat?«, fragte ich schmunzelnd.

»Mit Sicherheit. Aber nenn mich noch einmal Prinzessin und ich muss dich hauen.«

Ein Lachen entfloh mir. »Ich finde das süß. Du bist seine einzige Tochter. Kein Wunder, dass er dich bewacht wie ein Schießhund.«

»Mag sein. Aber das ist kein Grund, sich so unverschämt zu benehmen!«

»Ich werde es ihm nicht übelnehmen. Vielleicht kann ich ihn in dieser Woche ja doch noch von mir überzeugen.«

»Das wirst du!«

*

Wir setzten uns alle zusammen an den riesigen Esszimmertisch. Alles war laut, etwas chaotisch, aber herzlich. Sarahs Brüder schienen keine Probleme mit mir zu haben und ihre Mutter erst recht nicht.

»Ihr müsst Hunger haben«, stellte sie für sich fest und packte einen großen Topf mit Chili con Carne auf den Tisch. Richtiges Chili! Nicht diesen Verschnitt mit Hackfleisch, den die meisten zubereiteten. Große, dicke Stücke Rindfleisch lachten einen an und es duftete wunderbar. Sarah und Jacob halfen, den Tisch zu decken.

Als Mister Watson sich dazusetzte, wurde es kurz still am Tisch und alle schauten zu mir, doch ich tat, als ob ich nichts bemerkt hätte.

»Gebt dem Grenzstaatler eine Tasse Milch und ein Buttermilchbrötchen dazu«, grummelte er.

Grenzstaatler? Damit war dann wohl ich gemeint.

»Danke, ich trinke die Cola, die Jacob mir eingeschenkt hat«, widersprach ich freundlich.

Mister Watson legte seinen Löffel lautstark hin. »Junge, du solltest annehmen, was ich dir anbiete.«

Konnten Blicke töten?

Ich räusperte mich und blickte zu Sarahs Mom, die hinter seinem Rücken wild nickte, also gab ich nach.

»Na gut. Dann Milch.«

Joanna goss mir ein Glas voll ein und reichte es mir. Danach machte das Körbchen mit den Brötchen die Runde. Da jeder zugriff, nahm ich mir auch eins.

»Guten Appetit«, tönte es von allen Seiten über den Tisch.

Höflich wartete ich, bis alle versorgt waren, dann aß ich meinen ersten Bissen. Sofort durchzog ein wilder Schmerz meine Mundhöhle. Oh Gott! Was war das denn? Das Zeug war scharf wie die Hölle! Ich spürte die Tränen, die sich in meinen Augen sammelten, dabei hatte ich noch nicht mal runtergeschluckt. Erst mal musste ich den Rindfleischbrocken kauen. Ich musste ausgesehen haben wie ein Turbo-Wiederkäuer und war dankbar, als ich den Brocken endlich geschluckt hatte.

Sarahs Dad grinste mich an. »Ich würde an deiner Stelle jetzt keine Cola trinken«, äußerte er sich besserwisserisch.

Panisch griff ich nach der Milch und trank das Glas in einem Rutsch. Danach biss ich in das Brötchen, um den Schmerz wenigstens halbwegs zu lindern. Meine Wangen glühten rot und ich hatte Angst, dass mein Kopf zu pfeifen anfangen würde.

»Scharf, was?«, amüsierte Theo sich.

»Kann man wohl sagen«, würgte ich hervor, da ich das Gefühl hatte, es hätte mir die Stimmbänder weggeätzt.

»Das sind die Habaneros. Die geben ordentlich Tinte auf den Füller.«

Die Anmerkung hätte Theo sich sparen können, aber er schien sich diebisch darüber zu freuen, dass sich das Chili durch meine Magenwände brannte. Ich wollte gerade etwas sagen, da kam Caleb mir zuvor.

»Himmel, Mom, was hast du getan? Das Chili ist ungenießbar. Mit dem Zeug könntest du Tote wieder zum Leben erwecken.«

Entrüstet blickte Joanna zu ihrem Sohn. »Ich habe gar nichts gemacht. Und Habaneros habe ich erst recht keine hinein ...« Sie stockte und blickte böse hinüber zu ihrem Mann. »Was hast du getan, Theo?«

»Reg dich nicht auf! Ich wollte mir nur einen Spaß erlauben.«

»Einen Spaß? Bist du vollkommen verrückt geworden? Das ganze Essen ist hinüber!«, schimpfte sie. »Aramis, das tut mir so leid. Ist es schlimm?«

»Es geht schon wieder«, beruhigte ich sie.

Wütend stand Joanna auf. »Theo! Sofort in die Küche!«

»Ach, hab dich nicht so!«

»Ich sage es nicht zweimal!«

»Verfluchte Weiber!«, knurrte er, doch er fügte sich und folgte seiner Frau. Hilflos blickte ich zu Sarah, die beschämt auf den Tisch starrte.

»Kann es sein, dass Dad ein wenig am Rad dreht?«, fragte Danny grinsend. »So hat er sich ja noch nie benommen.«

»Er ist eifersüchtig auf Aramis«, antwortete Caleb. »Nichts für ungut, Kumpel, aber du nimmst unserem Dad seine einzige Tochter weg. Das ist bestimmt nicht leicht für ihn.«

»Ich nehme sie ihm doch nicht weg«, wehrte ich mich.

»Für ihn fühlt es sich bestimmt so an. Bei uns Männern hat er nicht so einen Aufstand gemacht.«

»Wo sind eure Frauen überhaupt?«, fragte Sarah in die Runde.

»Die lassen sich heute den ganzen Tag in einem Wellness-Hotel verwöhnen. Sie kommen erst morgen her«, erklärte John.

Super! Wie es aussah, waren alle verheiratet, und Prinzessin Sarah das letzte Kind, das ihr Vater noch nicht *weggegeben* hatte. Ich war am Arsch!

26. Kapitel

Sarah

Fuck, was war nur in meinen Dad gefahren? Ich schämte mich so sehr gegenüber Aramis. Natürlich wusste ich, dass ich schon immer Daddys Liebling gewesen bin, aber was er gerade abzog, ging echt zu weit! Mom kochte auch, wie ich an ihrem wütenden Blick erkennen konnte, als sie aus der Küche zurückkam.

»Es tut mir sehr leid, Aramis«, entschuldigte sie sich, wobei nicht sie es hätte sein sollen, die das tat. »Ich habe Theo gehörig den Kopf gewaschen.«

»Wo ist er jetzt?«, erkundigte ich mich schüchtern.

»In seiner Garage, wo sonst. Ich habe ihm gesagt, dass ich ihn erst wieder ins Haus lasse, wenn er sich entschuldigt hat.«

»Ist schon gut, Joanna«, beschwichtigte mein Freund. »Es war ein Scherz und so schlimm war es nicht.«

»Es war bösartig! Ich mache uns schnell ein paar Sandwiches. Bin gleich wieder da.«

Mom dampfte wieder ab und Aramis lächelte mir zu, vermutlich, um mir zu zeigen, dass alles in Ordnung war. Das war lieb von ihm, aber ich war stinksauer. Das Bild, das Dad ihm von meiner Familie vermittelt hatte, war unterirdisch.

»Er wird sich wieder einkriegen und damit abfinden, dass jetzt ein Mann an meiner Seite ist«, flüsterte ich ihm zu.

»Natürlich wird er das. Er liebt dich nun mal. Und dann kommst du einfach so mit mir hier an. Er wird eine Weile brauchen.«

Mom kam mit einem Tablett voller Sandwiches zurück. »Hier. Mehr ging auf die Schnelle nicht mehr. Lasst sie euch trotzdem schmecken.«

Wir ließen sie uns schmecken und ich spürte, wie müde ich war. Der lange Flug, Dads Ausraster – das alles nagte an meinen Nerven.

»Ich glaube, ich nehme noch ein Bad und gehe anschließend schlafen«, verkündete ich. »Ich bin fertig.«

»Aber heute Abend ist unser traditionelles Pokerspiel!«, warf Caleb ein. »Da wird nicht geschwänzt!«

»Ohne mich«, gab ich seufzend zurück. »Aramis, würdest du an meiner Stelle mitspielen?«

Unsicher schaute er mich an. »Ich weiß nicht. Bin ich denn erwünscht?«

»Natürlich bist du das!«, bestätigte Danny. »Bei uns ist jeder willkommen, dem ich das Geld aus der Tasche ziehen kann.«

Meine Brüder lachten alle und Aramis bohrte nach.

»Von wie viel Geld reden wir hier?«

»Zwanzig Dollar pro Nase. Sind die verspielt, darf nicht mehr nachgelegt werden. Mindesteinsatz fünfundzwanzig Cent«, erklärte Jacob. »Der Gewinner bekommt alles.«

Aramis lächelte. »Ich denke, das werde ich erübrigen können.«

»In einer Stunde geht es los«, teilte John ihm mit. »Sei pünktlich!«

»Na klar. Aber zuerst gehe ich mit Sarah in unser Zimmer. Wir haben doch ein Zimmer, oder?«, fragte Aramis und ich nahm ihn seufzend an die Hand.

»Natürlich. Komm, gehen wir nach oben. Du wirst diese Idioten noch lange genug ertragen müssen.«

Es folgten ein Pfeifkonzert und Buhrufe von meinen Brüdern, aber sie machten nur Spaß. Sorgen musste ich mich auf jeden Fall nicht. Aber ich war froh, noch ein wenig Zeit mit Aramis verbringen zu können, also brachte ich ihn in mein Zimmer.

»Es tut mir so leid, dass du das alles ertragen musst«, bedauerte ich ihn und ließ mich auf mein Bett fallen.

»So schlimm ist es doch gar nicht. Deine Brüder und deine Mom sind cool. Dein Dad ist ein wenig angepisst wegen mir, aber das werde ich mir nicht so zu Herzen nehmen. Er liebt dich nun mal.«

»Es ist nicht in Ordnung, was er getan hat.«

»Hey, alles gut!«

Aramis setzte sich zu mir, schloss mich in seine Arme, streichelte über meine Haare und küsste meine Stirn.

»Du bist zu gut für diese Bande. Ich hätte von meinem Dad mehr erwartet.«

»Zum Beispiel?«

»Na, dass er sich für mich freut. Ich bin wirklich enttäuscht.«

»Mach dich nicht verrückt. Das wird schon. Und du willst wirklich schon schlafen gehen?«

»Ich weiß es nicht. Erst mal werde ich ein Bad nehmen. Sollte es mir später besser gehen, komme ich wieder runter zu euch.«

Aramis lächelte. »Ich würde mich auf jeden Fall freuen.«

Fünf Minuten später saß ich bereits in der Wanne, obwohl sich noch kaum Wasser darin befand. Aramis saß auf dem Rand.

»Entspann dich, Sarah. Komm, ich wasche dir den Rücken.«

Er nahm einen Schwamm, tauchte ihn ins Wasser und bat mich, mich ein wenig nach vorne zu beugen. Dann strich er sanft über meinen Rücken.

»Mmh, das tut gut«, sagte ich genießerisch.

»Es erinnert ein wenig an Folter, denn ich würde jetzt viel lieber bei dir in der Wanne sitzen, aber genieße es, solange ich noch da bin.«

»Danke.«

»Erzähl mal, wie sind denn die Frauen deiner Brüder so?«

»Ganz in Ordnung, wenn man jede für sich nimmt. Kommen sie allerdings zusammen, können sie ein wenig anstrengend sein. Sie feiern gerne.«

Aramis lachte. »Das ist ja nichts Schlechtes.«

»Nein, natürlich nicht. Aber es wird schon mal lauter und ich hasse es, wenn Frauen laut und schrill durch die Gegend plärren. Es ist, als ob jemand mit einem spitzen Gegenstand über eine Tafel kratzt, kennst du das?«

»Oh ja. Gänsehaut.«

»Aber sonst sind sie wirklich lieb. Sehr familienbezogen.«

»Haben sie Kinder?«

»Nicht alle. John und Caleb haben noch keine. Zum Glück sind die kleinen Teufel diese Woche in Ferien bei ihren Omas und Opas der anderen Seite. In dieser Woche geht es nur um uns. Mit den Enkeln bekommen Mom und Dad es jeweils einzeln zu tun.«

»Wäre wohl ein bisschen viel auf einmal, kann ich mir denken. Ein wenig habe ich Angst davor, wenn deine Schwägerinnen morgen eintreffen. Ich kann mir kaum die Namen deiner Brüder merken. Aber ich freue mich darauf, sie alle besser kennenzulernen. Auch deine Nichten und Neffen.«

»Nichte. Einzahl. Nur Danny hat ein Mädchen. Alle anderen haben nur Jungs.«

»Liegt wohl in der Familie.«

»Scheinbar.«

Aramis stöhnte leise. »Na schön. Entspann dich noch ein wenig. Ich geh mal wieder runter und stelle mich dem Teufel von deinem Dad. Vielleicht kommst du ja doch noch dazu, um mir Glück zu bringen.« Er beugte sich tief hinab, um mich zu küssen, dann verließ er das Bad und ich war allein.

Noch lange lag ich in der Wanne und erst, als das Wasser immer kälter wurde, stieg ich hinaus, trocknete mich ab und zog ein paar bequeme Sachen an. Meine Haare kämmte ich nur durch, ließ sie aber an der Luft trocknen.

Ständig musste ich daran denken, wie mein Dad sich benommen hatte. Natürlich wusste ich, dass er mich liebte, aber das gab ihm nicht das Recht, Aramis so mies zu behandeln. Selbstverständlich würde ich noch mit ihm darüber reden, aber erst musste ich meinen Ärger runterschlucken. Ich wollte nichts im Zorn sagen, das ich später bereuen könnte.

Von unten tönte das Gegröle meiner Brüder nach oben in mein Zimmer, was mich schmunzeln ließ. Verrückter Haufen! Sie nahmen das Spiel so ernst, als ginge es um die Pokerweltmeisterschaft und eine Million Dollar Preisgeld. Aber sie hatten Spaß, das war die Hauptsache. Später würde ich mich noch zu ihnen gesellen, aber fürs Erste legte ich mich auf mein Bett und schloss die Augen. Ich brauchte diesen Moment für mich.

Im Geiste ließ ich die letzten Wochen noch mal Revue passieren und konnte fast nicht glauben, was sich alles ereignet hatte. Ich war glücklich mit Aramis. Aber bald würde ich ihm sagen müssen, was Todd mir angetan hatte, und davor hatte ich ein wenig Angst. Außerdem wusste ich nicht, wie es jetzt weitergehen sollte. Ich war arbeitslos und brauchte dringend einen neuen Job.

Seufzend verdrängte ich die Gedanken daran, denn ich war noch nicht mal einen Tag hier und wollte die Zeit mit meinem Freund und meiner Familie erst mal genießen. Zwei Stunden hatte ich mit Grübeln verbracht und befand, es war genug.

»Dann gehen wir mal in die Höhle der Zockerlöwen«, redete ich mit mir selbst und machte mich auf den Weg nach unten.

»Sarah, komm her!«, schrie mein Bruder John mir bereits entgegen, als ich noch auf der Treppe war. »Was hast du uns da ins Haus gebracht?«

»Wieso?«, fragte ich grinsend, denn ich ahnte etwas.

»Aramis ist doch ein Kartenhai! Er hat uns schon alle abgezockt! Nur er und Dad sind noch im Rennen. Das ist doch nicht mehr normal!«

Ich setzte mich zu ihnen und betrachtete den Haufen Chips, der in der Mitte zwischen Dad und Aramis lag. Ein Heads-Up, das ich so nicht erwartet hätte. Aramis wirkte ruhig und gelassen, doch mein Dad strahlte wie ein Atomkraftwerk. Dazu machte er sich über meine Brüder lustig.

»Ihr habt wohl gemeint, ihr könntet einem altem Trapper an den Colt pissen, was?«, stieß er aus.

»Noch hast du nicht gewonnen!«, warf Caleb ein. »Ich drücke Aramis die Daumen und hoffe, er bekommt ein gutes Blatt. Kann ja nicht sein, dass ein Vater seine Söhne ausnimmt.«

Dad nippte an seinem Bier und grinste nur. Mit einem vielsagenden Blick wandte er sich an meinen Freund. »Wie lautet dein Einsatz?«

Aramis begutachtete seine Karten ohne eine Gefühlsregung im Gesicht. Dann seufzte er kurz und stand auf. »Ich gehe All-In!«

Er schob alle seine verbliebenen Chips in die Mitte und am Tisch war das Geraune groß. Dad versuchte, in ihm zu lesen, was ich an seinen zusammengekniffenen Augen erkennen konnte.

»All-In? Da gehe ich mit.« Dad schmiss den entsprechenden Wert auf den Haufen und deckte seine Karten auf. »Full House. Könige und Siebener. Dann lass mal die Hosen runter.«

Aramis blickte in seine Karten, lächelte, schob sie zusammen und warf sie verdeckt auf den Tisch. »Da hast du mich erwischt. Du hast gewonnen, Theo.«

»Nein!«, maulte Caleb und auch meine restlichen Brüder ärgerten sich.

Glücklich sprang mein Dad auf. »Dann rückt mal die Kohle raus, ihr Loser«, ärgerte er sie.

Alle warfen ihren Zwanzig-Dollar-Schein auf den Tisch und standen ebenfalls auf.

»Das wars für heute. Ich hau ab«, grummelte Aiden. »Wir sehen uns morgen.«

»Und ich geh pennen«, meinte John.

Nach und nach verschwanden alle, entweder in ihre Zimmer oder heim zu sich nach Hause. Nur Aramis, mein Dad und ich waren noch da.

»Gehen wir auch nach oben?«, fragte Aramis, während mein Dad ihn höhnisch angrinste.

»Ja, geh schon mal vor. Ich komm sofort nach.«

Ich schenkte ihm einen schnellen Kuss und wartete, bis er die Treppe hinaufgegangen war und ich die Tür ins Schloss fallen hörte.

»Warum bist du so, Dad? Aramis hat dir nichts getan. Er ist ein lieber, fleißiger Kerl. Und er liebt deine Tochter.«

»Dein Freund hätte mir bestimmt liebend gerne den Arsch aufgerissen, wenn er gekonnt hätte, aber er hat nicht mit dem Pokerkönig von Iowa gerechnet. Aber so ist das. Hochmut kommt immer vor dem Fall.«

Kopfschüttelnd hörte ich Dads Giftpfeilen zu, die er auf Aramis abfeuerte.

»Er ist nicht hochmütig. Im Gegenteil. Kannst du nicht mal versuchen, ihn gern zu haben? Mir zuliebe?«

Dad sagte nichts. Stattdessen leerte er sein Bier.

»Dad?«

»Er wollte mich demütigen. Hier vor meinen Söhnen! All-In? Wie großkotzig! Aber die Tour habe ich ihm mal schön vermasselt.«

Ich spielte mit den Karten, die vor mir auf dem Tisch lagen und nahm sie zur Hand. Das war Aramis' Blatt. Was ich sah, ließ mich schlucken. Ich fächerte sie auf und legte sie Dad vor die Nase.

»Ein Straight Flush in Kreuz. Aramis hätte gewonnen. Ich hoffe, du bist mit deinen Vorurteilen zufrieden!«

27. Kapitel

Aramis

Leise öffnete sich die Tür und eine sichtlich betrübte Sarah betrat das Zimmer. Sie tat mir so leid, dass ihr Dad sich gerade wie ein stures Kind benahm. Mit hängenden Schultern setzte sie sich zu mir aufs Bett.

»Hey, alles in Ordnung?«

»Nein, nicht wirklich. Ich weiß nicht, was in meinen Dad gefahren ist.«

»War noch was?«

Sarah stöhnte und ließ sich langgestreckt neben mich fallen. Geduldig wartete ich, bis sie sich dazu aufraffen konnte, mir eine Antwort zu geben.

»Du hast ihn gewinnen lassen.«

»Ja, natürlich habe ich das.«

»Warum?«

Kurz strich ich ihr mit der Außenseite meiner Hand über die Wange. »Ich bin zu Gast in seinem Haus. Er glaubt, ich würde ihm seine Tochter wegnehmen. Was hätte ich anderes tun können? Ich wollte, dass er sich überlegen fühlt, denn scheinbar fühlt er sich im Moment ziemlich klein.«

»Er ist sonst wirklich nicht so und das ist so lieb von dir, dass du das getan hast.«

»Das weiß ich doch, Sarah. Ich weiß, dass er nicht bösartig ist. Er will dich beschützen. Aus dem gleichen Grund habe ich John geschlagen, erinnerst du dich? Ich nehme das nicht persönlich, und wenn er mich besser kennt, wird er seine Meinung ändern.«

»Ich hoffe es. Ich will, dass die beiden Männer, die ich am meisten liebe, sich mögen.«

Lächelnd blickte ich zu ihr hin. »Du liebst mich?«

»Ja, weißt du das denn nicht?«

»Du hast es mir noch nicht oft genug gesagt.«

Ihre Stirn legte sich in Falten und ein paar überraschte Augen blickten mich an. »Du hast recht. Ich habe es wirklich noch nicht oft gesagt. Aber jetzt sage ich es. Ich liebe dich, Aramis. Ich glaube, das habe ich die ganze Zeit schon getan, aber ich bin froh, dass ich es jetzt ohne schlechtes Gewissen aussprechen kann.«

Sarah kuschelte sich an mich, sodass ich meinen Arm um ihre Schultern legen konnte. Beruhigend streichelte ich über ihren Rücken.

»Ich liebe dich auch. Und ich will, dass das so bleibt. Ich krieg das hin mit deinem Dad. Das verspreche ich dir.«

*

In der Nacht schlief Sarah in meinen Armen ein. Sie nahm sich das mit ihrem Dad zu Herzen, was verständlich war, doch sie schien mir viel zu bedrückt zu sein, als dass dies der einzige Grund hätte sein können. Irgendetwas belastete sie, über das sie nicht mit mir reden wollte. Ein wenig Zeit wollte ich ihr noch schenken, um sich mir anzuvertrauen, doch ich beschloss herauszufinden, was ihr so zusetzte.

Am Samstag brach im Hause Watson das Chaos aus. Sarahs Schwägerinnen waren eingetroffen und es gab ein großes Hallo. In meinem ganzen Leben hatte ich noch nie so viele Menschen auf einem Haufen ertragen müssen. Vor allem keine, die ständig redeten, und das in einer Lautstärke, die mir die Ohren bluten ließ. Natürlich überfielen sie mich, eine nach der anderen, und ich musste Fragen über Fragen beantworten. Nach dem Mittagessen wurde mir alles zu viel. Mühsam hatte ich mir gemerkt, wer von den Damen zu welchem Bruder gehörte, doch immer wieder warf ich die Namen durcheinander. Sie waren lieb, sie waren lustig, aber meine Nerven waren ausgereizt, darum fragte ich Sarah, wo ihr Dad wäre, den ich schon seit einer Stunde vermisste.

»Er wird in der Garage sein. Dort befindet er sich immer, wenn ihm alles zu viel wird«, erklärte sie mir.

»Weißt du was? Ich geh mal zu ihm. Kommst du ohne mich klar?«

»Ja, natürlich. Ist ja nicht so, dass ich alleine wäre.«

Mit einem Kuss verabschiedete ich mich vorerst von ihr, schlich mich raus und dann hinüber zur Garage. Vorsichtig lugte ich um die Ecke und sah Theo über den Motor eines Autos gebeugt. Eines sehr alten Autos, wohlgemerkt!

»Theo?«, rief ich leise, um ihn nicht zu erschrecken.

Er kroch unter der Haube hervor, blickte mich an und nahm einen Lappen, um sich die ölverschmierten Hände abzuwischen.

»Aramis? Wieso bist du nicht drin bei den anderen?«, grummelte er.

Lächelnd ging ich zu ihm. »Dort war es mir zu voll und zu laut, da dachte ich, ich versuche mal, dein Geheimnis zu ergründen.«

»Geheimnis? Ich habe kein Geheimnis. Keine Ahnung, was du meinst.«

»Ich bin als Einzelkind groß geworden. Zu viele Menschen belasten mich. Ich frage mich ehrlich gesagt, wie man das aushält. An Autos basteln scheint mir da eine gute Idee zu sein. Du flüchtest oft hierher, habe ich recht?«

Theo speiste mich mit einem Knurren ab, setzte sich hinters Lenkrad und versuchte zu starten, doch der Motor tat keinen Mucks. Er wollte wohl nicht mit mir reden, also drehte ich mich um und wollte gehen. Wenigstens hatte ich es versucht. Ich kam aber nur bis zum Tor.

»Aramis?«

Theo rief meinen Namen, also blieb ich stehen und schaute fragend zu ihm hinüber. Jetzt war es an ihm, den nächsten Zug zu machen.

»Wieso hast du mich gewinnen lassen? Du hättest dich doch für all die Unverschämtheiten, die ich dir an den Kopf geworfen habe, rächen können.«

Ich ging ein paar Schritte auf ihn zu und er stieg aus. Jetzt war wohl die Zeit gekommen, ein ernstes Gespräch mit ihm zu führen.

»Ja, das hätte ich können. Aber was hätte es mir gebracht? Theo, ich weiß, dass es für dich nicht einfach ist, Sarah an meiner Seite zu sehen. Ich verspreche dir, ich werde sie dir nicht wegnehmen. Du wirst immer ihr Vater bleiben. Aber ich liebe sie, und ich werde sie nicht aufgeben, nur weil du ein Problem mit mir hast, aus welchen Gründen auch immer. Es wäre mir lieber, wenn wir uns verstehen würden. Außerdem darfst du nicht vergessen, dass du auch Sarah damit sehr wehtust. Willst du das?«

Theo wühlte in einer Werkzeugkiste, nahm mal dieses, mal jenes Teil in die Hand und warf es wieder zurück.

»Das ist es nicht«, raunte er.

»Was ist es dann? Ich will es verstehen. Hilf mir dabei.«

Theo blickte mir fest in die Augen. »Sarah musste als Kind viel durchmachen. Schon als sie noch klein war, haben ihre Klassenkameraden sie gemobbt, weil sie etwas fülliger war. Als junge Frau war sie die Einzige, die keine Begleitung zu ihrem Abschlussball hatte. Nie hat sie sich beklagt. Sarah ist eine Frohnatur. Aber ich habe sie so oft in der Nacht weinen gehört, und ich gebe mir die Schuld daran. Sieh mich an! Sarah hat ihre Fülle von mir geerbt. Und dann kommst du hier an. Fällt dir was auf?«

Verwirrt blickte ich ihn an. »Nein, was denn?«

»Sieh dich doch mal an! Du bist ein Frauenmagnet. Ich konnte nicht glauben, dass ausgerechnet du dich für meine Tochter interessieren würdest. Und wenn doch, für wie lange? Ich will nicht, dass ihr das Herz gebrochen wird, Aramis. Sie ist mein Ein und Alles. Ich könnte es nicht ertragen, sie auch nur noch einmal weinen zu sehen.«

Puh, da war es raus. Theos Argumente konnte ich verstehen, aber ein wenig ärgerte mich, dass er mich für so oberflächlich hielt.

»Theo, ich liebe Sarah! Sie ist die tollste Frau, die mir je über den Weg gelaufen ist. Glaub mir, ich liebe alles an ihr. Wenn es nur um die Figur ginge, hätte ich ganz leicht eine dünnere Frau an meiner Seite haben können, aber keine von denen, die ich kennengelernt hatte, hätte diesen Job machen können, denn ich empfand nichts für sie. Aber deine Tochter ist etwas ganz Besonderes. Mit ihr kann ich lachen. Spaß haben. Und ich weiß, dass sie sich nicht verstellt. Sie ist, wie sie ist, und genau das liebe ich an ihr, denn ich weiß, bei ihr muss ich mich auch nicht verstellen. Sie lässt mich der sein, der ich bin.«

Theo schaute mich an und ich hatte das Gefühl, dass sich etwas Wasser in seinen Augen gesammelt hatte.

»Kennst du dich mit Autos aus?«

Oups! Themenwechsel?

»Ja, warum?«

»Mein 1957iger Chevy Bel Air hier. Er will einfach nicht anspringen.«

Ich warf einen Blick an ihm vorbei und lächelte. »Das liegt vielleicht daran, dass es ein 1958iger ist.«

Wollte er mich testen?

Theos Mundwinkel zuckten. »Wie kommst du darauf?«

»Der durchgehende Kühlergrill. Den gab es bei den Modellen davor nicht.«

»Hmh«, brummte er. »Du scheinst dich wirklich auszukennen.«

»Ein wenig«, sagte ich schmunzelnd. »Darf ich dich um einen Gefallen bitten?«

»Um welchen denn?«

»Können wir jetzt aufhören zu pokern? Dein Bluff hat nicht funktioniert, und ich selbst habe meine Karten auf den Tisch gelegt. Gestern habe ich dich aus Respekt vor dir gewinnen lassen, doch heute ist ein anderer Tag. Du kennst mein Blatt. Was meinst du? Gibst du deine Starrköpfigkeit auf?«

Theo lachte laut. »John hat recht, du bist ein Kartenhai. Und scheinbar nicht so verkehrt, wie ich dachte.«

Das war zwar kein umwerfendes Kompliment, aber ich nahm seine Worte mit Freude auf. Scheinbar hatte Theo erkannt, dass ich es ernst meinte.

»Ich liebe Sarah wirklich, Theo. Mit ihr würde ich niemals spielen, das musst du mir glauben. Außerdem, falls du es noch nicht erkannt hast: Sie ist bildhübsch! Sollte je jemand etwas anderes behaupten, bekommt er eine Menge Ärger mit mir.«

Theo kratzte sich am Kopf und nickte. »Du scheinst sie wirklich zu lieben. Nicht mehr und nicht weniger hat Sarah verdient. Ich entschuldige mich bei dir, Aramis. Ich hoffe, ihr werdet glücklich miteinander.«

»Das sind wir schon.«

»Würdest du mich auch glücklich machen?«

Lachend nickte ich. »Na klar. Was soll ich machen?«

Theo schlurfte zu seinem Chevy und blickte unter die Haube. »Dieses verdammte Ding will einfach nicht anspringen. Ich habe schon alles versucht, aber er dreht nicht mal.«

»Anlasser kaputt?«

»Der ist neu.«

»Warte, ich setz mich mal rein.«

Als ich mich hinters Steuer setzte, musste ich innerlich lachen. Klar, das Auto hatte unendlich viele Jahre auf dem Buckel, aber Theo schien jede Menge modernen Schnickschnack eingebaut zu haben. Navi, Klimaanlage, eine Musikanlage … Alles technisch auf dem neusten Stand. Dabei hatte er wohl eins vergessen.

Ich stieg wieder aus und warf einen Blick unter die Haube. Sofort sprang mir ins Auge, wieso die arme Karre nicht anspringen wollte.

»Du hast ganz schön was eingebaut in die alte Lady. Alles top! Aber deine Batterie ist zu schwach.«

»Die ist auch neu!«, protestierte Theo und stellte sich neben mich, um in den Motorraum zu schauen.

»Mag sein. Für das Auto im alten Zustand hätte sie auch gereicht. Aber deine ganzen Spielereien ziehen zu viel Strom weg. Dazu steht die alte Dame bestimmt schon lange. Die Batterie schafft es nicht mal mehr, Sprit in den Vergaser zu pumpen, geschweige denn den Anlasser zu drehen.«

»Hmh«, grummelte er.

»Du solltest dir eine Yellowtop Batterie besorgen. Die ist für Fahrzeuge mit besonders großen elektrischen Lasten geeignet. Die Lichtmaschine packt das sonst nicht. Außerdem entlädt sie nicht so schnell, wenn das Auto mal lange steht.«

Theo stimmte mir zu. »Ja, das stimmt wohl. Verflucht, wieso bin ich da nicht gleich drauf gekommen?«

Ernst blickte ich ihn an und schluckte ein Grinsen hinunter. »Vielleicht solltest du die Yellowtop nehmen, die dort hinten in der Ecke steht. Die sieht aus wie neu und es liegt auch kein Staub drauf wie auf deiner eingebauten hier.«

Theo errötete. »Das hast du gesehen, ja?«

»Ja. Aber ich finde es niedlich, dass du extra eine falsche, schwache Batterie eingebaut hast, um mit mir ins Gespräch zu kommen. Du hättest einfach nur mit mir reden können.«

Theo prustete. »Tse. Na das weiß ich jetzt auch.«

28. Kapitel

Sarah

Da stand ich nun – leicht versteckt seitlich von der Garage - und lauschte den beiden Männern, die ich am meisten auf der ganzen Welt liebte. Ein wenig hatte ich mir Sorgen gemacht, dass der Streit zwischen Aramis und meinem Dad eskalieren könnte, doch lächelnd erkannte ich, dass die beiden es hinbekommen hatten. Hoffte ich jedenfalls. Doch was ich so mitbekam, hörte sich verdammt gut an.

Tief in mir drin breitete sich Ruhe aus. Plötzlich fühlte ich mich geerdet, zufrieden und satt. Ja, satt beschrieb es ganz gut, dieses glückliche, warme Gefühl in mir, und ich erkannte, wo mein Platz im Leben war.

Mir wurde bewusst, wie viel sich seit unserem One-Night-Stand zwischen Aramis und mir geändert hatte. Auf einmal erfüllte mich ein unendliches Vertrauen in ihn. Ein Vertrauen, das ich nie zuvor gespürt hatte. Und ich spürte Selbstsicherheit. Konnte man in Gefühlen baden? In diesem Moment konnte ich es. Mit neu gewonnenem Selbstbewusstsein ging ich in die Garage hinein.

»Da seid ihr ja«, sagte ich leise, schlurfte zu den beiden hin und nahm Aramis in meine Arme. Sofort erwiderte er die Umarmung und küsste mich.

»Hast du mich vermisst?«, fragte er. »Entschuldige, es hat ein wenig länger gedauert, aber dein Dad und ich mussten uns noch die Königin hier ansehen.« Mit einer Handbewegung deutete er auf Dads Auto, das neben meiner Mom seine größte Leidenschaft war.

»Und? Wie läuft es?«, wollte ich wissen, wobei ich weniger den Chevy meinte.

»Gut«, meinte mein Dad. »Sehr gut. Ich bin froh, dass mein zukünftiger Schwiegersohn so viel Ahnung von alten Autos hat.«

»Na dann. Darf ich dir meinen Freund trotzdem entführen oder brauchst du ihn noch?«

»Nein, nein, geht nur. Den Rest schaffe ich alleine.«

»Okay. Danke, Dad.« Ich hauchte ihm einen Kuss auf die Wange, um ihm zu zeigen, wie dankbar ich war. Er antwortete mit einem Zwinkern.

Wir verließen Hand in Hand die Garage, und als Dad außer Hörweite war, quetschte ich Aramis aus.

»Und? Schien ja gut gelaufen zu sein.«

»Wie viel hast du gehört?«

»Nichts!«

»Du hast doch eine Weile vor dem Tor gestanden. Sind deine Ohren so schlecht?« Aramis grinste mich an und ich fühlte mich ertappt, was mich leicht erröten ließ.

»Ich gebe zu, eine Weile hab ich euch zugehört, aber da ging es fast nur um das Auto. Sonst alles klar?«

»Ja, natürlich. Dein Dad liebt dich nun mal und er hat Angst, dass du verletzt wirst. Ich habe ihm klargemacht, dass ich dich auch liebe und dir niemals wehtun würde.«

Strahlend drückte ich ihn. »Ich freue mich so. Jetzt wird alles gut.«

Die Woche bei meinen Eltern war wie immer fantastisch und ich war stolz darauf, dass unsere große Familie sich so gut verstand. Was hatten wir alle für einen Spaß! Wie jedes Jahr spielten wir ein Minigolf-Turnier, das Calebs Frau Imogen deutlich gewann. Böse Zungen behaupten allerdings, sie hätte beschissen, aber darauf kam es nicht an. Dass wir zusammen waren, das war wichtig. Und zum ersten Mal war ich nicht die Letzte, die alleine war. Jetzt waren wir eine Einheit!

Wir verbrachten wunderbare Tage zusammen, doch am Freitag musste ich einer schweren Entscheidung entgegensehen. Noch immer hatte ich nicht mit Aramis über die Vorgänge in Middletown gesprochen, aber ich wusste, dass ich nicht länger drum herumkommen würde. Natürlich wollte ich unter vier Augen mit ihm reden, darum lud ich ihn an diesem Mittag dazu ein, ein Eis essen zu gehen.

»Womit verdiene ich diese Ehre?«, fragte er lächelnd, als wir in der örtlichen Eisdiele über einem Erdbeerbecher saßen.

Ein mulmiges Gefühl breitete sich in mir aus, doch da musste ich jetzt durch.

»Ich wollte mit dir reden. Allein.«

Aramis lutschte seinen Löffel ab und starrte mich an. »Das hört sich nicht gut an. Was ist los, Sarah?«

Unruhig rutschte ich auf meinem Stuhl hin und her. »Ich weiß gar nicht, wo ich anfangen soll.«

»Geht es um mich? Habe ich etwas falsch gemacht?«

»Nein! Es geht nicht um dich. Es geht um mich.«

»Schieß los. Was bedrückt dich?«

Gott, das fiel mir so schwer. Ich wusste, er würde sich aufregen und ich konnte nur hoffen, dass er ruhig blieb.

»Es ist etwas passiert. In Middletown«, fing ich zaghaft zu erzählen an. »Ich habe meinen Job verloren.«

»Wie bitte? Wieso höre ich jetzt erst davon?«

Aramis' Stirn legte sich in Falten und ich hatte das Gefühl, innerlich zu verbrennen, denn es fiel mir schwer, über diesen Tag zu reden.

»Du kennst doch Todd, unseren Juniorchef.«

»Flüchtig.«

Er kniff die Augen zusammen und ich wusste, er war bereits dabei, sich etwas zusammenzureimen.

»Ich wusste nicht, wie ich es dir sagen sollte, ohne dass du ausgerastet wärst. Darum habe ich bis jetzt gewartet.«

»Sarah, was zum Henker ist passiert?«

Er fragte ruhig, doch ich sah die Ader an seiner Schläfe pulsieren. Aramis war gerade alles andere als gelassen.

»Er hat sich wohl erhofft, dass ich eine Beziehung mit ihm eingehe, oder was immer er sich vorgestellt hat. Erinnerst du dich an die Blumen?«

»Ja.«

»Ich dachte, er wollte nur nett sein, aber dem war nicht so. Kurz vor unserer Abreise hierher hatte er mich im Büro bedrängt. Er meinte, wenn ich mit dir wegfahre, könnte ich meine Sachen packen. Schließlich hätte er mich nur eingestellt, weil er sich mehr von mir erwartet hatte. Er drängte mich in eine Ecke und fasste mich an. Da hab ich ihm mein Knie in die Eier gerammt und habe gekündigt.«

Aramis rümpfte die Nase, packte seinen Geldbeutel aus und legte ein paar Scheine auf den Tisch. Dann stand er wortlos auf und ging nach draußen. Nach ein paar Sekunden folgte ich ihm.

»Aramis?«, rief ich ihm hinterher und versuchte, mit ihm Schritt zu halten, aber er lief stur hinüber zu dem kleinen Park am Ende der Straße. Erst an einer Bank machte er halt und setzte sich, den Kopf in seinen Händen vergraben. »Aramis?«, versuchte ich noch mal leise, ihn zu erreichen. Langsam hob er den Kopf und blickte mich an.

»Es tut mir leid«, raunte er. »Ich hatte da drin gerade das Gefühl, ich müsste ersticken. Wieso hast du mir nicht eher etwas gesagt?«

»Weil du sehr impulsiv sein kannst«, antwortete ich und setzte mich neben ihn. »Ich hatte Angst, du würdest etwas Dummes machen. Außerdem musste ich erst mal selbst damit klarkommen.«

Ein Knurren drang zu mir herüber. »Wie hat er dich angefasst?«

»Er hat mich nur an den Schultern festgehalten.«

»Nur? Hast du das gerade wirklich gesagt?« Die Wut in Aramis nahm zu, daher wusste ich, wie vorsichtig ich jetzt sein musste.

»Mit *nur* meinte ich, dass es noch schlimmer hätte kommen können. Trotzdem fand ich es beängstigend. Ich wollte es nicht herunterspielen.«

»Ich werde dem Wichser die Seele aus dem Leib prügeln, wenn wir zurück sind! Niemand, absolut niemand, hat das Recht, eine Frau zu bedrängen!«

Ein Lächeln legte sich auf meine Lippen. »Nein, das Recht hat niemand. Aber siehst du, genau aus dem Grund habe ich dir nichts erzählt. Es würde mir nichts bringen und du würdest nur Probleme bekommen.«

»Du meinst, er soll einfach so davonkommen?« Das Entsetzen stand meinem Freund ins Gesicht geschrieben und ich wusste genau, wie er sich fühlte.

»Denkst du, wenn ich eine Möglichkeit gehabt hätte, das Ganze zur Anzeige zu bringen, hätte ich es nicht getan? Ich habe keine Beweise, Aramis. Da steht Wort gegen Wort. Und du hättest dich nur unglücklich gemacht!«

»Ich hätte *ihn* unglücklich gemacht!«

»Ich weiß. Aber es würde an der ganzen Situation nichts ändern. Versprich mir, dass du nichts Dummes tun wirst, wenn du wieder zurück in Middletown bist.«

Aramis rieb sich die Schläfen und stöhnte, aber dann schien ihm bewusst zu werden, was ich da gerade gesagt hatte.

»Wenn *ich* zurück bin? Was willst du mir damit sagen?«

Und damit waren wir beim zweiten Teil meines Geständnisses angelangt …

»Ich werde noch eine Weile hier bleiben, denn ich weiß noch nicht, wie es weitergehen soll. Ich habe keinen Job mehr und weiß nicht, wie ich so die Miete zahlen soll. Ich brauche eine Krankenversicherung. Und ich muss die Bilder aus dem Kopf bekommen. Das kann ich nicht, wenn ich jetzt mit dir zurückfliege. Hier bei meiner Familie fühle ich mich sicher. Eventuell könnte ich im Elektroladen meines Bruders Caleb arbeiten.«

Aramis schüttelte den Kopf. »Das kannst du mir nicht antun, Sarah. Wir finden eine Lösung. Du könntest zu mir ziehen ...«

»Ja, ich wusste, dass du das sagen würdest. Doch hätte ich kein gutes Gefühl dabei. Ich habe keine Ahnung, ob wir schon so weit sind. Es würde sich erzwungen anfühlen. Als Notlösung. Aber wenn ich mich dazu entscheide, mit dir zusammenzuziehen, dann sollte es aus anderen Gründen erfolgen.«

Sein Gesichtsausdruck zeigte schiere Verzweiflung. »Bitte, lass uns noch mal darüber reden. Ich will nicht ohne dich zurückgehen.«

»Es ist doch nicht für immer. Aber ich brauche einfach noch ein, zwei Wochen, um mir klar zu werden, was ich in Zukunft machen werde. Ich bitte dich nur um ein wenig Zeit, damit ich meine Möglichkeiten überdenken kann. Und das ohne Druck, egal von welcher Seite.«

»Was wird Mindy dazu sagen? Ihr teilt euch doch die Wohnung.«

»Ihr Vater zahlt die Miete. Ich habe ihr immer nur einen Teil dazugegeben, damit ich mir nicht wie ein Schmarotzer vorkam. Im Grunde genommen ist es ihre Wohnung. Sie wird es verkraften. Außerdem bin ich ja nicht für immer weg.«

»Das sagst du jetzt!«, zischte er. »Was, wenn du hier arbeiten wirst? Ich kann nicht einfach umziehen. Auch ich habe meinen Job.«

»Das weiß ich doch. Außerdem würde ich das nie von dir verlangen.«

»Bitte, komm mit zurück!«

Seufzend schüttelte ich den Kopf. »Bitte, mach es nicht noch schwerer für mich, als es schon ist. Lass mir ein klein wenig Luft, um durchatmen zu können.«

»Und du bist sicher, dass es nicht auch etwas mit mir zu tun hat?«, fragte er nachdenklich.

»Nein«, wiegelte ich ab. »Auf gar keinen Fall. Du glaubst nicht, wie schwer mir diese Entscheidung gefallen ist. Ich brauche einfach nur ein wenig Zeit.«

»Wenn es nur das ist, dann respektiere ich es, auch wenn es mir verdammt schwerfällt. Verstehen kann ich es allerdings noch nicht.«

»Das ist mir klar. Glaub mir, ich will dir auf keinen Fall wehtun. Ich muss nur ein wenig zurück zu mir selbst finden.«

Vorsichtig ergriff ich seine Hand, denn mir war ein wenig bange, dass er sie wegziehen könnte, doch das tat er nicht. Im Gegenteil. Er verschränkte seine Finger mit meinen und zog mich zu sich heran.

»Du hättest es mir früher sagen sollen, Sarah«, sagte er leise. »Aber ich verstehe deine Gründe. Kann ich dir denn irgendwie helfen? Das Erlebnis mit Todd muss schlimm für dich gewesen sein. Ich hasse ihn für das, was er dir angetan hat.«

»Ich hasse ihn auch dafür. Ich habe gerne bei Hopemans gearbeitet. Wie auch immer, es ist vorbei. Jetzt muss ich in die Zukunft blicken.«

»Das müssen wir beide.«

Eine Weile saßen wir nur so da und hielten einander fest. Mir wurde klar, dass, egal was die Zukunft auch bringen würde, Aramis eine Rolle darin spielen würde. Mir ein Leben ohne ihn vorzustellen – darüber wollte ich gar nicht nachdenken. Aber ich wollte nicht bloß sein Anhängsel sein. Was ich brauchte, war eine Perspektive und einen neuen Job, damit ich zu unserem Leben etwas beitragen konnte. Nur wie ich das anstellen sollte, wusste ich noch nicht.

Die restlichen Tage, die wir gemeinsam bei meinen Eltern verbrachten, verliefen wortkarg. Wir alle wirkten bedrückt, vor allem am Sonntag, als alle sich verabschiedeten und ich Aramis mit Dads Oldsmobile zum Flughafen brachte. Ich wusste, es war nur ein Abschied auf Zeit, aber Aramis traute der ganzen Sache wohl nicht. Er war mürrisch und wenig begeistert davon, alleine nach Montana zurückfliegen zu müssen.

Meinen Eltern hatte ich nicht den wahren Grund erklärt, wieso ich noch ein paar Wochen bleiben wollte. Sie sollten sich nicht unnötig sorgen, aber lange würde ich es ihnen nicht verschweigen können. Niemand bekam so lange Urlaub. Doch noch gewährte ich mir selbst eine Schonfrist. Jetzt war nur wichtig, Aramis davon zu überzeugen, dass alles gut werden würde.

»Wirst du mich vermissen?«, fragte ich ihn und lächelte ihm zuversichtlich zu.

»Wie kannst du das fragen? Ich bin versucht, Cody anzurufen und unbezahlten Urlaub zu nehmen, damit ich bei dir bleiben kann.«

Aramis lächelte zurück. Scheinbar hatte er sich damit abgefunden, dass ich nicht mitkommen würde, auch wenn es ihm ebenso schwerfiel wie mir, uns zu trennen.

»Die Ruhe wird mir guttun. Du hast dein Leben in Montana und ich kann nicht verlangen, dass du alles aufgibst. Aber ich werde Kraft tanken und meine Möglichkeiten abschätzen. Dann komme ich zu dir zurück. Versprochen.«

»Wenn du auch nur daran denken solltest, es nicht zu tun, dann komme ich zurück und hole dich, hast du das verstanden?«, drohte er mir gespielt und schenkte mir einen Kuss. »Scheiße, das ist nicht fair. Ich habe dich doch gerade erst gefunden und jetzt schickst du mich weg.«

Mist, ich hätte heulen können.

»Ich weiß. Glaub mir, ich hasse mich dafür, aber ich bin sehr dankbar, dass du mich verstehst.«

Aus dem Lautsprecher tönte blechern eine Stimme, die Aramis' Flug aufrief.

»Das ist meiner«, sagte er. »Dann gehe ich mal zum Gate.«

»Ruf mich an, wenn du angekommen bist, okay? Und wenn du zurück in Middletown bist. Und … Ach, ruf mich einfach alle halbe Stunde an, dann muss ich mir keine Sorgen machen.«

Aramis lachte. »Bist du sicher, dass du nicht doch mitkommen willst?«

»Bald!«

Aramis legte seine Hände an meine Wangen und küsste mich so sanft, dass ich mir wünschte, der Kuss hätte niemals ein Ende gefunden.

»Wir sehen uns, Sarah. Mach's gut.«

»Du auch.«

Nur widerwillig ließ ich ihn ziehen und mein Herz wollte schreien, aber ich konnte es nicht ändern. Mit Tränen in den Augen stand ich vor dem großen Panorafenster, blickte hinaus in den bewölkten Himmel, dessen graue Farbe zu meiner Stimmung passte, und wartete, bis der Flieger abhob. Erst, als er nicht mehr zu sehen war, fuhr ich nach Hause.

Leise huschte ich ins Haus, das so leer geworden war. Mom saß strickend auf der Couch, im Fernseher lief Sport und Dad döste in seinem Sessel. Ich schlich mich an ihnen vorbei, hinauf in mein Zimmer, und setzte mich aufs Bett. Alles, was mich jetzt noch umgab, war Stille.

29. Kapitel

Aramis

Das durchgängige Dröhnen der Triebwerke summte in meinem Kopf wie ein Schwarm wilder Bienen. Wieso nur war ich in dieses verdammte Flugzeug eingestiegen? Wieso hatte ich nicht mehr getan, um Sarah zu bewegen, mit mir zu kommen? Hatte ich mich zu wenig angestrengt? Hätte ich intensiver auf sie einreden müssen?

Natürlich stellte ich mir diese Fragen, doch ich wusste, dass Sarah ihre Familie jetzt brauchte. Sie zu bedrängen, wäre egoistisch gewesen. Somit blieb mir nichts anderes übrig, als ihre Entscheidung zu akzeptieren, während in mir drin all diese Gefühle tobten.

Da nagte dieses Gefühl von Leere an meinem Herzen, denn ich spürte schmerzlich, wie sehr ich sie bereits vermisste. Dazu kam diese unbändige Wut auf Todd Hopeman. Wie konnte er sich anmaßen, eine Frau so zu behandeln? Dazu hatte er seine Stellung als Boss missbraucht und schon dafür hätte ich ihm am liebsten seine Eier abgerissen. Zwar konnte Sarah mir ein Versprechen abringen, dass ich ihm nichts antun würde, aber der Flug war lang, ich hatte jede Menge Zeit, um zu grübeln, und ich war mit Todd noch nicht fertig!

Diese Erkenntnis reifte während der einsamen Stunden über den Wolken mehr und mehr, und als ich in Helena landete, war mir meine Wut wohl äußerlich anzusehen.

»Was ist denn mit dir los? Wo ist Sarah?«

Gabriel empfing mich in der Wartehalle und sein Lächeln, das er aufgelegt hatte, verflog in Sekundenbruchteilen, als ich ihn erreichte.

»Nicht mitgekommen. Frag nicht. Ich erkläre dir alles, aber lass uns zuerst zu deinem Auto gehen. Ich muss weg von all diesen Menschen.«

Gabriel bewies eine Engelsgeduld, denn erst, als wir bereits auf dem Highway fuhren, hakte er zum ersten Mal nach.

»Jetzt mal raus mit der Sprache. Was ist zwischen dir und Sarah vorgefallen?«

»Zwischen uns ist alles in Ordnung. Hoffe ich. Ihre Familie ist cool, auch wenn ich bei ihrem Dad zunächst keinen leichten Stand hatte.«

»Was war dann los? Wieso ist sie nicht hier?«

Es fiel mir einerseits schwer, darüber zu reden, aber andererseits musste ich mir die Wut von der Seele reden. Gabe war mein bester Freund. Wenn ich nicht mit ihm reden könnte, mit wem dann?

»Kennst du Todd Hopeman?«

»Der Name sagt mir was. Hat er was mit dem Holzhandel zu tun?«

»Ja, genau. Er ist der Juniorchef.«

»Ah, okay. Was ist mit ihm?«

»Er hat Sarah bedrängt.« Als ich das aussprach, kochte ich wieder innerlich.

»Wie bedrängt?« Gabriel blickte mich fragend von der Seite an.

»Ich weiß nicht, wie ich es erklären soll, ohne völlig auszurasten«, knurrte ich. »Er hat sich etwas von ihr versprochen. Als sie nicht auf seine Avancen einging, hat er sie an den Schultern gepackt, in eine Ecke gedrängt und ihr mit Kündigung gedroht, falls sie mich nicht aufgeben würde.«

Gabriel nahm für einen Moment den Fuß vom Gas und wurde langsamer, bevor er sich wieder gefasst hatte und normal weiterfuhr.

»*Was* hat er getan?«, fragte er entsetzt.

»Du hast schon richtig gehört. Sarah hat ihm daraufhin in die Eier getreten und fristlos gekündigt. Über eine Woche lang hat sie nichts davon erzählt. Du kannst dir vorstellen, wie geschockt ich war. Jetzt ist sie arbeitslos und den Schreck muss sie auch noch verdauen. Sie meinte, sie bräuchte jetzt ein wenig Ruhe im Kreise ihrer Familie, um wieder klar zu werden im Kopf. Um darüber nachzudenken, wie es weitergehen soll. Ich weiß nicht genau, was ich davon halten soll. Aber eins weiß ich mit Sicherheit: So einfach will ich diesen Wichser nicht davonkommen lassen.«

Gabriel ließ ein leises Hüsteln erklingen. »Du meinst, wir sollten ihm eine Sonderbehandlung zukommen lassen?«

Leise lachte ich. Gabriel war eine Seele von einem Menschen, aber wenn es hart auf hart kam, konnte er auch schon mal seine Fäuste sprechen lassen.

»Nein. Nicht in der Art, die du dir vorstellst. Ich musste Sarah versprechen, dass ich nichts Dummes tun würde. Aus dem Grund hat sie mir auch erst in Iowa von allem erzählt. Sie hat recht. Es würde mir nur Scherereien bringen. Da steht Aussage gegen Aussage. Ich muss mir etwas anderes einfallen lassen.«

»Es gäbe eine Möglichkeit«, sagte mein Freund. »Wir kennen jemanden, der uns mit Sicherheit helfen könnte.«

»Wen meinst du?«

»Jemand, der eine Kuh betrunken quatschen könnte.«
Kurz überlegte ich. »Du meinst doch nicht Cody?«

Gabriel lachte. »Doch, genau den meine ich.«

»Wie kommst du darauf, dass ausgerechnet er etwas ausrichten könnte?«, fragte ich neugierig.

»Nun, er mag ein lustiger Kerl sein, der bei der Geburt etwas zu viel Selbstbewusstsein in die Wiege gelegt bekommen hat. Aber er hat Charme und weiß, wie man jemanden um den Finger wickeln kann. Zudem kennt er den Seniorchef ganz gut. Schließlich haben sie eine Geschäftsbeziehung miteinander. Fragen wir Cody einfach. Vielleicht fällt ihm ein, was wir machen könnten.«

Hatte ich zuerst noch Zweifel, so ergaben Gabes Worte Sinn. Cody war wirklich ein Phänomen, was das betraf. Plötzlich schöpfte ich Hoffnung und konnte kaum noch erwarten, am Montag zur Arbeit zu gehen.

*

Müde, aber voller Tatendrang fuhr ich morgens zur Arbeit. Als ich in der Halle ankam, warteten Gabriel und Cody bereits auf mich.

»Hey, Urlauber«, begrüßte mich unser Boss.

»Hey.«

»Gabriel hat mir erzählt, du hättest ein kleines Problemchen mit Playboy Hopeman?«

»Playboy?«, fragte ich lachend. »Arschloch trifft es vermutlich besser.«

Ich zog meine Jacke aus, schnappte mir eine Tasse Kaffee und setzte mich zu ihnen. Gabriel klopfte mir aufmunternd auf die Schulter.

»Wir haben schon andere Sachen gemeistert. Auch dieses Problem werden wir lösen, verstanden?«

Seufzend strich ich mir durch die Haare. »Ich hoffe es. Ich will Sarah wieder bei mir haben und das so schnell wie möglich.«

»Dann kümmern wir uns drum«, meinte Cody ernst, doch *ernst* war eine Sache, die Cody nie lange aufrechterhalten konnte. »Wir wollen ja nicht, dass du an Samenstau stirbst.«

Ich verdrehte die Augen. »Ich glaube nicht, dass daran schon mal jemand gestorben ist. Es sei denn, er ist zu blöd, um auf Handbetrieb umzuschalten.«

»Genau«, meinte er und tat bedeutungsvoll. »Aus dem Grund habe ich auch nie verstanden, wieso Wichser ein Schimpfwort ist. Sind wir das am Ende nicht alle?«

Gabriel lachte laut und auch ich musste wegen dieser Weisheit schmunzeln.

»Wo du recht hast, hast du recht«, gab ich zu. »Und jetzt will ich deinen Vorschlag hören. Gabe meinte, wenn einer helfen kann, dann du.«

»Ich werde ein Wörtchen mit Gregory Hopeman reden«, meinte Cody. »Er ist ein ganz patenter Kerl. Etwas begriffsstutzig, aber anständig. Gleich nach der Arbeit fahre ich zu ihm und du kommst mit.«

»Du weißt, wo er wohnt?«, fragte ich erstaunt.

»Natürlich. Vor ein paar Jahren, ich war noch auf der Highschool, da war ich zu Gast auf einer Party in seinem Haus. Seine Tochter hatte gefeiert. Ich kenne sogar die Schlafzimmer von innen.«

»Du bist so ein Schwein, Cody McGee«, sagte ich lachend. »Du hast seine Tochter gevögelt?«

Cody grinste. »Nicht nur ein Mal. Aber er weiß nichts davon.«

»Na Gott sei Dank!«

*

Noch nie hatte ein Arbeitstag sich so lang für mich angefühlt, denn ich konnte kaum erwarten, mit Cody zu Gregory zu fahren. Dann war es endlich so weit und ohne uns umzuziehen, fuhren wir zu ihm hin.

»Wow«, sagte ich staunend, als das riesige Blockbohlenhaus in Sichtweite kam. Mister Hopeman schien gut zu verdienen.

»Heißes Teil, nicht wahr?«, merkte Cody an und ich konnte ihm nur zustimmen. »So eins möchte ich für Lilly und mich auch mal haben.«

»Das wäre wirklich ein Traum, nur für mich wäre es ein wenig zu groß. Wollt ihr mal Kinder haben?«

»Darüber haben wir noch nicht geredet. Aber ja, ich für meinen Teil schon. Du nicht?«

»Keine Ahnung. Sarah und ich sind vermutlich nicht für Kinder gemacht, aber man soll nie *Nie* sagen. Erst muss ich sie wieder nach Middletown schaffen.«

»Dann sehen wir mal, was wir machen können.«

Cody parkte seinen Truck direkt vor dem Haus. Ein wenig mulmig war mir schon, als wir die Treppe hinaufgingen und die Klingel betätigten. Mir war nicht klar, was wir Mister Hopeman erzählen sollten, aber Cody meinte, er macht das schon. Zuversichtlich hörte ich auf die sich nähernden Schritte, da öffnete sich auch schon die massive Haustür.

Ein sichtlich überraschter Gregory stand vor uns. »Aramis? Cody? Was machen Sie denn hier?«

Cody zeigte sein Hollywoodlächeln. »Hallo, Gregory. Hätten Sie einen Moment Zeit? Wir müssten kurz mit Ihnen reden.«

»Ja, natürlich? Gibt es Probleme in der Firma?«, sorgte er sich.

»Wie man es nimmt«, antwortete mein Boss. »Können wir das drinnen besprechen?«

Gregory klebte an seinen Lippen und brauchte einen Moment, doch dann bat er uns herein.

»Gehen wir in mein Büro. Meine Frau schaut Gilmore Girls. Wenn wir sie dabei stören, ist sie die nächsten Tage unausstehlich.«

Lachend folgten wir ihm in sein kleines Refugium und setzten uns.

»Darf ich euch etwas zu trinken anbieten?«, fragte er höflich, doch wir verneinten.

»Danke, das ist nicht nötig. Kommen wir lieber gleich zur Sache«, forcierte Cody unsere Angelegenheit.

»Schön. Womit kann ich euch helfen?«

Cody schielte kurz zu mir, dann wieder zu seinem Geschäftspartner. »Was ist mit Ihrer netten Büroangestellten passiert? Wir vermissen sie.«

Hopeman stutzte. »Sarah? Sarah Watson?«

»Ja, genau.«

»Oh, das ist eine sehr ärgerliche Geschichte. Ich war so froh mit ihr. Seit sie Ernest abgelöst hatte, schnellten unsere Umsätze in die Höhe. Sie war so fleißig und kompetent.«

»Und so schnell«, sagte Cody mit allem Ernst, aber ich wusste, dass er sich gerade über den Lahmarsch Ernest aufregte.

»Ja, das auch. Ich war völlig überrascht, dass sie fristlos gekündigt hat. Aber was hat das mit Ihrem Anliegen zu tun?«

Cody beugte sich nach vorne und stützte die Ellbo-
gen auf den Tisch. »Was, wenn ich Ihnen sage, dass
man sie dazu genötigt hatte zu kündigen?«, fragte er.

Verwirrt blickte Gregory zu ihm und zu mir. »Was
meinen Sie mit *genötigt?*«

Lässig lehnte Cody sich wieder in seinem Stuhl zurück. »Ich sage es nicht gerne, aber Ihr Sohn hat damit
zu tun.«

»Todd? Wieso?«

»Ich sage es mal so: Er hat sich von Sarah mehr erhofft, als sie ihm geben wollte. Als sie seine Annähe-
rungsversuche abgewehrt hat, bedrängte Todd sie. Er
hat ihr gedroht, falls sie nicht mit Aramis Schluss machen würde, würde er sie entlassen. Dann hat er sie an
den Schultern gepackt und in eine Ecke gedrängt. Sarah
hat ihm zwischen die Beine getreten und gekündigt.
Nicht ganz freiwillig, wie ich meine.«

Gregory sprang auf. »Mein Sohn hat was getan?«,
fragte er entsetzt.

»Es stimmt«, mischte ich mich ein. »Sarah war vollkommen fertig deswegen und ist es immer noch. Aber
da sie keine Zeugen hat, will sie nichts unternehmen.
Ich finde das nicht fair, denn sie hat nichts Falsches getan. Darum sind wir hier, um mit Ihnen zu reden.«

Mister Hopeman setzte sich wieder und stöhnte.
»Mein Gott. Todd hat sich ja schon so einiges erlaubt in
seinem Leben, aber das ist die Krönung.«

Cody nahm das Gespräch wieder auf. »Ich habe Sie
als sehr netten Menschen kennengelernt, Gregory, darum sind wir zuerst zu Ihnen gekommen. Wir möchten

Sarah ermöglichen, ihren Job wieder aufzunehmen, denn sie hat es nicht verdient, dass sie für die Fehler Ihres Sohnes geradestehen soll. Sie hätte ganz leicht eine Belästigungsklage anstreben können. Selbst wenn sie damit nicht durchgekommen wäre, so hätten sich Gerüchte verbreitet. Das würde Ihrem Unternehmen schaden und das wollen wir nicht, denn Sie können ebenso wenig dafür wie Sarah. Darum fragen wir Sie, was Sie zu tun bereit sind.«

»Ich brauche einen Schnaps!«, antwortete Gregory und machte sich an einer kleinen versteckten Bar zu schaffen, die sich in einer großen Buchattrappe befand. »Auch einen?«

Wieder verneinten wir, aber wir gönnten ihm das Getränk. Dass das nicht leicht für ihn war, konnten wir verstehen. Wer hörte schon gerne so etwas über seinen Sohn? Schließlich setzte er sich wieder.

»Und Sie sind sicher, dass das kein Irrtum war?«, hakte er nach.

»Ganz sicher.«

»Verflucht. Ich hätte wissen müssen, dass da etwas nicht stimmt. Sarah hat mir immer wieder bestätigt, wie gut es ihr bei uns gefällt. Ihre Kündigung war ein Schock für mich.«

»Das glaube ich Ihnen«, meinte Cody. »Die Frage ist, was gedenken Sie zu tun?«

Hopeman verzog schmerzlich die Lippen. »Wissen Sie, Todd ist gewohnt, immer alles zu bekommen, was er sich wünscht. Daran sind meine Frau und ich nicht ganz unschuldig. Wir haben ihn viel zu sehr verwöhnt. Meine Tochter Becky ist da ganz anders. Sie ist schon immer ein Mensch gewesen, der viel lieber gibt als nimmt.«

»Oh ja«, murmelte Cody leise neben mir, sodass ich mir ein Lachen verkneifen musste.

»Jedenfalls glaube ich euch. Ich kann mir sehr gut vorstellen, dass Todd das getan hat, auch wenn ich es nicht glauben will. Ich entschuldige mich bei Ihnen. Natürlich werde ich mir etwas einfallen lassen, um die Sache ins Reine zu bringen. Trotzdem möchte ich auch alles von meinem Sohn hören, das müssen Sie mir zugestehen.«

»Natürlich«, bestätigte Cody. »Aber denken Sie, er würde es zugeben?«

»Da komme ich ins Spiel«, mischte ich mich ein. »Ich hätte da eine Idee!«

30. Kapitel

Sarah

Dieser Montag war so trostlos wie meine Stimmung. Aramis war fort, meine Brüder und Schwägerinnen auch. Ich fühlte mich beschissen, denn ich vermisste meinen Freund ganz schrecklich, aber etwas Gutes hatte die Sache. Ich wusste jetzt, dass ich niemals würde hierbleiben können. Ich wollte mit Aramis zusammen sein.

»Du siehst aus wie sieben Tage Regenwetter«, warf mein Dad mir an den Kopf und er hatte recht.

»Ich weiß«, antwortete ich stöhnend.

»Und *ich* weiß, was dir da helfen könnte.«

»Und das wäre?«

»Komm mit.«

Mürrisch folgte ich meinem Dad in seine Garage. Natürlich! Wohin auch sonst?

»Und was soll ich hier?«, fragte ich.

»Hier! Nimm den!« Er warf mir einen weichen Lappen zu und drückte mir eine kleine Flasche in die Hand.

»Was soll ich damit?«

»Priscilla polieren. Die Braut ist fertig und soll im schönsten Glanz erstrahlen.«

»Priscilla?«, fragte ich lachend. »Du hast dem Auto nicht wirklich einen Frauennamen gegeben!«

»Wieso nicht?«

»Jungs geben Autos Frauennamen. Richtige Kerle nehmen Männernamen.«

Mein Dad lachte. »Wo nimmst du denn diese Weisheit her? Der Bel Air war das Lieblingsauto von Elvis. Darum habe ich die Schönheit Priscilla getauft.«

»Aramis hat mir das erklärt«, sagte ich kichernd und spürte, wie meine Laune etwas besser wurde.

»Oh, Aramis hat dir das erklärt. Na dann wird es wohl stimmen. Und jetzt verklickere du mir etwas. Wieso ist er weg und du bist noch hier?«

Hart schluckte ich, denn ich wusste, nun war das Unausweichliche gekommen und ich musste Rede und Antwort stehen. Um mich zu sammeln, trug ich etwas Politur auf den Lappen auf und fing an, den Kotflügel von Priscilla damit einzureiben.

»Es ist etwas vorgefallen«, begann ich zaghaft.

Mein Dad runzelte die Stirn. »Zwischen dir und Aramis?«

»Nein.« Himmel, das war so schwer für mich! »Ich habe keinen Job mehr.«

»Was?«

»Ja, so ist es.«

»Was ist passiert, Schatz?« Auch Dad fing an zu polieren, ließ mich dabei aber nicht aus den Augen.

»Ich weiß gar nicht, wie ich dir das erzählen soll. Es gab einen Vorfall mit dem Juniorchef.«

Dad hielt kurz inne. »Ich bin dein Vater, Sarah. Du kannst mir alles sagen.«

»Ich weiß, aber es ist nicht leicht, mit seinem Vater darüber zu reden.«

»Ich bin doch kein Unmensch. Was war los? Raus damit!«, forderte er.

»Er hat mich belästigt«, gab ich stöhnend zu und dachte, ich müsste im Erdboden versinken. »Da habe ich gekündigt.«

»Mein Gott!«, stieß mein Dad hervor, kam zu mir und legte einen Arm um mich. »Was hat er dir angetan?«

»Nichts, was ich nicht verkraften könnte.«

Zaghaft erklärte ich ihm alles und Dad hörte zu, ohne mich zu unterbrechen. Ab und zu nickte er oder schüttelte den Kopf.

»Man hätte das Schwein anzeigen müssen, aber ich verstehe, wieso du es nicht getan hast. Ohne Zeugen wären deine Chancen gering. Weiß deine Mom schon davon?«

»Nein. Ich wollte sie nicht beunruhigen.«

»Und da bist du zu deinem alten Herrn gekommen«, sagte er lächelnd. »Weiß Aramis davon?«

»Ja. Ich habe es ihm erst kurz vor seiner Abreise gesagt. Ich hatte Angst, er würde etwas Dummes tun. Und glaub mir, das hätte er.«

»Wieso bist du nicht mit ihm zurückgeflogen?«

»Weil ich den Kopf freibekommen wollte. Mindys Gegenwart könnte ich zurzeit nicht ertragen. Sie würde mich ausquetschen, mir wieder Vorwürfe machen, wieso ich Todd nicht angezeigt habe, mir ihre Emanzipationsparolen um die Ohren hauen und mich nerven. Zuerst muss ich wissen, wie es weitergehen soll. Ich brauche einen neuen Job, wenn möglich in Middletown oder in der Nähe. Aramis wollte zwar, dass ich zu ihm ziehe, aber dann käme ich mir wie ein Schmarotzer vor. Ich will mein eigenes Geld verdienen.«

Dad lächelte. »So warst du schon immer, meine Kleine. Stark, selbstbewusst und du hast dir nie etwas gefallen lassen. Soll ich dir etwas sagen? Ich bin glücklich,
dass du der Mensch bist, der du bist.«

»Und trotzdem hast du meine Entscheidung, Aramis
zu wählen, angezweifelt?«, neckte ich ihn, aber ich war
glücklich über seine Worte.

»Ich hätte jeden angezweifelt, Prinzessin, denn nur
der Beste ist gerade gut genug für dich.«

»Und? Erfüllt er den Job?«

Dad lachte. »Ja. Doch. Er scheint ein patenter Kerl zu
sein.«

Nachdenklich schaute ich ihn an und spürte in mir
die Liebe zu ihm. Schon immer war ich ein Daddy-Kind
gewesen und auch jetzt, mit fast dreißig Jahren, brauchte ich ihn noch.

»Ich vermisse ihn, Dad. Und ich will auf jeden Fall
wieder zurück zu ihm. Er würde nicht zögern und hier-
herziehen, aber das will ich nicht. Er hat seinen Job
dort, seine Familie und Freunde. Ganz wunderbare
Freunde sogar. Aber wie soll ich das machen, wenn ich
nichts vorzuweisen habe? Was soll ich seinen Eltern erzählen, wenn er sie mir irgendwann vorstellt?«

Dad machte mit dem Polieren weiter und ich schloss
mich an. »Du solltest dir nur um eins Sorgen machen,
und zwar um dich selbst! Frage dich, was du wirklich
willst. Du musst nicht einmal deiner Mutter etwas davon erzählen, wenn du das nicht willst. Ich bin aber
froh, dass du mit mir darüber geredet hast. Nicht, weil
ich es jetzt weiß, sondern weil ich weiß, dass du dich
jetzt besser fühlst. Habe ich recht?«

Darüber musste ich nicht lange nachdenken. »Natürlich fühle ich mich besser. Weißt du, ich liebe Aramis.

Aber ich denke, wenn es einem Kind nicht gutgeht, dann braucht es seine Eltern. Oder zumindest seinen Dad.« Liebevoll lächelte ich ihm zu und er lächelte gerührt zurück.

»Es ist schön zu hören, dass man noch gebraucht wird.«

»Ich werde dich immer brauchen. Auch wenn ich nicht mehr ständig hier bin.«

Dad sagte daraufhin nichts mehr, aber fürs Erste war auch alles gesagt. Statt zu reden, polierten wir Priscilla, bis sie glänzte wie eine Speckschwarte. Überraschenderweise half mir das dabei abzuschalten. Jetzt verstand ich, wieso mein Vater so viel Zeit mit ihr verbrachte. Man fokussierte sich. Unnötige Dinge verschwanden aus dem Denken, wurden unwichtig. Mom gelang das beim Gärtnern. Ich brauchte dringend ein Hobby!

*

In den nächsten beiden Tagen festigte ich mich. Aramis rief jeden Abend an, was mich zusätzlich stärkte. Ich fand sogar den Mut, mit meiner Mom über alles zu reden. Sie reagierte genauso, wie ich es erwartet hatte. Sie wollte umgehend nach Middletown fliegen, um Todd den Arsch aufzureißen, und zwar unter Mithilfe meiner Brüder. Da Dad und ich jedoch mit Engelszungen auf sie einredeten, ließ sie von ihrem Vorhaben ab. Stattdessen half sie mir, Stellenanzeigen zu prüfen.

Am Mittwoch musste ich aus der familiären Enge ausbrechen, denn ich brauchte eine gewisse Zeit für mich selbst. Gegen fünfzehn Uhr machte ich mich zu Fuß auf den Weg ins Zentrum.

Melancholie beschlich mich, als ich an den Orten meiner Kindheit vorbeikam. Da war meine alte Schule, die mir heute gar nicht mehr so groß vorkam, wie ich sie in Erinnerung hatte. Es gab immer noch die kleine Bäckerei, die so leckere Cupcakes anbot, also ging ich hinein und gönnte mir einen. Die Verkäuferin war nicht mehr die gleiche, aber der Cupcake schmeckte noch genauso gut wie früher.

Ich kam an der Kirche und am Festplatz vorbei, wo jedes Jahr im Sommer eine Kirmes stattfand, und schließlich landete ich in dem kleinen Park neben der Eisdiele.

»Sarah? Sarah Watson?«, hörte ich jemanden sagen.

Eine Gänsehaut jagte über meinen Rücken. Ich kannte diese Stimme und wusste, zu wem sie gehörte, noch bevor ich das Gesicht dazu sah. Langsam drehte ich mich um.

»Kelsey?«, fragte ich zurück, denn plötzlich war ich mir nicht mehr sicher.

»Ja, genau. Kelsey Winters aus der siebten Klasse. Mann, ist das lange her! Wie geht es dir? Du siehst gut aus!«

Ich musterte den Mann mit der Halbglatze und dem dicken Bauch, der da vor mir stand. »Du ... auch«, gab ich zurück und hoffte, diese kleine Notlüge würde mich nicht in die Hölle bringen. Was war nur mit ihm passiert? Er war einst der heißeste Junge der Schule gewesen. Sportlich, durchtrainiert, mit vollem Haar und einem markanten Gesicht. Das war wohl mit ein Grund, warum er mich damals immer gehänselt hatte. Aber jetzt stand da ein Mensch, der zwanzig Jahre älter aussah, als er war. Im Geiste dankte ich Karma, obwohl mir durchaus bewusst war, wie gehässig ich gerade innerlich grinste. Nicht, weil er jetzt so aussah, aber weil ich ahnte, wie er sich fühlen musste. Vermutlich war ihm sogar klar, was er mir früher angetan hatte, jetzt, nachdem er selbst nicht mehr Mister Perfect war. Gut! Es schadete ihm bestimmt nichts, ein wenig Reue zu zeigen.

»Wie geht es dir?«, fragte er schüchtern.

»Gut. Und selbst? Wolltest du nicht nach Westpoint an die Militär-Akademie?«

Verlegen kratzte er sich am Kopf. »Ja, das wollte ich. Aber dann kamen mir Brittany, Cindy, Caroline und Betty dazwischen.«

Fragend zuckte ich mit den Schultern.

Lächelnd setzte er zu einer Erklärung an. »Meine Töchter. Die Erste kam zur Welt, da war ich gerade neunzehn geworden. Gleich nach meinem Highschool-Abschluss. Da war es vorbei mit meinen Träumen von einer Offizierslaufbahn.«

»Oh!«, drückte ich hervor. »Da wolltest du nicht mehr weg, nicht wahr? Kann ich verstehen.«

»Im Gegenteil. Ich wollte so weit weg wie nur möglich. Aber Liza Cochrans Dad hat mich mit dem Gewehr zur Hochzeit begleitet, falls du verstehst.«

Mein inneres Grinsen wurde breiter, auch wenn er mir bis zu einem bestimmten Grad leidtat.

»Du hast Liza geheiratet? Ihr wart doch als Kinder wie Hund und Katze. Hast du ihr nicht sogar mal den Zopf abgeschnitten?«

»Angesengt«, sagte er lachend. »Na ja, wie das so ist. Eine Halloween-Party, zu viel Alkohol … Wie auch immer. Jetzt arbeite ich drüben bei Jimmys Haushaltswaren. Nicht gerade ein Traumjob, aber ich habe nicht weit zur Arbeit und das Gehalt stimmt auch.«

»Das ist doch schön. Ich freue mich für dich, dass du eine Familie hast.« Nein, das war nicht gelogen. Ich freute mich wirklich. Vier Töchter! Zu gerne hätte ich sie mal gesehen. Das musste der Horror für ihn sein.

»Was machst du so?«

»Ich gönne mir gerade eine Auszeit. Meine Eltern besuchen und so. Aber bald werde ich zurück nach Montana fliegen. Mein Freund wartet dort auf mich.«

»Arbeitest du dort?«

»Ja.« Schon wieder eine Lüge, aber egal. »Ich mache die Buchhaltung in einem großen Holzhandel.«

»Wow. Du hast dein Leben im Griff. Aber jetzt muss ich los. Es war schön, dich mal wiedergesehen zu haben.«

»Danke, mich hat es auch gefreut. Grüße Liza von mir.«

»Mach ich. Bis dann.«

»Ja, bis dann.«

Er dackelte davon und eine tiefe, innere Befriedigung erfüllte mich. Mindy hatte recht. Jeder hatte sein eigenes Päckchen zu tragen und so etwas wie Perfektion gab es nicht. Und selbst wenn, dann hielt sie nicht ewig.

Mit dieser Erkenntnis ging ich wieder nach Hause. Gelassen, zufrieden mit mir und voller Hoffnung, dass das Schicksal schon alles richten würde.

31. Kapitel

Aramis

Es war Donnerstagmorgen und ich war guter Dinge.
Am Abend zuvor hatte ich mit Sarah telefoniert. Sie
hatte sich viel besser angehört als in den Tagen davor.
Sie hatte mir sogar versichert, dass sie in etwas über einer Woche zurückkommen wollte. Das freute mich un-
gemein, aber das dauerte mir viel zu lange. Aus diesem
Grund war ich auch gerade dabei, die ganze Sache etwas zu beschleunigen. Nicht zuletzt auch wegen
Chucky, der immer bockiger wurde. Vermutlich vermisste er Sarah genauso sehr wie ich, auch wenn das
kein Grund war, mir sein Futter in die Hausschuhe zu
stopfen. Ich glaubte nicht, dass ich je etwas Ekligeres an
meinen Füßen gespürt hatte.

Jedenfalls stand ich hier auf dem Parkplatz vor Hopemans und atmete tief durch. Der Schnee war fast verschwunden und die Sonne lachte auf mich herab, als ob
sie mich bei meinem Vorhaben unterstützen wollte. Zuversichtlich ging ich zum Eingang, öffnete die Tür und
stürmte hinein.

Hinter dem Schreibtisch, an dem Sarah hätte sitzen
müssen, saß jetzt Todd und ich brauchte mich nicht mal
besonders anzustrengen, um ein böses Gesicht aufzu-

setzen. Den Kerl hatte ich gefressen und ich musste mich arg beherrschen, nicht auf ihn loszugehen, um ihm eine reinzuhauen. Trotzdem sollte er das Gefühl haben, dass ich es tun würde.

»Hallo, Arschloch«, knurrte ich und schlug mit der Faust auf den Tresen.

Todd blickte hoch, erkannte mich und schob seinen Bürostuhl panikartig zurück. Mit erhobenem Zeigefinger deutete er auf mich.

»Bleib mir ja vom Leib!«, zischte er.

Gut! Er ahnte, wieso ich hier war!

»Du spielst doch so gerne«, antwortete ich düster. »Wie wäre es? Heute spielen wir zwei mal miteinander.«

»Lass mich in Ruhe oder ich rufe die Polizei!«

Laut lachte ich auf. »Und was willst du denen erzählen? Dass du Sarah sexuell belästigt hast? Dass du sie in eine Ecke gedrängt und bedroht hast? Ihr keine andere Wahl gelassen hast, als zu kündigen?«

»Das kann sie nicht beweisen!«

»Hmh, wie du siehst, sind wir ganz alleine hier. Wenn ich dir jetzt deine fiese Visage poliere, sieht es auch keiner. Bevor die Polizei anrückt, bin ich längst fertig und über alle Berge.«

»Wage es ja nicht!«, fluchte er und krallte sich an die Lehne des Stuhls, hinter dem er sich versteckte.

»Du achtest Frauen nicht sonderlich, habe ich recht? Du siehst etwas, du willst es und du nimmst es dir. Hat bei Sarah nicht geklappt. Wie geht es deinen Eiern?«

Todds Kopf wurde rot wie eine Tomate. »Dieses dumme, naive, völlig von dir verblendete Ding! Ich hätte ihr viel mehr zu bieten als du. Was hast du schon vorzuweisen außer deinen Tattoos und deinem Macho-

Gehabe? Ich wollte ihr nur deutlich machen, dass sie es bei mir viel besser hätte.«

»Mit Gewalt?«

»So schlimm war das nicht!«

Lächelnd blickte ich ihn an. »Für dich vielleicht nicht. Aber du wolltest das Leben der Frau zerstören, die ich über alles in der Welt liebe. Das kann ich dir nicht durchgehen lassen.«

Ich machte ein, zwei Schritte um den Tresen herum, wodurch Todd rückwärts taumelte. Er zitterte vor Angst, während ich mich köstlich amüsierte.

»Du bist so ein armes Würstchen«, sagte ich und lachte ihn aus. »Ich denke, wir alle haben genug gehört, stimmts, Mister Hopeman?«

Todd starrte mich verwirrt an, doch ich lächelte dem Mann zu, der gerade mit Cody durch die Hintertür kam. Als er registrierte, dass da sein Vater hereinkam, schluckte er so heftig, dass sein Adamsapfel auf und ab hüpfte.

»Dad?«, sagte er mit zitternder Stimme, doch Mister Hopeman ignorierte ihn und wandte sich direkt an mich.

»Danke, Aramis. Ich denke, ich habe genug gehört.«

»Dad, ich ...«

»Halt die Klappe, Todd, bevor ich mich vergesse!«

»Aber ...«

Mister Hopeman baute sich vor ihm auf. »Du gehst jetzt nach hinten und schickst mir Wilma hierher. Sie soll vorläufig übernehmen. Danach gehst du zu mir nach Hause und wartest dort, bis ich zu dir komme. Wir haben einiges zu bereden!«

»Dad, bitte, ich kann das alles erklären! Du wirst doch jetzt nicht ...«

»Ich sage es nicht noch mal, Todd! Geh mir aus den Augen und lass dich ja nicht mehr hier blicken!«

Todd warf mir einen Blick zu, der hätte töten können, dann rauschte er wutentbrannt davon. Gregory kam kopfschüttelnd zu mir.

»Das tut mir alles so wahnsinnig leid. So etwas hätte niemals passieren dürfen. Es ist unentschuldbar.«

»Sie können ja nichts dafür«, beruhigte ich ihn.

»Doch, das kann ich. Wir haben ihn als Kind zu viel verwöhnt. Ein Nein kann er nicht gelten lassen. Aber jetzt werde ich dafür sorgen, dass er es lernt. Ich danke Ihnen und Sarah, dass Sie keine Anzeige erstattet haben. Und selbstverständlich bekommt sie ihren Job zurück, falls sie ihn noch will. Sie muss auch keine Angst haben, hier Todd zu begegnen. Er wird keinen Fuß mehr in dieses Werk setzen.«

»Das ist sehr nett von Ihnen. Ich werde es Sarah ausrichten. Aber die Entscheidung liegt bei ihr.«

»Natürlich. Reden Sie mit ihr. Sagen Sie ihr, dass ich ihren Stundenlohn um zwei Dollar erhöhe, denn sie leistet wirklich gute Arbeit. Und sie wird einen Bonus erhalten in Höhe von …« Mister Hopeman dachte kurz nach. »In Höhe von zwei Monatsgehältern? Ich weiß, das macht nicht wieder gut, was passiert ist, aber es soll eine Anerkennung sein und meine Wertschätzung ausdrücken.«

Lächelnd reichte ich ihm die Hand. »Danke. Das ist sehr großzügig von Ihnen. Sie wird sich sicher bei Ihnen melden. Geben Sie ihr noch ein paar Tage.«

»Sicher. Ich fahr dann mal nach Hause. Dort habe ich jetzt etwas zu klären. Meine Herren.« Gregory nickte Cody und mir zu, und als Wilma ins Büro kam, verschwand er.

Cody, der still alles mitangehört hatte, kam zu mir und klopfte mir lächelnd auf die Schulter. »Alles gut bei dir?«

»Jetzt ja. Ich hätte Todd zwar lieber die Visage poliert, aber ich denke, so ist es richtig.« Ich gab ihm einen leichten Boxschlag auf den Oberarm. »Danke, Mann.«

»Keine Ursache. Wie ich den alten Hopeman kenne, wird er sich was einfallen lassen für seinen Widerling von Sohn. Ich habe nur ein wenig nachgeholfen.« Er grinste und fügte hinzu. »Ich bin einfach zu geil für diese Welt. Und jetzt sollten wir ein wenig feiern!«

Wir fuhren zurück in die Firma, wo Gabriel uns schon neugierig erwartete.

»Und?«, fragte er. »Konntet ihr alles regeln?«

»Ja«, antwortete ich glücklich. »Todd wird seine Strafe bekommen und Sarah hat ihren Job wieder, wenn sie denn will.«

»Wow, das sind ja wirklich gute Nachrichten. Ich bin richtig stolz auf dich. Ich glaube, so gelassen hätte ich das nicht hinnehmen können. Du weißt, was ich meine.«

»Oh, ich hätte ihn auch lieber windelweich geprügelt, glaub mir das. Aber das hätte weder mir noch Sarah etwas gebracht. Ich denke, so ist es richtig.«

Gabriel blickte auf seine Armbanduhr. »Wir hätten in einer Stunde Feierabend. Was meinst du Boss?«, richtete er sich an Cody. »Ich finde, das sollten wir feiern. Machen wir Schluss für heute. Ich komme morgen dafür eine Stunde länger.«

Cody verzog seinen Mund zu einem breiten Grinsen. »Nun, ich wollte eh feiern, aber wenn du mir die Stunde schon anbietest, nehme ich sie gerne.«

Gabriel stutzte zuerst, dann begriff er. »Du bist so ein Arsch!«, fluchte er lachend.

»Nein, nur clever. Na los, packt alles zusammen. Gehen wir in den Saloon! Aramis zahlt.«

»Nichts lieber als das!«

Wenige Minuten später waren wir beim Saloon vorgefahren und gingen hinein.

»Scheiße, in Arbeitskleidung und noch nicht mal geduscht«, maulte Gabe und schnüffelte an seinen Achseln.

»Igitt, lass das!«, beschwerte Cody sich. »So viel kannst du heute noch nicht gearbeitet haben, dass du stinken würdest wie ein Puma.«

»Nein, mein Deo hält noch«, sagte Gabriel lachend.

»Schafft eure Kadaver da rein«, forderte ich. »Ihr könnt drinnen weiterzanken. Wenn ich nicht gleich ein Bier vor mir stehen habe, muss ich doch noch jemanden verprügeln.«

Meine beiden Kumpel lachten, nahmen mich in ihre Mitte und führten mich in unsere Stammkneipe. Drinnen war es relativ ruhig, also setzten wir uns zu Shane an die Theke.

»Hallo, Männer. Welch Glanz in meiner Hütte«, begrüßte er uns lächelnd.

»Hallo, Shane«, grüßte ich zurück. »Sei so lieb, mach den beiden Losern hier und mir bitte ein Bier.«

»Ein Bier für alle?«, frotzelte er.

»Für jeden eins, du Spinner.«

»Dann sag das doch gleich!«

Kurze Zeit später standen unsere Drafts vor uns. Bedächtig erhob ich mein Glas. »Darauf, dass alle Arschlöcher dieser Welt ihre gerechte Strafe bekommen. Na los, anstoßen!«

Unsere Gläser klirrten gegeneinander, dann tranken wir einen Schluck und stellten sie wieder ab. Dankbar blickte ich Cody an. Wenn mir noch vor drei, vier Jahren jemand erzählt hätte, was für ein toller Kerl er ist, hätte ich es nicht geglaubt. Lilly war ihm definitiv gut bekommen und ich spürte, dass auch Sarah bereits einen besseren Menschen aus mir gemacht hatte.

»Danke, Code-Man«, sagte ich leise in seine Richtung und meinte es bis zum tiefsten Grund meiner Seele ehrlich. »Ohne dich hätte ich das nicht so hinbekommen.«

»Schon gut. Du hast mir schon gedankt. Auf weitere Lobeshymnen kann ich verzichten. Ich weiß genau, wie es ist, wenn man verzweifelt ist.«

»Na so was«, fiel Gabe in unser Gespräch. »Schaut mal, wer da hereingeschneit kommt.«

Er deutete zur Tür. Ich schaute hinüber und erkannte Tyler Monroe und seinen besten Kumpel Darren Shields.

Cody polterte gleich los. »Hey! Habt ihr sonst nichts zu tun, als an einem Donnerstagmittag um kurz nach vier in die Kneipe zu gehen?«

Niemand sonst hätte sich getraut, mit den beiden so zu reden, aber Cody hatte eine ganz besondere Beziehung zu ihnen. Durch ihn hatten auch Gabe und ich die zwei kennengelernt und er schien eine Art Bindeglied zwischen uns allen zu sein.

»Ich kann dir gerne mal einen Knoten in deine freche Zunge machen«, brummte Tylers tiefe Bassstimme zu uns herüber.

Die beiden kamen zu uns an die Theke und begrüßten uns herzlich. Tyler streckte seine Hand aus und begrüßte zunächst Gabe. Ich winkte ihm schnell zu, denn ich kannte seinen überaus festen Händedruck. Tyler winkte zurück und umarmte dann Cody. Auch Darren ließ es sich nicht nehmen, uns die Hand zu reichen. Bei ihm schlug ich ein, denn obwohl auch er fest zudrückte, musste ich keine Angst um meine Finger haben.

»Was macht ihr Holzwürmer denn schon hier?«, wollte er wissen.

»Ich geb dir gleich Holzwurm«, meinte Cody lachend. »Aber um deine Frage zu beantworten: Wir feiern ein wenig.«

»Und was?«

»Lange Geschichte.«

»Wir haben Zeit«, brummte Tyler grinsend. »Kommt rüber an den Tisch. Reden wir.«

Wir nahmen unsere Gläser und folgten ihnen. Es tat gut, mal wieder in so einer Männerrunde zu sitzen, wusste ich doch, dass wir alle so unsere kleinen Problemchen hatten.

»Was gibt es Neues bei euch?«, fragte ich interessiert.

»Darren und ich sind hier, weil wir etwas besprechen wollten.«

»Ach was!«, neckte ich ihn.

Tyler lachte. »Nun ja, du weißt doch, dass ich bei Bee auf der Farm arbeite.«

»Ja, weiß ich.«

»Jetzt ist es so, dass die liebe alte Dame die kalten Winter Montanas satthat. Sie möchte zu ihrer Tochter nach South Carolina ziehen. Und da hat sie mir die Farm angeboten.«

»Wow, das ist ja toll.«

»Schon. Aber es wäre einiges an Arbeit zu investieren. Allein schaffe ich das nicht. Außerdem habe ich noch mein eigenes Haus. Und Shelby hat ihre Werkstatt.«

»Sie hat sie doch vermietet«, merkte Cody an. »Und du könntest dein Haus vermieten oder verkaufen.«

Tyler nickte. »Unsere Tochter geht bald in den Kindergarten und ich befürchte, meine Frau wird sich nicht mehr lange nur mit der Rolle als Mutter und Hausfrau abgeben. Sie überlegt, die alte Werkstatt zu verkaufen, um sich eine modernere in Bees Scheune einzurichten. Die Substanz wäre da. Außerdem ist die Farm viel größer als mein Haus. Mary Kate hätte viel mehr Platz, und falls noch ein Brüderchen oder eine Schwester kommt, wäre für jeden ein Kinderzimmer da.«

»Ihr plant weitere Kinder?«, fragte Gabe.

»Ja. Und mit der Werkstatt direkt am Haus wäre es für uns kein Problem mit den Kindern.«

»Das ist toll«, sagte ich leise.

»Es gibt einiges zu überdenken«, sagte Tyler. »Aber ich denke, die Farm ist das Risiko wert. Was ist mit euch? Was macht ihr so früh schon hier? Und wieso sieht Aramis aus wie sieben Tage Regenwetter?«

Lächelnd schaute ich ihn an. »Mir geht es gut. Es gab zwar ein Problem, aber wir haben es gelöst.«

Natürlich ließ Cody es sich nicht nehmen, allen die Story brühwarm zu erzählen. Als er geendet hatte, schüttelte Darren den Kopf.

»So ein Wichser«, knurrte er und bezog sich dabei auf Todd. »Ich hasse diese *Von-Beruf-Sohn*-Typen.«

»Ich auch«, antwortete ich seufzend. »Aber es ist erledigt. Jetzt muss ich nur noch schauen, dass ich Sarah wieder zurückbekomme.«

»Das ist die hübsche Kleine mit dem netten Vorbau, nicht wahr?«, fragte Tyler grinsend.

»Ja«, bestätigte ich schmunzelnd. »Ich will sie zurückhaben. Koste es, was es wolle.«

»Wenn du ihr die gute Nachricht überbringst, wird sie schneller hier sein, als du Tallahassee buchstabieren kannst«, meinte Darren.

»Bestimmt«, stimmte ich ihm zu. »Aber ich will sie ganz bei mir haben. Nur ob sie zu mir in meine kleine Wohnung ziehen will, da bin ich mir nicht ganz sicher. Sicher, sie wohnt ja noch bei ihrer etwas prüden Cousine und wir könnten ab und zu mal hier, mal da übernachten. Aber zusammenwohnen wäre schöner.«

»Du willst gleich Nägel mit Köpfen machen?«, fragte Gabe.

»Ja«, antwortete ich und war über meine Erkenntnis selbst am meisten überrascht.

»Ich hätte da einen Vorschlag zu machen«, sagte Tyler strahlend. »Du hilfst mir an den Wochenenden mit den Holzarbeiten auf der Farm und ich vermiete dir dafür günstig unser altes Haus. Shelby und ich könnten schneller umziehen und du hättest mehr Platz für Sarah und dich. Zwei Fliegen mit einer Klappe.«

Dieser Vorschlag kam plötzlich, aber je mehr ich darüber nachdachte, umso besser hörte er sich an. »Das wäre eine fantastische Idee, insofern ich mir die Miete leisten könnte.« Ich zwinkerte ihm zu und er lachte.

»Das würdest du. Aber rede zuerst mal mit Sarah. Wann siehst du sie wieder?«

Verschmitzt lächelte ich, denn diese Zukunftsaussichten pushten mich. »Ich werde am Samstag hinfliegen und Sonntag zurück sein. Und ihr, Gabe und Cody, werdet mitkommen, sonst glaubt sie mir kein Wort.«

Cody grinste. »Du zahlst die Flüge, weil du Begleitschutz brauchst? Bin dabei! Und Gabe auch, richtig?«

»Worauf du einen lassen kannst!«

32. Kapitel

Sarah

Fast eine Woche lang musste ich schon ohne Aramis auskommen. Die Sehnsucht nach ihm wurde täglich stärker, ließ mein Herz bis zum Hals schlagen und mich in der Nacht nicht schlafen. Ich musste zurück, und zwar so schnell wie möglich. Doch noch immer hatte ich keinen ansprechenden Job finden können, das machte mich fertig.

»Das wird schon«, baute meine Mom mich auf. »Du hast die besten Referenzen und sobald sich etwas bietet, wirst du einen neuen Job haben.« Zwinkernd fügte sie hinzu: »Auch wenn ich nichts dagegen hätte, dich noch etwas länger hier zu haben. Dein Dad ist viel besser drauf, wenn du in seiner Nähe bist.«

Lächelnd drückte ich sie. »Du weißt, wie gerne ich hier bin, aber ich muss mir jetzt selbst ein Leben aufbauen. Und dieses Leben schließt Aramis mit ein.«

»Was ja auch verständlich ist. Telefoniert ihr noch miteinander?«

»Jeden Tag. Ich kann es kaum erwarten, ihn wiederzusehen.«

Mom spülte das Geschirr vom Mittagessen ab und ich half ihr abzutrocknen.

»Das wird schon«, sagte sie zuversichtlich. »Sieh hinaus. Die Sonne lacht, es ist ein wunderbarer Tag. Du solltest das Leben genießen und die düsteren Gedanken ablegen.«

»Wenn es nur so einfach wäre«, seufzte ich. Ich räumte den letzten Topf weg, faltete das Geschirrtuch und drapierte es zum Trocknen über die Spüle. »Ich geh mal zu Dad in die Garage. Priscilla dürfte endlich fertig sein, da will ich ihn noch ein wenig loben. Er ist so stolz auf das Auto.«

»Ja, das ist er. Manchmal frage ich mich, mit wem er wirklich verheiratet ist.«

»Du willst mir aber nicht erzählen, dass du eifersüchtig auf ein Auto bist, Mom, oder doch?«

Mom lachte laut. »Nein. Glaub mir, mein Kind, wenn du mal so lange verheiratet bist wie ich, bist du froh, wenn du mal ein paar Stunden am Tag deine Ruhe hast. Priscilla ist ein Segen.«

Wissend zwinkerte sie mir zu und ich verstand, was sie mir sagen wollte. Manchmal brauchte Liebe auch etwas Abstand.

»Ich geh dann mal.«

»Viel Spaß.«

Gemütlich schlenderte ich hinüber zur Garage. Dad war dabei, die Fenster von dem Bel Air zu putzen, und ich wusste, das war der letzte Handgriff vor der Probefahrt.

»Hey, Dad. Wie läuft es?«

»Hey, Süße. Gut. Sieh nur, wie sie glänzt.«

»Sie sieht toll aus. Wie viele Jahre hast du jetzt daran gearbeitet?«

»Acht Jahre. Eine lange Zeit. Es hat gedauert, bis ich alle Original-Ersatzteile zusammenhatte.«

»Das glaub ich dir. Aber es hat sich gelohnt. Ein echter Klassiker mit modernem Flair. Wirst du das Auto verkaufen?«

Dad kratzte sich am Kinn. »Ich habe darüber nachgedacht, aber nein. Es steckt zu viel Herzblut von mir drin. Priscilla ist ein Schiff und schluckt viel zu viel Sprit. Aber wenn ich deine Mom an einem sonnigen Sonntag damit ausfahren darf, werde ich mich fühlen wie Elvis in seinen besten Tagen. Das ist die Sache wert, findest du nicht?«

»Sie wird sich wie eine Königin fühlen«, bestätigte ich und lächelte ihm liebevoll zu. Ja, er liebte meine Mom wie am ersten Tag und ich konnte nur hoffen, dass meine Beziehung zu Aramis auch einmal so verlaufen würde.

Von der Garagenauffahrt drangen Motorengeräusche an mein Ohr, sodass ich überrascht den Kopf drehte. Auch mein Dad blickte skeptisch zu dem Wagen hinüber, der gerade vorfuhr und in der Einfahrt parkte.

»Wer ist das denn?«, grummelte mein Vater.

Durch die getönten Scheiben des VW Käfers konnte ich nichts erkennen, darum zuckte ich nur mit den Schultern. Dann öffnete sich die Beifahrertür und jemand stieg aus, den ich kannte.

»Cody?«, fragte ich überrascht.

Dann stieg ein weiterer Mann aus und auch ihn kannte ich. Es war Gabriel, Aramis' bester Freund.

»Wer, zum Teufel, ist das?«, knurrte mein Dad.

Dann öffnete sich die Fahrertür und mein Herz schlug Purzelbäume. Aramis!

Vor Glück lachte ich los. »Das sind die drei Musketiere!«, rief ich meinem Dad zu, befand mich aber schon auf dem Weg in Aramis' Arme.

Mit einem Sprung war ich bei ihm, und noch bevor einer von uns auch nur ein Wort sagte, lagen wir uns in den Armen und küssten uns.

»Was macht ihr denn hier?«, fragte ich glücklich, als wir uns voneinander lösten.

Cody und Gabriel gesellten sich zu uns, ebenso mein Dad.

»Wir sind in geheimer Mission unterwegs«, frotzelte Cody. »Nur die Karre ist beschämend.«

Ich blickte auf den Käfer und lachte.

»Der einzige Mietwagen, der zu bekommen war«, erklärte Aramis. »Hallo, Theo.«

»Hey. Bist du gekommen, um meine Tochter endlich wieder glücklich zu machen?«

»Ja, Sir.«

»Dann seid ihr willkommen«, sagte Dad grinsend.

Aramis stellte ihm Cody und Gabe vor. »Meine besten Kumpel. Sie unterstützen mich bei meinem Vorhaben.«

»Welches Vorhaben?«, fragte ich neugierig.

Aramis sah mich an und lächelte. »Ich will dich endlich zurückholen. Es ist alles geregelt.«

»Was meinst du mit geregelt?«

»Du hast deinen Job wieder.«

»Wie bitte?«, fragte ich ungläubig.

»Es ist wahr«, bestätigte Gabriel. »Wir haben ein ernstes Gespräch mit Mister Hopeman Senior geführt. Aramis dachte, du würdest ihm nicht glauben, darum sind wir mitgekommen.«

»Aber ...«, stammelte ich. »Wie ist das möglich?«

Cody warf sich in die Brust. »Wie immer hat es der Code-Man gerichtet«, verkündete er stolz. »Dafür schuldet ihr mir noch was.«

Aramis schüttelte lachend den Kopf. »Ja, es war Cody, der mir geholfen hat. Wir haben Todd eine Falle gestellt.«

»Will ich wissen, wie die aussah?«, fragte ich, denn ich befürchtete Schlimmes.

»Keine Angst, Todd geht es gut. Ich habe ihn nicht angerührt«, erklärte Aramis.

»So gut es jemandem in Alaska nur gehen kann«, fügte Cody hinzu und grinste breit.

»Ich verstehe nur Bahnhof«, gab ich zu.

Aramis' Boss setzte zu einer Erklärung an. »Gregory weiß, was sein Sohn getan hat. Er hat ihn ins Hauptwerk nach Alaska strafversetzt. Wenn du also deinen Job wieder annimmst, wirst du ihm nicht mehr über den Weg laufen.«

Aramis legte einen Arm um meine Schultern. »Außerdem bekommst du zwei Dollar mehr Stundenlohn und eine Wiedergutmachung von zwei Monatsgehältern. Na, wie haben wir das gedeichselt?«

Meine Augen wurden wässrig, als ich das hörte, und ich konnte kaum glauben, was die drei für mich getan hatten. Erst als eine dicke, fette Träne über meine Wange lief, fand ich meine Stimme wieder.

»Das habt ihr alles für mich getan?«, fragte ich unsicher.

Aramis schenkte mir einen Kuss. »In erster Linie habe ich es für mich getan. In dieser Woche ist mir klar geworden, dass ich mein Leben garantiert nicht ohne dich weiterführen will. Du kannst mir glauben, wenn ich dir sage, dass ich hier nicht ohne dich weggehen werde. Wenn wir zurück sind, werde ich ein Haus für uns mieten, damit wir zusammenziehen können. Du hast jetzt einen Job und keine Ausrede mehr.«

Dieser Ausdruck in seinem Gesicht! Nie zuvor habe ich solch eine Entschlossenheit bei ihm gesehen. Ein wenig wurde es mir zu viel auf einmal. Zurückgehen? Meinen Job wieder aufnehmen? Ein Haus mieten? Vorsichtig studierte ich seine Gesichtszüge, aber nichts deutete daraufhin, dass er nicht meinte, was er sagte.

»Das ist wirklich dein Ernst?«, hakte ich nach.

»Oh ja. Und damit ich sicher sein kann, dass du mir nicht wieder wegläufst ...« Er rief Gabriel zu sich. »Gabe, weißt du noch, als ich dir gesagt habe, dass ich zu impulsiv bin?«

Gabe lachte. »Ja, das hast du.«

»Und weißt du noch, dass ich dir gesagt habe, du sollst mich aufhalten?«

»Ja«, sagte Gabriel grinsend. »Ich erinnere mich.«

»Vergiss, was ich dir gesagt habe. Denn was ich jetzt tun werde, kommt aus tiefstem Herzen.« Aramis nahm seinen Arm von meiner Schulter und blickte meinen Dad an. »Theo, hiermit bitte ich dich um die Hand deiner Tochter. Wenn sie mich denn will.«

Nicht nur mir stand der Mund weit offen, als ich hörte, was er da sagte. Auch Cody und Gabriel blickten ihn an, als könnten sie nicht glauben, was ihr Freund da losgelassen hatte.

»Aramis?«, fragte ich zögerlich.

»Einen Moment, Süße. Ich warte noch auf die Antwort deines Vaters.«

Mein Dad räusperte sich. »Du weißt, dass Sarah das Wertvollste ist, das ich besitze.«

»Ja, das weiß ich, Sir.«

»Wirst du sie glücklich machen?«

»Ich kann dir nicht versprechen, dass es nicht auch dunkle Tage geben wird. Aber ich kann dir versprechen, dass ich alles dafür tun werde, dass sie glücklich ist. Und mit der Hilfe meiner zwei Kumpel hier und deiner tollen Familie, bin ich mir sicher, dass ich das schaffe!«

Nervös trat mein Dad von einem Fuß auf den anderen und ich selbst war ein wenig überfordert. Träumte ich?

»Nun«, fuhr Dad fort. »Ich hätte nicht erwartet, dass Sarah mir einen Mann vor die Nase setzt, der noch so viel Anstand besitzt, mich nach meiner Meinung zu fragen. Damit hast du mich ein wenig überrumpelt. Und wenn ich das glückliche Gesicht meiner Tochter sehe, kann ich gar nicht anders, als euch meinen Segen zu geben.«

Aramis strahlte über sein ganzes Gesicht. »Danke, Sir.«

»Schon gut. Aber eine hat noch ein Wörtchen mitzureden, nicht wahr?«

»Natürlich!« Aramis wandte sich wieder mir zu, nahm ein Kästchen aus seiner Tasche und kniete sich vor mich hin. Er öffnete es und hervor kam ein wunderschöner, sehr alt aussehender Ring mit einem von kleinen Saphiren umrahmten Diamanten. »Dieser Ring ist sehr alt«, sagte er und blickte mir tief in die Augen. »Er hat meiner Urgroßmutter Glück gebracht, meiner Großmutter und zuletzt meiner Mom. Sie alle haben eine lange und glückliche Ehe geführt. Nun soll er dir gehören. Sarah Watson, ich frage dich: Willst du meine Frau werden?«

Konnte Glück wehtun? Ich befürchtete ja, denn mein Herz fühlte sich an, als würde es zerreißen. Vor mir kniete der Mann, den ich über alles liebte, und er bat mich, seine Frau zu werden!

»Er ist nicht nur impulsiv, er hat auch wenig Geduld«, platzte Cody in den Antrag hinein. »Du solltest ihm lieber Antwort geben.«

Gabriel klatschte ihm mit der flachen Hand an den Hinterkopf. »Kannst du nicht einmal die Klappe halten, Code-Man?«

Leise lachte ich in mich hinein. Diese drei! Ich verkniff mir eine Antwort, denn diesen wunderschönen Augenblick voller Romantik und Liebe wollte ich bewahren.

»Ja, Aramis. Ich will!«

Meine Hand zitterte, als ich sie ihm entgegenstreckte, doch er schaffte es, mir den Ring an den Finger zu stecken. Er war ein wenig eng, aber dem konnte sicher abgeholfen werden. Später.

Aramis stand auf. »Ich liebe dich, Sarah.«

»Und ich liebe dich!«

Es folgte ein langer, zärtlicher Kuss zwischen uns, den alle mit Applaus begleiteten.

»Du bist verrückt«, flüsterte ich in sein Ohr.

»Nein, bin ich nicht«, widersprach er. »Verrückt wäre ich, wenn ich die beste Frau der Welt davonschleichen lassen würde. Vielleicht war ich ein wenig schnell, das gebe ich zu. Aber bisher haben wir zwei lauter seltsame Dinge getan. Eine Heirat war nur die einzig logische Schlussfolgerung.«

»Wahrscheinlich«, sagte ich lachend. »Gott, ich muss es Mom erzählen!«

Ich drehte mich um, weil ich ins Haus laufen wollte, doch das war gar nicht nötig. Mit Tränen in den Augen stand meine Mom da und schaute uns glücklich an.

»Ich habe alles gehört«, verkündete sie. »Ich freue mich so für dich.«

»Mom«, rief ich und musste ebenfalls weinen, als ich sie in meine Arme schloss und fest drückte.

»Du wirst eine wunderbare Braut sein«, sagte sie lächelnd und strich mir mit ihrem Daumen eine Träne aus dem Gesicht. »Aber jetzt kommt erst mal alle rein. Schließlich haben wir eine Hochzeit zu planen!«

Lachend ging ich Hand in Hand mit Aramis nach drinnen und alle folgten uns. Dad köpfte eine Flasche Champagner, wo auch immer er die ausgegraben hatte, und schenkte jedem ein Glas ein.

»Auf meine wunderbare Tochter und meinen Schwiegersohn«, ließ er mit erhobenem Glas verlauten, doch noch bevor wir antworten konnten, hatte er sein Glas in einem Zug geleert. Es fiel ihm nicht leicht, seine einzige Tochter ziehen zu lassen, das spürte ich.

Ich schenkte ihm nach. »Auf den besten Dad der Welt!«

»Auf Theo!«, rief Aramis.

»Ah, hört auf damit!«, winkte Dad ab, aber er konnte wieder lachen.

»Wie geht es jetzt weiter?«, fragte ich.

»Morgen fliegen wir zurück«, antwortete Aramis. »Zum einen müssen meine Kumpel hier am Montag wieder arbeiten und zum anderen war ich froh, überhaupt einen Flug bekommen zu haben. Scheinbar ist Iowa wirklich nur ein Überflugstaat und wenn man mal hier ist, ist es schwer, wieder rauszukommen.«

»Beleidigst du gerade unsere Heimat?«, sagte Dad lachend.

»Das würde ich mir nie erlauben«, antwortete Aramis grinsend. Dann wurde er ernst. »Es wird ein paar Tage, vielleicht auch Wochen, dauern, bis das mit dem Haus klappt. Solange kannst du bei mir wohnen. Es wird ein wenig beengt sein, aber ich denke, das schaffen wir. Oder du wohnst solange bei Mindy. Ganz wie du willst. Chucky freut sich auch schon auf dich. Und Mister Hopeman kann es kaum erwarten, dich wieder in der Firma zu sehen. Ist das okay für dich? Dass wir morgen schon zurückfliegen, meine ich.«

»Sicher«, bestätigte ich. »Aber um eins möchte ich dich bitten.«

»Was immer du willst.«

»Ich möchte hier heiraten. Davon habe ich immer geträumt.«

Sein Lächeln zeigte mir, dass er damit einverstanden war. »Wenn du das willst, heiraten wir hier. Deine Familie ist eh viel größer als meine, da ist es billiger, meine Leute hierherzuschaffen, als deine nach Montana.«

»Mach dir um die Kosten mal keine Sorgen«, mischte mein Dad sich ein. »Für meine Prinzessin soll es ihre Traumhochzeit werden, daraufhin habe ich mein Leben lang gespart. Außerdem möchte ich sie zur Kirche fahren. Mit Priscilla. Wäre das was?« Sein verschmitztes Lächeln und der Gedanke an die Fahrt zur Kirche ließen mich seufzen.

»Das wäre wunderbar, Dad. Ich könnte mir nichts Schöneres vorstellen!«

33. Kapitel

Aramis

Ich hatte es getan! War ich verrückt geworden? Vermutlich. Aber wenn verrückt zu sein sich so gut anfühlte, warum sollte man dann normal bleiben?

Nein, ich hatte keine Zweifel mehr. Sarah war die Frau fürs Leben, also warum nicht Nägel mit Köpfen machen? Meine Suche, mein rastloses Umherirren war zu Ende. Endlich!

Das sonore Brummen der Propellermaschine, die uns zurück nach Montana brachte, ließ uns alle schläfrig werden. Cody schnarchte bereits und auch Sarahs Augen standen auf Halbmast. Vielleicht war der Champagner daran schuld, den wir letzte Nacht alle ausgiebig genossen hatten.

Der Abschied von Sarahs Eltern am Morgen war tränenreich verlaufen. Sie ließen uns nicht ziehen, ohne uns das Versprechen abzunehmen, so schnell wie möglich wieder zu Besuch zu kommen. Gerne habe ich ihnen dieses gegeben.

Doch jetzt war es an der Zeit, nach Hause zu kommen. Es gab so vieles zu bedenken. Das Haus, die Hochzeit, wie wohnen wir bis dahin? Und meinen Eltern wollte ich Sarah natürlich auch noch vorstellen.

»Alles zu seiner Zeit«, murmelte mir meine zukünftige Frau zu, als ich die Dinge ansprach, und sie hatte recht. Auch wenn wir bisher alles Hals über Kopf gehandhabt hatten, gab es keinen Grund, jetzt in Hetze zu verfallen.

Durch die Sitze schielte ich nach hinten, wo Gabe und Cody saßen. Gabriel kam aus einem Dauergrinsen nicht mehr heraus, und jedes Mal, wenn unsere Blicke sich trafen, schüttelte er den Kopf. Vermutlich hatte er mir nicht zugetraut, dass ich es wirklich durchzog. Aber er freute sich für mich, das war die Hauptsache.

Einem langen Flug folgten weit über zwei Stunden Rückfahrt von Helena nach Middletown. Gabriel fühlte sich am fittesten, darum übernahm er die Fahrt in Codys Truck. Es dauerte, denn es herrschte viel mehr Verkehr als sonst. Das schöne Wetter trug dazu bei, dass viele Ausflügler unterwegs waren. Die meisten von ihnen waren mit Sicherheit auf der Durchreise, um den Yellowstone-Nationalpark in Wyoming zu besuchen. Doch schließlich schafften wir es und Gabe setzte uns bei mir zu Hause ab. Wir bedankten uns bei meinen Freunden und verabschiedeten uns fürs Erste. Stöhnend ließ ich mich auf die Couch fallen.

»Da wären wir wieder!«, sagte ich und streckte meine steifen Glieder in alle Richtungen.

Sarah lächelte. »Es war schön in Iowa, aber ich bin froh, wieder hier zu sein. Danke, dass du das alles für mich getan hast.«

»Keine Ursache. Komm her, Babe.« Ich streckte meinen Arm aus und zog sie zu mir auf die Couch. Sofort kuschelte sie sich an mich. »Wie sieht dein restlicher Plan für heute aus? Ich bin so müde, ich würde am liebsten gleich schlafen gehen.«

»Ich auch«, sagte sie und fügte ein langes Gähnen hinzu. »Aber ich würde gerne noch kurz in Mindys Wohnung fahren. Ich brauche ein paar Dinge. Außerdem würde ich ihr gerne die Neuigkeiten erzählen. Danach will ich nur noch duschen und schlafen gehen.«

»Klingt nach einem Plan.«

Völlig ausgepowert saßen wir da und konnten zunächst keinen Schritt mehr machen. Jede Bewegung erschien zu viel zu sein. Dann war sie es, die die Initiative ergriff.

»Komm schon, du Faultier. Bringen wir es endlich hinter uns.« Sie stand auf und zerrte an meinem Arm, bis ich schließlich nachgab.

»Okay, lass uns fahren.«

Wir nahmen Hunter und fuhren zu Sarahs und Mindys Wohnung. Sarah schloss die Tür auf und ging hinein, ich folgte ihr. Es war das erste Mal, dass ich die Wohnung betrat und war überrascht über die Schlichtheit, mit der sie ausgestattet war. Keine Ahnung, wieso ich gedacht hatte, dass sie mit mehr Nippes ausgestattet wäre. Vermutlich wegen Mindys teils kindlichem Benehmen.

»Seltsam, sie scheint nicht da zu sein«, murmelte meine Zukünftige. »Wo könnte sie nur sein?«

Im gleichen Moment, als sie es ausgesprochen hatte, hörten wir eindeutige Geräusche aus dem Schlafzimmer.

»Hast du das auch gehört?«, fragte sie überrascht.

Grinsend nickte ich. »Oh ja. Da scheint gerade jemand ihr Gelübde zu brechen.«

»Ist nicht wahr!«, meinte sie mit großen Augen.

Ich legte einen Finger an meine Lippen. »Psst! Setzen wir uns und warten ab, was passiert.«

Sarah und ich lachten leise in uns hinein. Da saßen wir nun wie Spanner auf der Couch und lauschten dem Geschehen im Schlafzimmer. Bei jedem Quietschen von Mindy mussten wir ein Lachen unterdrücken und so ein wenig schämte ich mich für das, was wir gerade taten. Doch die Neugier siegte, und so verfolgten wir den gesamten Akt, der in einem lauten Schrei von Mindy gipfelte.

Sarah presste ihre Lippen fest aufeinander, um nicht laut loslachen zu müssen, und ich selbst musste auch arg kämpfen, ein Prusten zu unterdrücken. Schließlich wurde es ganz still. Kurz darauf öffnete sich die Schlafzimmertür, und eine sichtlich mitgenommene Mindy schlich ins Bad, wie mir Sarah erklärte. Sie hatte nicht mal bemerkt, dass wir auf der Couch saßen.

Kurz nach ihr verließ ein nackter Mann das Zimmer, gähnend, mit über dem Kopf erhobenen Armen, trudelte er heraus. Sarah vergrub ihr Gesicht an meiner Schulter und ich blickte überrascht auf den tätowierten Typen, der uns entgegenkam. An seinem Schwanz glitzerte es silbern, denn er war mehrfach gepierct.

»Joshua?«, stieß ich überrascht aus.

Für einen winzigen Moment zuckte er zusammen, doch dann kam der Besitzer der Wild at Heart Bar auf uns zu, als wäre es das Normalste auf der Welt. Sarah wagte immer noch nicht aufzublicken.

»Aramis! Wie kommst du denn hierher?«

»Ihr kennt euch?«, flüsterte Sarah mir zu.

»Ja, erkläre ich dir später.« Ich wandte mich an meinen Bekannten. »Könntest du dir was anziehen? Die Lady hier bekommt sonst Albträume heute Nacht.«

Joshua kannte kein Schamgefühl. Im Gegenteil. Er mochte es sogar, wenn man ihm beim Sex zusah, wie mir Darren mal erzählt hatte. Das war mir ziemlich Wurst, aber ihn hier zu sehen, brachte mich gegenüber Sarah ein wenig in Erklärungsnot. Doch das war nichts, verglichen mit dem, was Mindy würde beichten müssen. Wie sie an ihn geraten war, konnte ich mir nicht erklären. Der Engel und der Dämon – das war alles, was mir dazu einfiel.

»Seit wann so generös, Aramis?«, fragte Joshua lachend, wickelte sich aber die Decke, die auf dem Sessel lag, um die Hüften.

In dem Moment kam Mindy aus dem Bad. Sie strahlte über ihr ganzes Gesicht, als sie Josh sah, doch dann registrierte sie, dass sie nicht allein waren.

»Oh mein Gott!«, druckste sie hervor und verschwand im Schlafzimmer. Ein paar Minuten später kam sie mit hochrotem Kopf und angezogen wieder heraus. »Was machst du denn hier?«, fragte sie Sarah.

Meine Freundin war sichtlich amüsiert. »Ich wohne hier, schon vergessen?«

»Aber du warst doch in Iowa! Wieso hast du nicht angerufen?«

»Wer bist du? Meine Mutter? Außerdem bin nicht ich diejenige, die etwas zu erklären hat.«

Mindy blickte nervös von einem zum anderen. »Nun ja, das ist Joshua. Josh, das ist meine Cousine Sarah und der daneben ihr Freund Aramis.«

»Wir kennen uns bereits«, ließ Joshua grinsend verlauten. »Nicht wahr, Aramis?«

Schön, ich musste zugeben, dass Mindy nicht die Einzige war, der die Situation gerade peinlich war.

»Ihr kennt euch?«, kreischte Sarahs Cousine. Dann seufzte sie. »Das wird ja immer besser. Kann der Tag bitte weg? Ich wusste, es würde etwas Furchtbares passieren, wenn ich … wenn ich … Himmel, kann es noch peinlicher werden?«

Joshua legte einen Arm um sie. »Jetzt reg dich mal ab, Süße. Du hattest Sex, sonst nichts. Es gibt keinen Grund, ein Drama daraus zu machen.«

Mindy löste sich von ihm. »Du hast ja keine Ahnung! Ich wollte jungfräulich in die Ehe gehen! Und dann kamst du! Du …!«

Joshua grinste. »Ich freue mich, dir zu Diensten gestanden zu haben. Im wahrsten Sinne des Wortes.«

»Oh, kannst du dich bitte anziehen und gehen?«

»Nicht nötig«, widersprach Sarah. »Wir verschwinden wieder. Ich hole nur noch ein paar Sachen. Aber darüber reden wir noch!« Sarah lief in ihr Zimmer und kam kurz darauf mit einer Tasche zurück. »Können wir?«

»Klar«, stimmte ich zu und stand auf.

»Bis dann, Mindy. Es war nett, dich kennengelernt zu haben, Joshua.«

»Ich weiß«, sagte er überheblich. »Wir sehen uns, Aramis.«

Sein Zwinkern bescherte mir rote Wangen, weshalb ich darauf drängte, die Wohnung zu verlassen. Als wir die Tür hinter uns schlossen, atmete ich tief durch. Sarah schwieg. Selbst im Auto gab sie kein Wort von sich. Als wir bei mir ankamen, hielt ich es nicht mehr aus. Kaum hatte sie ihre Tasche abgestellt, fragte ich sie.

»Willst du denn gar nicht wissen, woher ich ihn kenne? Joshua meine ich. Ihm gehört eine Bar.«

Sarah rümpfte die Nase. »Aus seinem Etablissement, vermute ich.«

»Können wir darüber reden?«, fragte ich vorsichtig, um sie nicht zu verärgern.

»Ich denke, es gibt nichts zu reden. Das war vor meiner Zeit. Was immer du dort getan hast, ich will es nicht wissen. Ich verlange nur eins von dir.«

»Und das wäre?«

»Kein Sex ohne Kondom, bis du mir einen negativen Aidstest vorlegen kannst. Und ich will sichergehen, dass du sonst keine ansteckenden Krankheiten hast.«

»Das ist alles?«

»Ja, das ist alles. Und Aramis?«

»Ja?«

»Geh nie wieder dorthin!«

Lächelnd zog ich sie in meine Arme. »Nie wieder. Das verspreche ich dir, bei allem, was mir heilig ist.«

»Schwörst du auf Hunter?«

»Auch das, wenn du das willst.«

Sarahs Mundwinkel zogen sich nach oben. »Ich werde eine kleine, dreckige Schlampe heiraten, habe ich recht?«

»Das ist eine Fangfrage. Ich sage nichts mehr ohne meinen Anwalt.« Zärtlich drückte ich sie. »Es tut mir leid, dass du das eben alles hast sehen müssen. Joshua ist wirklich ein Schwein.«

»Oh, das macht mir wirklich keine Sorgen. Tut so ein Schwanzpiercing weh? Ich meine ...« Sie schielte zwischen meine Beine.

Als ich verstand, was sie meinte, musste ich laut lachen. »*Das* hat dich angemacht? Und du fragst mich, ob *ich* eine kleine, dreckige Schlampe bin? Ich weiß, wer von uns beiden hier schmutzige Gedanken hat!«

Sarah lachte, und als ich sie an den Armen packte, kreischte sie los. »Lass mich los! Ich konnte gar nicht anders!« Sie riss sich los und flüchtete kichernd ins Schlafzimmer. Ich rannte hinterher.

»Komm her, du böses Ding!« Wir rannten ums Bett herum, bis ich sie eingefangen hatte. Lachend schmiegte sie sich an mich. »Ich zeige dir gleich, welche Gedanken mir gerade durch den Kopf gehen.«

Heiß küsste ich sie und fing an, sie langsam auszuziehen. Kaum war sie nackt, beförderte ich sie mit Schwung aufs Bett. Schnell zog auch ich meine Kleidung aus und legte mich zu ihr.

»Ich werde gleich zum ersten Mal mit meiner Verlobten schlafen«, neckte ich sie und küsste ihre Brust.

Sarah stöhnte kurz auf, doch dann bekam sie einen Lachanfall.

»Was ist?«, fragte ich und setzte mich auf.

Da sah ich das Übel! Chucky saß am Fußende und betrachtete uns, als wollte er uns genau studieren.

»Oh nein!«, klagte ich. »Das kann doch jetzt nicht wahr sein!«

Schnurrend drängte er sich zwischen uns, rollte sich ein und schloss seine Augen. Das war es dann wohl mit heißem, leidenschaftlichem Sex.

»Lass ihn«, sagte Sarah leise. »Bestimmt hat er uns vermisst und ist glücklich, dass wir wieder hier sind.«

»Kann er das nicht morgen auch noch machen?«

Mir war klar, dass ich gegen das Fellknäuel eh keine Chance hatte, darum versuchte ich es erst gar nicht. Als ich unter die Decke schlüpfte, kam sowieso die Müdigkeit mit riesigen Schritten zurück. Nach wenigen Minuten war auch Sarah eingeschlafen, also ergab ich mich meinem Schicksal. Noch einmal warf ich einen Blick auf die beiden und lächelte.

»Meine kleine, verrückte Familie«, flüsterte ich. Dann schlief ich glücklich ein.

Epilog

Aramis – zwei Wochen später

»Mensch, ist das schön, mal wieder mit euch allen hier abzuhängen«, blökte Cody über unseren Stammtisch im Saloon und er hatte recht.

All meine Freunde waren da. Gabriel, Darren, Tyler, Cody und sogar Joshua war aufgetaucht. Wir hatten uns zu einem Männerabend verabredet, was wir schon ewig nicht mehr getan hatten. Die Autos waren zu Hause geblieben, also blickte ich einem feuchtfröhlichen Abend entgegen.

Tyler und Darren unterhielten sich mit Cody über die Farm, doch ich hörte nur mit halbem Ohr zu. Viel mehr interessierte mich, was Joshua zu erzählen hatte. Irgendwann hielt ich es nicht mehr aus, da musste ich ihn ganz direkt fragen.

»Wie, zum Teufel, bist du eigentlich an Mindy geraten?«

Joshua lachte. »Du wirst es nicht glauben. Ich war mit meinen Pferdchen Minigolf spielen. Ab und zu brauchen die Weiber das.«

Mit Pferdchen meinte er die käuflichen Damen seiner Bar, die auch ich schon in Anspruch genommen hatte. Ich gab es nicht gerne zu, aber na ja …

»Danach waren wir ein Eis essen. Mindy saß in einer Ecke über einem Bananensplit und starrte mich die ganze Zeit an. Sie wirkte schüchtern und unschuldig auf mich. Du weißt, da kann ich nicht widerstehen.«

»Ja, ist mir schon klar. Aber wie hast du es geschafft, dass sie … Du weißt schon!«

»Betriebsgeheimnis.« Joshua grinste. »Hast du sie schreien gehört? Ich sage dir, sie ist eine ganz Wilde. Und jetzt, da sie von mir gekostet hat, wird sie mehr wollen. Das Unschuldslamm kann sie auf jeden Fall vergessen. Diese Rolle hat sie gehörig vergeigt.«

»Du bist und bleibst 'ne geile Sau, Josh.«

»Hey, man lebt nur einmal. Was mir mehr Sorgen bereitet … Jetzt seid ihr alle vergeben. Das macht mir mein Geschäft kaputt, wisst ihr das?«, flachste er. »Keiner mehr übrig von der alten Gang.«

»Hmh, einen gibt es noch«, mischte Darren sich ein. »Irgendwann müssen wir Tucker unter die Haube bringen. Es gefällt mir nicht, was er so abzieht.«

»Wo ist er heute Abend überhaupt?«, erkundigte ich mich.

Darren seufzte. »Er ist mal wieder abgehauen. Ich denke, er sitzt wieder auf den Bahamas, bis sein Geld zur Neige geht. Dann wird er wieder angekrochen kommen.«

»Du nimmst ihn ja auch jedes Mal wieder auf«, warf Tyler ein. »Vielleicht solltest du ihn mal mit dem Kopf gegen die Wand laufen lassen. Dann kommt er vielleicht zu sich.«

»Das kann ich nicht«, verneinte Darren. »Er erinnert mich viel zu sehr an mich. Noch habe ich nicht herausgefunden, was sein Problem ist, aber ich bleibe dran. Ich werde ihn niemals fallen lassen.«

Tucker Burnett arbeitete in Darrens Tattoo-Shop, doch immer wieder brach er aus und verschwand für Wochen, manchmal für Monate. Ein schweigsamer Kerl, den man bestenfalls als Lebenskünstler bezeichnen konnte.

»Tucker ist in Ordnung«, meinte Cody. »Er ist ein toller Kerl, dem nur ein wenig das Vertrauen in die Menschheit fehlt. Ich freue mich schon auf seine Rückkehr.«

Darren lächelte. »Stimmt wohl. Und an dir hat er sowieso einen Narren gefressen. Mir erschließt sich nur nicht, wieso.«

Da war es wieder, das Bindeglied. Cody hielt uns alle zusammen. Es war mir bloß ein Rätsel, wieso ausgerechnet er das immer schaffte. Womöglich war es seine ehrliche Art.

»Vielleicht, weil ich jeden so nehme, wie er ist und nicht, wie ich ihn gerne hätte. Solltet ihr auch mal versuchen.«

Da hatte er nicht ganz unrecht. Innerlich versprach ich mir, in Zukunft weniger kritisch zu sein.

»Also mich wirst du ganz bestimmt nicht nehmen!«, brummte Tyler und sorgte damit für einen großen Lacher am Tisch.

Cody grinste frech. »Danke. Es reicht mir, dass ich bereits mit deiner Frau das Vergnügen hatte.«

Seine Worte jagten mir einen riesigen Schreck ein, denn ich wusste, dass er vor Tyler mit Shelby verbandelt gewesen war. Dass er sich traute, Tyler solche Worte entgegenzuschleudern, ließ mich ein wenig zusammenzucken. Doch Tyler grinste nur.

»Zwei schwarze Minuten in meiner Vergangenheit. Viel länger dauert es bei dir doch nicht.«

Touché! Alle am Tisch lachten und Cody am lautesten. Er war so ein Sonnyboy, dass ihn nichts aus der Ruhe bringen konnte.

»Vorsicht, Tyler! Falls du Rabatt für dein Holz haben willst, solltest du langsam anfangen, etwas freundlicher zu mir zu werden.«

»Lieber verzichte ich auf Geld, als auf einen guten Witz. Aber die nächste Runde geht auf mich. Was wollt ihr?«

»Jacky-Cola«, schrien alle im Chor.

Kurz darauf hatten wir alle ein Glas davon vor uns stehen.

»Übrigens«, sagte ich. »Ihr seid alle zu meiner Hochzeit eingeladen. Sarahs Vater zahlt die Flüge und das Hotel. Haltet euch schon mal den ersten August für mich frei.«

Alle grölten und bedankten sich, nur Joshua blickte mich argwöhnisch an.

»Was ist?«, fragte ich.

»Ich auch?«

»Ja, du auch. Du musst ja nicht jedem auf die Nase binden, was du so treibst. Außerdem, Mindy wird Brautjungfer sein. Das ist doch genau dein Ding.«

»Zumindest ist sie ein Argument. Klar, bin dabei. Du hast Flüge gesagt. Wo wird sie stattfinden?«

»In Iowa.«

»Iowa? Ich dachte, da fliegt man nur drüber.«

Wieder lachten alle.

»Nein, dem ist nicht so. Dort wohnen tatsächlich Menschen. Ich habe sie mit eigenen Augen gesehen. Unheimlich, nicht wahr?«

»Na dann!« Joshua lachte und trank seinen Jacky auf ex. Dann orderte er eine weitere Runde.

Mein Blick schweifte in der Runde umher und ich spürte, wie glücklich ich war, mit so tollen Kerlen befreundet zu sein. Schließlich erhob Cody sein Glas.

»Auf Aramis und Sarah«, sagte er.

»Auf all unsere Frauen!«, fügte Darren hinzu.

Lächelnd hob ich mein Glas in die Luft. Dann atmete ich tief durch, denn das, was ich zu sagen gedachte, meinte ich aus tiefstem Herzen.

»Und auf gute Freunde. Die besten von allen!«

ENDE

Danksagungen

Ich danke von Herzen allen Lesern, die mich bei diesem Buch begleitet haben. Denen, die mir schon so lange treu bleiben ebenso wie jenen, die mich mit diesem Buch vielleicht erst neu entdeckt haben. Ich hoffe, ihr hattet genauso viel Spaß mit Aramis, wie ich ihn hatte.

Ein besonders herzlicher Dank geht an meine treuen Seelen, die geholfen haben, Aramis besser zu machen. Jasmin Rotert, Thordis Hamacher, Sabrina Berndt von Booktastic und meine großartige Kollegin Sarina Louis – ich umarme euch und drücke euch ganz fest!

Ein dicker, fetter Kuss geht an meine Stammblogger, die immer für mich da sind, wenn andere mich schon längst aufgegeben haben. Danke Annette Peters, Silvia Röttges, Iris Knuth, Sabrina Grabowski, Sarah Löbbert, Nicole Rubach und Gabi Hilgendorff. Ich weiß das sehr zu schätzen. Der lieben Gabi möchte ich einen extra Dank ausrichten. Dein Engagement für die Fanpage rührt mich immer sehr!

Vielen Dank natürlich an alle Blogger, die mir mit ihren Aktionen für mich immer ein Lächeln ins Gesicht zaubern. Im besonderen nennen möchte ich Antje Lüdemann, Melanie Kilsch, Verena Kirsch, Beate Uhlemann, Bärbel Worm, Claudia Schiffke, Heike Stalinski, Antje Chilla und Anika Franke. Danke fürs Vorablesen. Ich wünschte, ich könnte euch alle hier nennen, aber dann würde das Buch kein Ende nehmen. Eure Arbeit bedeutet mir so viel.

Dankeschön an den unglaublichen Rafa, der mir von Anbeginn immer die schönsten Cover zaubert. Ich liebe jedes einzelne von ihnen und ich liebe dich!

Herzlichen Dank Eric Battershell für deine großartigen Fotos. Bereits zum dritten Mal haben wir bei einem Buch zusammengearbeitet. Ich schätze deine Arbeit genauso sehr wie dich als Mensch.

Drew Truckle – was soll ich sagen? Du BIST Aramis! Thank you for gracing my cover! It was a pleasure to work with you. You're such a kind person and I'm happy to know you.

Ich hoffe, bei meinen nächsten Büchern seid ihr wieder dabei. Bald folgen meine Smokejumper und der letzte Teil der The Start Reihe. Vor Letzterem habe ich ein bisschen Angst, denn ich weiß, es wird wehtun, die Jungs ziehen zu lassen. Tucker Burnett wird noch mal etwas ganz Besonderes werden. Als kleines Dankeschön habe ich den Prolog für euch schon mal hier mit reingepackt und hoffe, ich kann euch ein wenig neugierig auf ihn machen.

Bis zum nächsten Mal

euer Murphchen

The Start of Something Beautiful

Die Story von Tucker und Puppy

Prolog

Fuck!

Das war das einzige Wort, das mir beim Betrachten des Inhaltes meiner Geldbörse in den Sinn kam. Wieder einmal herrschte gähnende Leere in ihrem Innern und ich musste mich wohl oder übel mit dem Gedanken anfreunden, Grand Bahama zu verlassen. Das Treasure Bay Casino hatte es nicht besonders gut mit mir gemeint, als ich versucht hatte, meine Finanzen etwas aufzubessern, und nun war ich mal wieder restlos abgebrannt. Zum Glück war mein Rückflugticket schon bezahlt.

»Guten Morgen, Tuck«, erklang die Stimme von Simone hinter mir und kaum hatte sie es ausgesprochen, spürte ich auch schon ihre zarten Arme um meinen Hals.

»Hey, Babe«, antwortete ich, drehte mich zu ihr um und küsste sie zart auf ihre Wangen.

»Was ist mit dir? Du siehst traurig aus.«

»Hm«, konnte ich nur brummen.

»Oh nein! Sag nicht, es ist schon wieder so weit«, flüsterte sie mir ins Ohr und küsste meinen Nacken, dass sich mir alle Härchen aufstellten.

»Sieht ganz so aus, Honey. Black Jack bringt mir einfach kein Glück.«

»Wann fliegst du zurück?«, wollte sie wissen, ohne mit ihren Zärtlichkeiten für mich aufzuhören.

»Morgen«, raunte ich ihr zu und es tat mir in der Seele leid.

Ich mochte Simone. Sie war so herrlich unkompliziert. Immer, wenn mir daheim alles zu viel wurde, kam ich hier runter nach Freeport und genoss das süße Nichtstun. Ich war der Meinung, man arbeitete, um zu leben, und nicht umgekehrt. Und Simone sah es ähnlich. Sie nahm mich jedes Mal bei sich auf, wenn ich herkam – zwanglos, ohne Verpflichtungen – und wir genossen die Zeit, die wir miteinander hatten. Doch jetzt musste ich wieder einmal Abschied nehmen, denn ich brauchte dringend Kohle.

»Gibst du mir mal mein Handy?«, bat ich sie. Sie nahm es von der Kommode und reichte es mir. »Danke.«

Gedankenverloren durchsuchte ich mein Telefonbuch und wählte eine Nummer. Ich rief einen Kumpel an, bei dem ich immer mal wieder arbeiten konnte und ich hoffte, er würde mich auch dieses Mal nicht hängen lassen. Langsam baute sich die Verbindung auf und ich atmete tief ein, als es läutete. Ein Knacken … jemand hob ab.

»Darren? Ich bin es, Tucker. Ich bräuchte etwas zu tun. Hättest du mal wieder etwas für mich?« Gespannt wartete ich seine Antwort ab. »Cool. Ich danke dir. Bin morgen wieder da!« Mit gesenktem Kopf unterbrach ich die Verbindung. Das war geregelt. »Dann werd ich mal packen.«

To be continued …

Quellenangaben

Leaving on a jet plane – gesungen von John Denver.
Album: John Denver sings, erschienen 1966 unter dem
ursprünglichen Titel Babe, I hate to go. Writer: John
Denver. Producer: Mike Okun. Als Single 1969 veröf-
fentlicht von Peter, Paul & Mary.

Printed in Poland
by Amazon Fulfillment
Poland Sp. z o.o., Wrocław

61766369R00186